Kate Harrison · Soul Beach
Frostiges Paradies

Bisher von Kate Harrison im Loewe Verlag erschienen:

Soul Beach – Frostiges Paradies
Soul Beach – Schwarzer Sand
Soul Beach – Salziger Tod

Kate Harrison

SOUL BEACH

Frostiges Paradies

Aus dem Englischen übersetzt von
Jessika Komina und Sandra Knuffinke

Loewe

FSC
www.fsc.org
MIX
Papier aus verantwortungsvollen Quellen
FSC® C083411

ISBN 978-3-7855-8161-2
1. Auflage 2015 als Loewe-Taschenbuch
First published in Great Britain under the title *Soul Beach*
by Indigo, a division of the Orion Publishing Group Ltd.

Aus dem Englischen übersetzt von
Jessika Komina und Sandra Knuffinke
Umschlaggestaltung: Franziska Trotzer und Elke Kohlmann
Umschlagfotos: © iStockphoto.com/enjoynz; THE PALMER
Redaktion: Ruth Nikolay
Printed in Germany

www.loewe-verlag.de

Für Mum, Dad und ganz besonders Toni –
denn eine Schwester hat man für immer …

Das Mädchen ist tot, definitiv.

Ihr Gesicht, das Gesicht, das im Internet eine Milliarde Mal angeklickt wurde, ist leicht gerötet, als wäre sie zu lange in der Sonne gewesen. Irgendwie hat ihre Haut noch immer dieses Leuchten – einer der Fernsehkritiker hat geschwärmt, sie wirke frisch wie ein Tautropfen –, aber das wird natürlich nicht mehr lange so bleiben. Ihr Haar war nach dem Kampf zerzaust, aber jetzt ist es wieder glatt gekämmt und liegt ausgebreitet wie ein Fächer auf dem Kissen. Sie sieht aus wie Dornröschen.

Ist sie wirklich schön oder nur hübsch? Als sie noch lebte, hat sich diese Frage nicht gestellt, denn das Gesamtpaket – ihr Gesicht, ihr Selbstbewusstsein, ihr Gang und diese einmalige Stimme – war einfach unwiderstehlich. Jetzt, als sie so still daliegt, ist es leichter, objektiv zu sein.

Ach, seien wir doch großzügig. Sagen wir, sie ist schön. Das cremeweiße Kleid liegt in unordentlichen Falten und wirkt außerdem ein bisschen nuttig, aber sie umzuziehen wäre zu viel Arbeit. Tote zu bewegen ist anstrengend.

Ihre Augen sind geschlossen. Vor ein paar Sekunden, bestimmt zehn Minuten nachdem sie aufgehört hatte, sich zu wehren, haben die Lider noch ein paarmal geflattert, als würde sie träumen. Von einem ewigen Dasein im Rampenlicht vielleicht? Doch bevor das Kissen noch einmal zum Einsatz kommen musste, hörte sie auf, sich zu bewegen. Es war nur ein letzter Reflex.

Oder vielleicht genau der Moment, in dem sie gegangen ist. Wo ist sie jetzt? Liegt sie auf einer weichen Wiese, umschwirrt von Bienen und Schmetterlingen? Oder an einem tropischen Strand, wo die Wellen sanft gegen ihren Körper schlagen?

Zeit zu gehen. Zumindest wird ihr Anblick demjenigen, der sie findet, keine Albträume bescheren. Für eine Leiche wirkt sie alles andere als leblos.

1

Die erste E-Mail von meiner Schwester kommt am Morgen ihrer Beerdigung.

Ich weiß, ich weiß. Wie krank muss man sein, vor dem Begräbnis seiner Schwester noch schnell seine E-Mails zu checken? Aber manchmal tut es einfach so weh, als flösse Säure statt Blut durch meine Adern, und dann gehe ich online.

Im Netz ist wenigstens alles normal. Keine Leichenschauen, keine Kriminalpolizisten, keine Fernsehkameras. Nur Facebook-Updates darüber, wer was mit wem hat. Und Junkmails von afrikanischen Prinzen, die mir freundlicherweise einen Anteil ihres Vermögens anbieten. Ach ja, und E-Mails von Toten. Das ist weniger normal.

Zuerst scrolle ich beinahe über die Nachricht hinweg, und sobald ich sie sehe, weiß ich, dass sie nicht echt sein kann. Das ist entweder ein ganz verrückter Zufall oder irgendwer hat sich in ihren Account gehackt, von dem aus sie mir sonst immer den neuesten Tratsch aus dem College und witzige Sauffotos geschickt hat.

Doch obwohl ich mir sicher bin, dass es ein blöder Scherz ist, drückt mein Finger die Maustaste und ich kann kaum atmen, während die Mail geladen wird …

An: AliceinWonderland@forsterfamily.co.uk
Von: Meggie@MeggieForster.net
Datum: 15. September 2012
Zeit: 10:05:12
Betreff:

[DIESE E-MAIL HAT KEINEN INHALT]

Um diese Nachricht als Phishing-Versuch zu melden, klicken Sie bitte *hier*.

Der grellweiße Bildschirm tut mir in den Augen weh, aber ich traue mich nicht zu blinzeln, aus Angst, dass die Nachricht dann verschwindet.

»Alice, was machst du denn da oben? Der Wagen ist hier.«

Ich bringe kein Wort heraus.

Das muss ein Defekt sein. Ein Gespenst in der Maschine. Eine E-Mail-Version dieser Geschichten, in denen jemand plötzlich eine Weihnachtskarte aus dem Jahr 1952 bekommt, von seiner längst verstorbenen Oma.

Und es ist sicher nur Zufall, dass ich die verlorene E-Mail meiner Schwester gerade mal eine Stunde vor ihrem letzten … Auftritt … bekomme.

»Alice?«

Ich zucke zusammen, obwohl meine Mum draußen vor der Zimmertür steht. »Bin gleich so weit!«, rufe ich.

Aber ich rühre mich nicht vom Fleck. Ich kann einfach nicht. Ich habe das Gefühl, als wäre irgendetwas dort. Etwas, das ich nicht sehen kann.

Vielleicht habe ich sie jetzt wirklich nicht mehr alle. »Du bist nicht echt«, zische ich dem Bildschirm zu. »Nicht echt.«

Ich will aufstehen. Meine Beine sind schwer wie Blei und ich kann den Blick noch immer nicht vom Bildschirm lösen. Irgendwas muss ich übersehen, aber was?

»Alice? Nun komm aber.« Mum klingt ein bisschen angefressen. Schätze mal, das hier ist auch nicht gerade der schönste Tag ihres Lebens. Ich sollte mir mehr Mühe geben. Eine bessere Tochter sein, jetzt, da ich zum Einzelkind geworden bin.

Aufstehen. Zur Tür. Einen Fuß vor den anderen. Immer weiter gehen.

Ich drehe mich noch mal zum Bildschirm um und da sehe ich es. Die Zeit.

10:05:12

Kurz nach zehn Uhr morgens am Tag von Meggies Beerdigung.

Oder 10.05.12.

Mein sechzehnter Geburtstag. Und der Tag, an dem Meggie ermordet wurde.

2

Eigentlich sind wir schon längst Nachrichten von gestern. Oder, um genauer zu sein, Nachrichten von vor vier Monaten. Der tragische Fall der Familie Forster.

Seit dem Mord an Meggie gab es noch Hunderte weitere. Menschen wurden erstochen, erschossen und überfahren. Aber der Tod meiner Schwester hätte es wohl auch dann in die Schlagzeilen geschafft, wenn sie kein Fernsehstar gewesen wäre. Mr Bryant, mein Lehrer für Medienwissenschaft, hat gesagt, die Zeitungen interessieren sich vor allem für Mordopfer, die weiblich, hübsch und weiß sind, dabei sind die meisten Jugendlichen, die sterben, männlich, pickelig und schwarz.

Allerdings hat er sich mit solchen Aussagen zurückgehalten, seit Meggie gestorben ist.

Als unser Wagen abfährt, sehe ich zwei Reporter von den Lokalnachrichten vor unserem Haus. Ich habe ihnen immer auf dem Minifernseher in meinem Zimmer dabei zugesehen, wie sie direkt unter meinem Fenster standen und live berichteten. Bei ausgeschaltetem Ton konnte ich ihre Stimmen durch die Scheibe hören.

Ich mache die Augen zu, um alles auszublenden. Aber es funktioniert nicht, denn jetzt sehe ich nur noch diesen Computerbildschirm vor mir, mit diesem Datum. Das kann doch kein Zufall sein, oder?

»Ich hoffe bloß, dass niemandem deine Manschettenknöpfe auffallen, Glen.«

Mein Vater seufzt. »Wieso das denn?«

»Die sind viel zu glänzend. Zu fröhlich. Heute kommt es auf die kleinste Kleinigkeit an.«

Mums eigenes Outfit, ein brandneues graues Seidenkleid, ist natürlich genau richtig. Bevor Meggie gestorben ist, wäre sie über die Tatsache, Größe 40 tragen zu müssen, am Boden zerstört gewesen. Die alte Mum hat Yoga und Pilates und Body-Combat gemacht. Die neue Mum geht nur noch zur Trauerhilfe. Ihr Körper mag schwabbeliger sein, aber ihre Seele ist top gepflegt. Montagabends ist Gruppensitzung, mittwochnachmittags hat sie Einzelgespräche mit ihrem Therapeuten Olav, donnerstags gibt es offene Treffen und am Wochenende ist sie die ganze Zeit online und *teilt* ihre Gefühle mit anderen. In den Trauerforen ist sie eine richtige Berühmtheit.

Dad hat einen komplett anderen Weg eingeschlagen. Er will partout nicht mit zur Gruppentherapie, auch wenn Mum ihn dann endlich damit in Ruhe lassen würde, und sein Beerdigungsanzug hängt so schlabbrig an ihm runter, dass er darin aussieht wie ein Stadtstreicher. Seine Ernährung beschränkt sich mehr oder weniger auf Erdnüsse und Whisky. Er ist der starke, schweigsame Typ, wie ein Cowboy aus einem alten Western. Oder, na ja, ein Cowboy im Körper eines Rechtsanwalts.

Ich bin das Schweinchen in der Mitte. Und genau so fühle ich mich heute auch, in meiner glänzenden Strumpfhose, die viel zu warm ist für die spätsommerliche Hitzewelle, einem ziemlich omamäßigen schwarzen Rock und einer cremefarbenen Bluse mit Puffärmeln, die meine Mutter für mich ausgesucht hat. Schwitzend hocke ich zwischen meinen Eltern, herausgeputzt wie eine Fünfjährige auf dem Weg zu einer Geburtstagsparty, und muss die Hände unter die Oberschenkel klemmen, um nicht die Tür aufzureißen und aus dem Auto zu springen.

Als der Wagen vor der Kirche hält, bin ich schockiert über die riesige Menschenmenge, die dort wartet.

Ob Meggies Mörder auch hier ist?

Die Erste, die mir auffällt, ist Sahara, weil sie so groß ist. Sie hebt ihren muskulösen Arm zu einem halben Winken. Sahara hatte im Studentenwohnheim das Zimmer neben Meggie und jetzt entdecke ich auch ein paar der anderen Mädchen von meinen Besuchen an der Uni. Ich mustere ihre Gesichter, suche nach einem Ausdruck von Schuld. Oder Bösartigkeit.

Hat eine von euch meine Schwester getötet?

Am liebsten würde ich ihnen die Frage entgegenschreien, um zu sehen, wie sie darauf reagieren. Aber wäre das alles leichter zu ertragen, wenn ich die Wahrheit kennen würde?

Einige der Mädchen haben offensichtlich schon geweint. Saharas Freund ist der einzige Junge in der Runde. Wie heißt er noch gleich? Andrew? Aidan? Ja, wirklich ein einprägsamer Typ.

Tim ist nicht hier, natürlich nicht. Mum wollte ihm verbieten zu kommen, aber wie Dad richtig bemerkt hat, wäre er sowieso nicht aufgetaucht. Er meinte, Tim sei der Typ Mensch, der einfach wisse, dass das nicht richtig wäre. Woraufhin Mum nur missbilligend mit der Zunge geschnalzt und etwas gemurmelt hat wie: »Und der Typ Mensch, der seine Freundin ermordet und damit davonkommt.«

Aber dass er sie getötet haben soll, glaube ich keine Sekunde lang. Und ich weiß, dass er heute an uns denken wird. An Meggie.

Links von Sahara stehen noch mehr Leute, die Studenten sein könnten, aber ich kenne keinen von ihnen. Also was zum Teufel wollen die hier? Doch ihre glasigen Augen, schlaff herunterhängenden Kiefer und die Art, wie sie mich anstarren, verraten es mir. Das sind die Leute, die ständig im Internet rumhängen und Kommentare zu Meggies YouTube-Clips und in den *Sing for your Supper*-Fanforen posten, rumjammern, wie sehr sie ihnen fehlt und wie sehr sie sie geliebt haben, und behaupten, sie sei ihre beste Freundin gewesen.

Nach nur einer Staffel dieser beschissenen Castingshow glauben diese Idioten, Meggie wäre ein Teil ihres Lebens gewesen und sie hätten irgendeinen Anspruch auf sie.

Aber bedeutet das, dass einer von ihnen sie getötet hat?

Dad meint, das seien nur harmlose Irre, aber woher wussten sie dann, was heute hier in der Kirche passieren würde? Vielleicht gibt es ja eine spezielle Website für Leute, denen beim Thema Tod einer abgeht.

Oder eine Website für Leute, die sich für ihre toten Idole ausgeben?

Vielleicht sehe ich gerade der Person in die Augen, die Meggies Account gehackt und mir diese Mail geschickt hat. Mir ist schlecht.

Wir steigen aus dem Wagen und Mum wird sofort von einem Knäuel Menschen verschluckt. Ihre Trauerkameraden. Fünf Frauen und ein großer blonder Mann mit dem Schmollmund eines Supermodels und einem Gesicht wie frisch retuschiert. Mir ist sofort klar, dass das Olav sein muss, *der* Experte für Schmerz und Verlust.

Robbie und Cara stehen am Kircheneingang. Sie sind immer für mich da. In einem Paralleluniversum, in dem das Einzige, was ich mit dem 10.05.12 verbinde, mein sechzehnter Geburtstag ist, würde ich Robbie noch als meinen Freund bezeichnen und Cara als meine beste Freundin und wir würden alle drei zusammen planen, an welcher Uni wir uns bewerben, und spekulieren, ob unsere Eltern uns wohl zusammen in den Urlaub fahren lassen. Aber jetzt …

Sie umarmen mich, erst Cara, dann Robbie. Cara sieht aus wie immer – sie hat gerade so eine Phase, in der sie nur Schwarz trägt, sogar am Strand –, aber Robbie, der eigentlich ein absoluter Jeans-und-T-Shirt-Typ ist, sieht in seinem Anzug so viel erwachsener und ernsthafter aus und, ja, irgendwie auch ziemlich sexy. Nur leider weiß ich nicht mehr, ob ich auf diese Weise noch für ihn empfinde.

Dad wirkt verloren. Für ihn ist niemand gekommen.

Nach dem klimatisierten Auto ist es heiß draußen und dann wird es wieder kühl, als wir die dunkle Kirche betreten. Ich fühle mich, als hätte ich Fieber.

Oh Gott.

Das kann doch nicht sie sein, dort in dem Sarg vor mir. Einer nach dem anderen nehmen wir in der ersten Reihe Platz; ich starre auf meine Hände. Alles, nur nicht hinsehen. Meggie ist bei uns, aber gleichzeitig auch wieder nicht. Und sie ist definitiv, mit hundertprozentiger Sicherheit nicht mehr dazu in der Lage, mir zu rätselhaft bedeutungsvollen Uhrzeiten leere E-Mails zu schicken.

Die dröhnende Stimme des Pfarrers füllt die ganze Kirche mit Worten über meine Schwester, ein Mädchen, das er nicht gekannt hat und niemals kennenlernen wird.

»Der heutige Tag ist ein Tag der Trauer, aber auch der Dankbarkeit für das Leben von Megan London Forster. Die lange Wartezeit, bis Megan zur Ruhe gebettet werden konnte, war schwer zu ertragen für diejenigen, die sie geliebt haben, ganz besonders für Beatrice, ihre Mutter, Glen, ihren Vater, und Alice, ihre Schwester …«

Um mich herum fangen die Leute an zu singen. Sahara schmettert drauflos, genau wie die meisten der Stalker. Aber Kirchenlieder haben Meggie nie etwas bedeutet. Selbst *Amazing Grace*, der Song, der ihre Fernsehkarriere ins Rollen gebracht hat, war nicht ihre eigene Wahl. Sie mochte im Grunde nur weibliche Solosängerinnen mit ähnlich kraftvollen Stimmen, wie ihre eigene es war. Das hier hätte sie schrecklich gefunden.

Ich denke an sie, wie sie dort unter dem Sargdeckel liegt. Ich weiß, sie trägt Stilettos und ihr zweitliebstes Kleid, das mit den großen handgemalten Mohnblumen drauf. Das seidene weiße Wickelkleid, fließend wie Quellwasser, das sie eigentlich am liebsten mochte, konnten sie ihr nicht anziehen, weil sie darin gefunden wurde. Es ist ein *Beweisstück*.

Ich dachte immer, Särge wären so massig wie Landrover, um ihre Passagiere sicher ins Jenseits zu bringen. Aber ihrer ist schmal und schnittig, mit Chromgriffen, die nicht robuster wirken als die Riemchen an ihren Stilettos.

In diesem Moment verlässt mich meine Tapferkeit. Und ich fange an zu weinen.

Ich kann das nicht. Ich kann nicht zusehen, wie sie begraben wird.

Es ist das Schlimmste, was ihr passieren konnte. Sie hat die Dunkelheit gehasst, genau wie enge Räume, und was die Erde angeht … meine Schwester hat früher noch nicht mal Sandburgen gebaut, weil sie keinen Dreck unter die Fingernägel bekommen wollte.

Also renne ich nach Hause – zwei Meilen durch die Seitengassen, um niemandem zu begegnen, den ich kenne. Die ganze Zeit versuche ich die Vorstellung aus meinen Gedanken zu verbannen, wie sie in ihrem Grab liegt, die Hände in das schwere Erdreich über sich krallt und nach Luft ringt, aber stattdessen immer mehr Dreck ihre Lunge füllt.

Hat es sich so angefühlt, als der Mörder ihr das Kissen aufs Gesicht drückte?

Meine Hand zittert dermaßen heftig, dass ich den Schlüssel kaum ins Schloss bekomme, und mein Atem geht laut und schmerzhaft.

In meinem Zimmer angelangt, schäle ich mich aus den verschwitzten Kleidern, aber meine Haut riecht noch immer nach Kirche, nach Weihrauch. Nach Tod.

Mit einem Mal kommt mir mein Computer bedrohlich vor. Ich fahre ihn hoch, halb in der Erwartung, mir diese E-Mail nur eingebildet zu haben. Und halb in der Hoffnung, dass ich eine weitere finde.

Aber als ich mich einlogge, ist alles unverändert. Die Mail ist noch da, aber sonst nichts.

Ich starre darauf, falls dort irgendwo ein Bild sein sollte, verborgen in den Pixeln, aber nichts ändert sich. Noch nicht mal die Zeit: 10:05:12.

Vier Monate und fünf Tage, seit sie uns verlassen hat.

Ich öffne eine neue Mail und beginne zu schreiben.

Von: AliceinWonderland@forsterfamily.co.uk
An: Meggie@MeggieForster.net

Meine liebste Schwester,

Nein. Das ist der vollkommen falsche Start. So rührselig habe ich nie mit ihr gesprochen, und obwohl sie das hier niemals lesen wird, würde sie mich wahrscheinlich auslachen oder endgültig für verrückt erklären, wenn ich jetzt damit anfinge.

Ich lösche die erste Zeile und versuche es noch mal anders.

Megster!

Schon besser. Das ist einer der ungefähr tausend Spitznamen, die ich für sie hatte.

Wo warst du, Schwesterherz? Du hast alles verpasst. Deine eigene Beerdigung. Und die Musik erst, grauenhaft. Wahrscheinlich drehst du dich gerade im Grab rum, was?

Diese Redewendung habe ich noch nie zuvor benutzt.

Ich hoffe, dir geht's gut. In deinem Grab. Mann, klingt das komisch. Tut mir echt leid, dass ich nicht dageblieben bin, um Erde reinzuschaufeln oder was man da auch immer macht. Ich konnte einfach nicht.

Erde. Allein das Wort lässt mich schon wieder ganz flach atmen.

Schätze mal, wenn du ... noch hier bist, auf irgendeine Art, dann hast du mich auch in der Kirche gesehen. Das tut mir auch leid. Ich weiß ja, du kannst Heulsusen nicht leiden. Ich habe versucht, sie davon zu überzeugen, dich nicht zu begraben. Ich fand, wir sollten deine Asche an einem Ort verstreuen, an dem du gerne warst, zum Beispiel auf Korfu am Strand, aber die Polizei meinte, du müsstest beerdigt werden, für den Fall, dass ...

Ich halte inne. Interessiert sich eine Tote überhaupt für das Schicksal ihres Körpers oder lässt sie ihn einfach hinter sich, wie ein Primark-Top aus der letzten Kollektion?

Na ja, lassen wir das. Jedenfalls war das ein ganz schöner Aufmarsch vor der Kirche, Meggie. So viele Leute haben dich lieb gehabt, auch wenn ich dich noch viel lieber hatte als die alle zusammen. Das wusstest du doch, oder? Auch wenn wir es uns nicht oft genug gesagt haben.
Tja, dann sage ich es eben jetzt. Ich hab dich lieb,

deine kleine Schwester xxxxxxxxxxxxxxxxxxxxxxxxxxx

Ich lese mir die E-Mail noch mal durch. Vielleicht sollte ich ihr alles erzählen, was passiert ist, seit sie nicht mehr da ist: von dem Schweigen zu Hause, dem ihr gewidmeten Song, dem Besser-als-erwartet-unter-den-Umständen-Ergebnis meines Abschlusstests, meinem Rückfall beim Nägelkauen.

Aber wenn sie aus dem Himmel auf uns runtersieht, weiß sie das sowieso alles. Vielmehr muss sie erfahren, was wirklich wichtig ist, und jetzt, nachdem ich es ihr gesagt habe, fühle ich mich schon viel besser. Okay, wenn diese leere Mail tatsächlich von so einem bescheuerten, kranken Fan war, der ihren Account gehackt hat, dann habe ich ihm wohl mehr Drama geliefert, als er sich je erträumt hätte. Aber wen interessiert's? Wenn es auch nur die geringste Chance gibt, dass Meggie mich hört – selbst wenn die Chance winziger ist als die, Außerirdische auf dem Mars oder ein Heilmittel für Krebs zu finden –, dann ist es das Risiko wert, dass irgend so ein armseliger Loser, der auf tote Mädchen steht, erfährt, was in mir vorgeht.

Ich klicke auf *Senden*.

3

Unten streiten sich mal wieder meine Eltern. Es ist immer dasselbe. Ich dachte, nach der Beerdigung wird vielleicht alles besser, aber eine Woche danach ist immer noch kein Ende in Sicht. Früher habe ich mich immer so überlegen gefühlt, wenn meine Freunde darüber gejammert haben, wie ihre Eltern sich zankten. Jetzt nicht mehr.

»Ist dir das alles denn egal?«

»Bea, fang nicht so an, bitte.«

»Nein. Ich will wissen, ob es dir überhaupt wichtig ist.«

Ich drehe die Musik lauter, aber ihre Stimmen sind trotzdem nicht zu überhören.

»Okay, nein. Nein, es ist mir nicht wichtig, kein bisschen.«

»Glen, das kann jetzt nicht dein Ernst sein. Megan muss doch den richtigen Baum bekommen. Einen, der schön und grazil ist, aber trotzdem stark. Vielleicht wäre ein Obstbaum am besten. Aber wäre es dann nicht seltsam, die Früchte zu essen? Oh Gott, siehst du, du musst mir helfen ...«

»Megan konnte eine Eiche nicht von einer Kiefer unterscheiden. Sie war neunzehn, Bea. Gärtnern war ihr absolut schnurz.«

»Es geht doch nicht ums Gärtnern. Sondern um ein Symbol für ihr Leben.«

»Tu, was du für richtig hältst. Gieß deinen Baum mit Champagner und düng ihn mit Kaviar, aber das ändert auch nichts. Wir können Megan nicht durch einen Baum ersetzen und auch nicht durch einen Rosenstrauch oder eine verdammte Blumenampel.«

Vielleicht schafft es ja eine Talksendung im Radio, sie zu übertönen. Ich stöpsele meine Kopfhörer in den Laptop.

Was jetzt? Ich könnte Robbie anrufen, aber der will dann sicher nur über die Beerdigung reden, weil er meint, das gehört sich so. Cara würde versuchen, mich mit Geschichten über ihren neuesten Schwarm abzulenken, und das kann ich jetzt auch nicht ertragen.

Bleiben immer noch die Hausaufgaben für Medienwissenschaft, wenn ich ganz verzweifelt sein sollte. Ich nehme mir das Arbeitsblatt vor: *Ein globalisiertes, zentralisiertes Medienwesen führt unweigerlich zu einem eingeschränkten Blick auf die Welt. Belege diese These mit relevanten Beispielen.*

Na, so verzweifelt bin ich dann doch nicht.

Ich weiß, was ich machen will. Es ist bestimmt zehn Minuten her, seit ich das letzte Mal meine E-Mails gecheckt habe, also wäre jetzt doch ein guter Zeitpunkt, um noch mal nachzusehen. Seit der Beerdigung ist nichts mehr von Meggies Account angekommen. Vielleicht spukt das Gespenst in der Maschine schon längst bei jemand anderem rum. Die ganze Zeit muss ich gegen den Drang ankämpfen, ihr noch eine Mail zu schicken. Klar ist das verrückt, aber nach der ersten habe ich mich immerhin ein winziges bisschen besser gefühlt.

Im Spamordner sind drei Mails, aber keine mit Meggies Adresse.

Ich will die Nachrichten gerade löschen, da sehe ich die Betreffzeile der untersten …

4

An: AliceinWonderland@forsterfamily.co.uk
Von: admin@soulbeach.org
Datum: 22. September 2012
Betreff: Meggie Forster hat dir eine Einladung für den Strand geschickt

Liebe ALICE,

MEGGIE FORSTER lädt dich ein, sie am Soul Beach zu besuchen, dem weltexklusivsten sozialen Netzwerk im Urlaubsstil. Die Mitgliedschaft kann allein durch eine Einladung erworben werden, und um deine Anmeldung zu aktivieren, musst du in jedem Fall dem unten stehenden Link folgen.
Wir sehen uns am Strand,

die Geschäftsleitung, Soul Beach
Wo jeder Tag so schön ist wie der vorige.

Wie bitte? Soul Beach?

Ich gehe sofort zu Google, aber da finde ich nichts. Dann versuche ich, die Website soulbeach.org direkt aufzurufen. Meine

Hände zittern so stark, dass ich mich ständig vertippe, aber als ich es endlich hinkriege und *Enter* drücke, friert das Bild ein. Nichts passiert. Gar nichts. Am liebsten würde ich den Computer anschreien, aber dann hört mich Mum. Also flüstere ich nur.

»Was soll das, Meggie? Wo zum Teufel bist du? Bist du überhaupt da?«

Aber natürlich kommt keine Antwort. Wie auch? Ich würde mal sagen, zwei zu null für dieses Schwein, das sich wahrscheinlich ein Loch in den Bauch gefreut hat, weil ich blöd genug war, überhaupt auf die erste Mail zu antworten.

In meinen Ohren rauscht das Blut, so wütend bin ich. Ich muss hier raus. Wohin, weiß ich noch nicht. Irgendwohin, wo ich nicht vor diesem verdammten Bildschirm sitze. Ich schließe Firefox und dann …

Oh Gott.

Ich starre auf den Desktop, der seit Ewigkeiten denselben Hintergrund hat – schon lange bevor das alles passierte. Eine Fotocollage der schönsten Erlebnisse mit meinen Freunden, meinen Eltern und, natürlich, meiner Schwester. In der Mitte ist ein Bild von uns beiden beim Campingurlaub in Frankreich zu sehen, als wir gerade den Kostümwettbewerb als Alice und der verrückte Hutmacher gewonnen hatten. (Natürlich durfte Meggie Alice spielen, auch wenn das mein Name ist. Sie war einfach perfekt für die Rolle.)

Nur dass sie nicht mehr da ist. Wir anderen auch nicht. Die Collage ist verschwunden und an ihrer Stelle ist ein neues Foto aufgetaucht.

Ein Foto des schönsten Strandes, den ich je gesehen habe.

5

Cara liest sich den Ausdruck der E-Mail ungefähr fünfzig Mal durch, bevor sie etwas sagt.

»Die sind doch alle krank, diese Penner.«

Sie steckt sich einen neuen Nikotin-Kaugummi in den Mund. Ihre Mum ist Ärztin und gibt ihr davon eine Packung pro Woche, seit die Schule sie informiert hat, dass Cara hinter der Sporthalle geraucht hat. Was Mummy aber nicht weiß, ist, dass ihre Tochter a) ihre erste Schachtel Zigaretten bereits an ihrem dreizehnten Geburtstag gekauft hat und b) trotz der Kaugummis keineswegs aufgehört hat zu rauchen, sondern sich so lediglich über die großen Pausen rettet, da sie, wenn sie sich noch mal irgendwo auf dem Schulgelände erwischen ließe, sofort von der Schule fliegen würde. Wer sich zwei Fehler leistet, ist raus aus der Redview Mädchenschule.

»Ich meine«, sagt sie jetzt und wickelt sich eine frisch gefärbte blauschwarze Haarsträhne um den Finger, »was für ein Psycho macht denn so was?«

»Du würdest dich wundern, wie viele Spinner in den Internetforen was über Meggie geschrieben haben, als sie gestorben ist.«

»Du hast sie gegoogelt?«

Ich werde rot. »Ja. Macht mich das auch zu einer Spinnerin?«

Sie denkt darüber nach; immer wieder taucht der Kaugummi

grau wie ein Grabstein zwischen ihren vor Kurzem erst gebleichten Zähnen auf. »Nö. Hätte ich auch gemacht, wenn sie meine Schwester wäre.«

Cara ist ein Einzelkind. Wir haben immer gesagt, wir wären Seelenschwestern, bis Meggie gestorben ist und mir, viel zu spät, klar geworden ist, dass sich mit einer echten Schwester nichts vergleichen lässt.

»Was auf Facebook abgelaufen ist, war ja noch verhältnismäßig normal – na ja, wenn man es als normal bezeichnen kann, wenn Leute jemandem, den sie gar nicht kennen, tonnenweise virtuelle Blumensträuße schicken. Aber es gab auch ganze Foren, in denen es nur um ihre Stimme und ihr Gesicht ging oder irgendwelche erfundenen Geschichten über ihr Leben. Jeder da hatte seine ganz eigene Theorie darüber, wer sie getötet hat, und warum.«

Cara schenkt mir einen mitfühlenden Blick. »Als wäre das nicht offensichtlich.«

Ich runzele die Stirn. »Er ist nicht angeklagt worden. Wenn es wirklich so offensichtlich wäre, dann würde er jetzt im Gefängnis sitzen, Cara, das weißt du genau. Egal, was die Zeitungen behaupten.«

Tim hat sie nicht umgebracht. Mittlerweile bin ich mir über so ziemlich gar nichts auf der Welt mehr sicher, aber ich weiß einfach, dass ein Typ, der Spinnen aus der Gemeinschaftsküche im Studentenwohnheim rettet, kein Mörder sein kann.

Aber wenn er es nicht war, wer dann?

Sie wirft mir diesen typischen Blick zu, der besagt: Tja, wir wissen ja alle, wie toll du Tim findest, seit Meggie ihn das erste Mal von der Uni mit nach Hause gebracht hat, also können wir von dir wohl kaum erwarten, dass du das Ganze rational siehst.

Dabei stimmt das noch nicht mal. Ja, ich mochte ihn, weil er der erste von Meggies Freunden war, der mich wie einen eigenständigen, interessanten Menschen behandelt hat, aber Cara hat mir natürlich nie geglaubt, dass es so einfach ist, und mich die ganze Zeit mit ihm aufgezogen – obwohl sie mich mehr oder weniger damit in Ruhe gelassen hat, seit meine Schwester tot ist.

Sie liest die E-Mail noch einmal. »Und, wie sieht sie aus?«

»Häh?«

»Die Seite, du Trottel. Wie sieht Soul Beach aus? Ist wirklich jeder Tag so schön wie der vorige?«

Jetzt werfe ich ihr einen vielsagenden Blick zu. »Ich habe nicht auf den Link geklickt. Ist wahrscheinlich eh nur ein mieser Trick. Aber ich hab ›Soul Beach‹ gegoogelt und so eine Seite scheint es gar nicht zu geben.«

Cara starrt mich an, als hätte ich komplett den Verstand verloren. Dann klingelt es zur nächsten Stunde und ich gehe zu Englisch und sie zu Rechtswissenschaft, und ich kriege kein Wort von dem mit, was der Lehrer sagt, weil ich viel zu beschäftigt damit bin, in Gedanken meine Antwort an den Soul-Beach-Psycho zu formulieren.

6

An: admin@soulbeach.org
Von: AliceinWonderland@forsterfamily.co.uk
Datum: 23. September 2012
Betreff: Re: Meggie Forster hat dir eine Einladung für den Strand geschickt

An den jämmerlichsten Typen, der je gelebt hat:
Wie kann man nur so krank sein?
Also, ich hoffe mal, du bist zufrieden. Ist schließlich 'ne super Leistung, jemanden zu verarschen, der seine Schwester vermisst, stimmt's?
Hoffentlich tut dir irgendwann auch mal einer so weh, wie du das bei mir versucht hast, dann wird dir vielleicht klar, was für ein verdammter Scheißkerl du bist.

Alice Forster

Nachdem ich auf *Senden* geklickt habe, fühle ich mich ungefähr zwanzig Sekunden lang besser. Dann fange ich an zu zittern und höre wieder dieses Rauschen in meinen Ohren.

Was, wenn derjenige, der mir diese Mails geschickt hat, gar nicht irgendein Stalker ist, sondern jemand, den ich kenne? Viele Feinde habe ich nicht unbedingt. In der Schule gibt es ein paar Mädchen, die mich nicht so mögen, weil ich mit Cara rumhänge, und die können sie wegen ihrer großen Klappe und ebenso großen Oberweite nicht leiden. Aber wenn jemand ihr eins auswischen wollte, dann würde er es doch kaum über mich probieren, oder?

Das Chat-Fenster leuchtet auf.

Robs Welt: Bleibt's bei nachher, Ali?

Nachher? Ach ja, das hatte ich ganz vergessen, auch wenn Robbie eigentlich der absolut unvergesslichste Freund der Welt ist. Alle Mädchen lieben ihn, weil er so ein breites Lächeln hat wie Zac Efron und dickes goldblondes Haar, das schon fast zu schön ist, um wahr zu sein. Wir haben uns in der Zehnten kennengelernt, als Cara was mit einem Freund von ihm hatte, und obwohl sie den Typen nach einem Monat abgeschossen hat, sind Robbie und ich immer noch zusammen. Seit anderthalb Jahren. Was uns in den Augen unserer Freunde zu einem alten Ehepaar macht.

Dann kam die schreckliche Nachricht, und als Robbie vor der Tür stand und beinahe genauso heftig weinte wie ich, war es, als wäre in mir ein Hebel umgelegt worden. Ich empfand rein gar nichts mehr für ihn. Und so ist es bis heute.

Vielleicht sollte ich mit ihm Schluss machen – obwohl ich doch nicht für immer so fühlen werde, oder?

Robs Welt: Hallo, noch da?
AliceinWonderland: Sorry, war abgelenkt. Freu mich schon auf nachher.
Robs Welt: Wann soll ich dich abholen?

Ein Schauer läuft mir über den Rücken. Ich bin nicht mehr gern mit ihm allein.

> **AliceinWonderland:** Ich komm selbst. Muss noch Hausaufgaben machen.

Dann logge ich mich aus. Und sehe wieder den Strand auf meinem Desktop. Ich werde das Bild einfach nicht los, egal, was ich anstelle. Es ist noch nicht mal ein normales Foto. Dafür wirkt es viel zu leuchtend, das Meer ist zu türkis und die Kämme der Wellen sind so strahlend weiß, dass sie vor meinen Augen zu sprudeln scheinen wie Brause. Es ist fast wie ein 3-D-Bild, auch wenn ich weiß, dass man die ohne diese blöden Brillen gar nicht erkennen kann. Aber jedes Mal, wenn ich diesen Strand sehe, muss ich an die E-Mail denken, und das macht mich wahnsinnig.

Im Ordner *Meine Bilder* suche ich nach meiner alten Fotocollage, doch als ich sie finde, lässt der Computer sie mich nicht als Desktophintergrund laden. In meinen Ohren rauscht das Blut so laut, dass es wie Meereswogen klingt.

»Mann, jetzt reicht's aber!« Ich knalle den Laptop zu.

Ob das nur eine Phase ist? Mum hat gesagt, wenn man trauert, durchläuft man verschiedene Phasen und eine davon ist Wut. Aber mein Zorn ist verflogen, kaum dass ich den Computer zugeklappt habe, einfach so.

Und doch ...

Nebenan höre ich Mums Haartrockner dröhnen, während unten der Fernseher plärrt.

Unter all diesen gewohnten Geräuschen liegt das entfernte, aber unverkennbare Rauschen von Wellen, die auf einen Strand rollen.

1

Robbie, Cara und ihr neuer Typ Mickey sitzen schon im Biergarten des Pubs.

»Hallo, schöne Alice!« Robbie steht auf, küsst mich auf den Mund und geht dann zur Theke.

Mickey nuschelt irgendeine Neandertaler-Begrüßung. Er ist zweiundzwanzig. Cara und er haben sich kennengelernt, als er ihr einen Big Mac mit Pommes serviert hat. Süß ist er schon, auf diese etwas raue Art, auf die Cara im Moment so steht.

»Na, hast du auf die Mail geantwortet?«, fragt sie mich über Mickeys Kopf hinweg.

Ich nicke.

»Wusst ich's doch. Und?«

»Bis jetzt nichts.«

»Ich habe nachgedacht«, sagt sie. »Das ist kein Zufall, oder? Irgendwer will dir was Böses, Ali. Oder deine Aufmerksamkeit erregen.«

»Okay, aber wer will denn bitte so dringend von mir beachtet werden?«

Robbie kommt mit meinem Bier zurück. »Jemand will von dir beachtet werden, Al? Muss ich mir Sorgen machen?«

Ich werfe Cara einen warnenden Blick zu, den sie jedoch geflissentlich übersieht.

»Wir versuchen rauszukriegen, wer Alice diese freakigen Mails schickt.«

Er ist verletzt, das sehe ich in seinen Augen. Früher konnte ich stundenlang über ihre Farbe nachgrübeln, ob das Braun mich nun eher an Haselnüsse oder an dunkle Schokolade erinnerte.

»Ach, das ist alles nicht so wild. Nur wieder so ein irrer Fan von Meggie«, erkläre ich ihm.

»Und der hat deine E-Mail-Adresse?«

»Wirklich, alles nicht so wild«, wiederhole ich.

»Ach, das war deine Schwester, oder?«, fragt Mickey, der gerade munter zu werden scheint. »Die ermordet worden ist.«

»Ja.«

»War ziemlich hübsch, oder? Und berühmt auch. Ich hab sie in dieser Sendung gesehen. Hätte nie gedacht, dass das *deine* Schwester ist.«

Robbies Hand ballt sich zur Faust, bereit, meine Ehre zu verteidigen. Mickey kriegt davon nichts mit. »Ich hatte mal 'nen Kumpel, der ist ermordet worden«, redet er weiter. »Na ja, war eigentlich der Cousin vom besten Freund meines Bruders. Ist vor 'nem Pub in 'ne Schlägerei geraten. Plötzlich hatte einer ein Messer in der Hand und …« Zur Veranschaulichung zieht er den Finger quer über seine Kehle.

»Mickey?«, sagt Cara. Ihre Stimme klingt sanft, aber ihre Augen wirken beinahe so schwarz wie ihr Haar.

Er dreht sich zu ihr um.

»Bitte verpiss dich und lass mich in Ruhe. Für immer.«

Mickeys Gesicht knautscht sich zusammen wie das einer Handpuppe. Dann schnappt er sich sein Bier. »So scharf fand ich dich eh nicht, du arrogante Kuh.« Er steht auf und nickt in Robbies und meine Richtung. »Mit deinen arroganten Freunden. Ach ja, und deine tote Schwester sah übrigens tausendmal besser aus als du.«

Robbie will sich auf ihn stürzen, aber ich hebe die Hand, um ihn davon abzuhalten. »Er ist es nicht wert.« Ich verkneife mir die Bemerkung, dass dieser Schrank von Kerl Robbie mit einem Schlag umhauen könnte. Oder die, dass Mickey nur ausgesprochen hat, was die meisten Leute denken, sobald sie erfahren, wer ich bin.

»Also, was ist nun mit dieser E-Mail?«, kommt Robbie auf das Thema zurück.

»Im Ernst, ist nicht so wichtig, okay? Irgendwer hat Meggies Account gehackt und mir ein paar blöde Mails geschickt.«

»Aber das ist schrecklich«, sagt er, nimmt meine Hand und streichelt sie. Noch vor sechs Monaten hätte ich in so einem Moment vor Aufregung kein Wort mehr herausgekriegt. »Also, Lewis könnte den Typen bestimmt aufspüren und ihm einen ordentlichen Shitstorm um die Ohren hauen, wenn du das willst.«

Robbies älterer Bruder ist ein ziemlicher Nerd und Lewis dessen noch nerdigerer bester Freund. Er ist eins von diesen Genies, die schon in der Schule ihre eigene Webdesignfirma gründen und schließlich nicht mal mehr zur Uni gehen müssen. Gut möglich, dass er irgendwann mal so reich ist wie Bill Gates, dafür hat er noch nie eine Freundin gehabt.

»Nein, bitte nicht.« Ich lasse seine Hand los und greife nach meinem Bier. »Eigentlich freue ich mich sogar fast über diese Mails. Sie … na ja, irgendwie erinnern sie mich daran, dass Meggie existiert hat.«

»Ach, Süße.« Cara seufzt. »Natürlich hat sie existiert. Und das tut sie auch immer noch, weil wir an sie denken. Ganz Großbritannien denkt an sie. Sogar Mickey, dieser Idiot, wusste, wer sie war.«

»Mag sein. Aber niemand redet mehr über sie.«

Cara und Robbie wechseln einen Blick, wie Ärzte angesichts eines schwierigen Patienten.

»Wir waren uns nicht sicher, ob du über sie reden willst«, erklärt Robbie. »Aber wir hätten einfach fragen sollen. Immerhin sind es die Erinnerungen, die einen Menschen lebendig halten, stimmt's?«

Ich zögere. Das hier sind meine beiden allerbesten Freunde. Vielleicht sollte ich ihnen erzählen, was mir auf der Welt am allermeisten Angst macht. Ich atme tief durch. »Wenn Erinnerungen sie lebendig halten, was passiert dann, wenn ich sie vergesse?«

Sie gucken mich entsetzt an.

»Das wirst du nicht«, meint Robbie.

Ich schüttele den Kopf. »Nein, so nicht, Meggie selbst werde ich nie vergessen. Aber … na ja, zum Beispiel fehlte ein Stück von ihrem Schneidezahn, aber ich weiß jetzt schon nicht mehr, an welchem.«

»Am rechten«, sagt Cara und tippt gegen ihren eigenen, schon wieder leicht nikotinverfärbten Zahn. »Genau wie bei mir.«

»Ich glaube, das ist nicht unbedingt das, worum es Ali geht«, sagt Robbie. »Hör zu, solche Details sind doch nicht wichtig. Das einzig Wichtige ist, wie sehr du sie geliebt hast.«

Aber er versteht es auch nicht. Dieses Gefühl, Meggie zu verraten, jedes Mal, wenn ich ein Stückchen von ihr vergesse. Dass ich die mieseste Schwester bin, die es gibt. Aber ich hätte wissen müssen, dass es keinen Sinn haben würde, es ihnen zu erzählen. Jetzt komme ich mir nur noch einsamer vor. »Ja, kann sein. Danke, Leute. Wer steht eigentlich heute hinter der Bar?«

»Der dämliche tätowierte Typ«, antwortet Cara und zwinkert mir zu. »Du weißt schon, der von der Weihnachtsparty. Mr Octopus. Der würde alles für mich tun, glaub mir.«

»Gut«, sage ich. »Ich könnte jetzt nämlich wirklich was Stärkeres als Bier gebrauchen.«

8

Auf Zehenspitzen schleiche ich mich ins Haus, in der Hoffnung, der spanischen Inquisition zu entgehen.

»Alice?«, meldet sich Dad aus dem Wohnzimmer. Ich erstarre.

»Ich gehe ins Bett!«, rufe ich zurück. »Bin total müde.« Dann halte ich die Luft an.

Er grunzt: »Okay, dann gute Nacht, Schätzchen.« Schätze mal, er hat auch nicht viel mehr Lust auf Reden als ich.

Ich schalte meinen Laptop ein, obwohl ich wette, wer auch immer hinter dem ganzen E-Mail-Quatsch steckt, hat sich in den Cyberspace verzogen wie der feige Hacker, der er schließlich auch ist.

> **Betreff:** Re: Re: Meggie Forster hat dir eine Einladung für den Strand geschickt

Ich starre auf die Betreffzeile. Ich kann nicht glauben, dass er tatsächlich geantwortet hat. Vielleicht liebt der Typ sein Stalkerdasein so sehr, dass er sich jetzt auch mit der zweitbesten Schwester zufriedengibt?

Oder vielleicht ist es wirklich sie.

Nein, so blöd bin ich nun auch wieder nicht, das zu glauben. Ich wäge meine beiden Optionen ab: Öffnen oder Löschen.

Keine Frage, oder?

An: AliceinWonderland@forsterfamily.co.uk
Von: admin@soulbeach.org
Datum: 24. September 2012
Betreff: Re: Re: Meggie Forster hat dir eine Einladung für den Strand geschickt

Bitte, Florrie ... ich warte schon so lange

Zuerst denke ich, dass ich wohl betrunkener sein muss, als ich dachte. Der Text wirkt eher wie mit der Hand geschrieben, nicht wie irgendeine Computerschriftart, und ist zudem auch noch verwischt, so als wäre die Tinte im Regen verlaufen …

Nur dass es keine Tinte sein kann, oder? Ich habe hier einen Computerbildschirm vor mir und kein Papier.

Aber das ist nicht das Seltsamste an der Sache.

Ich schließe die Augen. Das habe ich mir doch nur eingebildet, oder?

Ich öffne die Augen wieder und es ist immer noch da.

Florrie

Mein vollständiger Name lautet Alice Florence Forster. Gezeugt – mein Gott, wie konnten sie mir bloß aus *diesem* Grund *diesen* Zweitnamen geben? – in einem Hotel in Florenz, am Hochzeitstag meiner Eltern. Meggies zweiter Vorname lautet London. Genau genommen wurde sie in einem Einzimmerapartment in Shepherd's Bush gezeugt, aber selbst meiner Mutter war klar, dass das wohl einen Schritt zu weit gehen würde.

Mein Zweitname allerdings ist ein wohlgehütetes Geheimnis,

das nur sechs Menschen kennen: meine Klassenlehrerin, mein Hausarzt, mein Zahnarzt, meine peinlichen Eltern …

… und meine Schwester.

Der einzige Mensch auf der Welt, der es sich erlauben darf, mich Florrie zu nennen.

9

Bitte, Florrie ... ich warte schon so lange

Wieder und wieder lese ich den Satz. Kein Punkt am Ende, das sieht meiner Schwester überhaupt nicht ähnlich. Sie war nicht nur ein Gesangstalent, sondern hat auch in Englisch immer nur Einsen mit Sternchen bekommen. Ihr hätte wirklich niemand vorwerfen können, dass sie außer ihrem hübschen Gesicht nichts zu bieten gehabt hätte. Dieser Zeichenfehler beweist, dass mit ihr irgendetwas nicht in Ordnung ist.

Natürlich ist mit ihr was nicht in Ordnung, du dämliche Kuh. Meggie ist tot.

Nur dass ich daran irgendwie nicht mehr glauben kann.

Ich weiß, dass es wirklich sie ist. Genau wie ich wusste, dass die Furcht einflößende Cara meine beste Freundin werden würde, in dem Moment, als ich sie mit elf zum ersten Mal auf dem Schulspielplatz sah, oder dass Robbie der erste Junge sein würde, den ich küssen würde. Ich weiß es.

Außerhalb dieses Zimmers ist alles so, wie es war – ich kann meinen Vater unten auf dem Sofa schnarchen hören, dem einzigen Ort, an dem er noch einigermaßen schlafen kann –, aber hier drinnen ist alles anders. Mein Herz schlägt laut und hektisch. Soll ich ihn aufwecken und ihm sagen, dass Meggie noch da ist?

Ich muss über mich selbst lachen. Genau, zeig ihm drei E-Mails als Beweis dafür, dass deine Schwester noch lebt. Das überzeugt ihn bestimmt. Die weisen dich doch ein, bevor du auch nur »Jenseits« sagen kannst.

Ich könnte Cara anrufen, aber die würde darauf bestehen, sofort vorbeizukommen, obwohl es schon nach Mitternacht ist, und ich wette, glauben würde sie mir trotzdem nicht. Außerdem werde ich ihr bestimmt nicht auf die Nase binden, dass mein zweiter Vorname Florence lautet. Nicht, nachdem ich es, seit ich sie kenne, vor ihr geheim gehalten habe.

Und was ist mit Robbie? Klar, der würde kommen und mich in den Arm nehmen, aber hinter meinem Rücken wahrscheinlich gleich diesem Computerfreak Lewis eine SMS schicken, damit er die Homepage blockiert, und das ist das Letzte, was ich jetzt will. Vielleicht bin ich verrückt, aber das hier ist nun mal alles, was ich habe.

Tja, so sieht's also aus. Ich bin ganz auf mich allein gestellt.

Ich scrolle durch die Soul-Beach-Mail, bis der Cursor auf dem Aktivierungslink landet. Meine Hand zittert, der Bildschirm scheint im Takt mit meinem Herzschlag zu pulsieren.

»Halte durch, Meggie, ich komme«, flüstere ich.

In der Ferne höre ich das Rauschen der Wellen.

10

Um maximale Farbechtheit zu garantieren, Clear-HearAudio zu optimieren und dir so das bestmögliche Multimedia-Erlebnis für Soul Beach zu bieten, würden wir gern deine Einstellungen neu kalibrieren. Ist das okay für dich? Bitte auf *Ja* oder *Nein* klicken.

Die Vorstellung, dass der Himmel von amerikanischen Softwareentwickler-Nerds verwaltet wird, bringt mich zum Lächeln, trotz der Furcht, die mich erfüllt, während ich gebannt auf den Bildschirm starre. Die Furcht, dass das alles tatsächlich echt sein könnte. Oder, schlimmer noch, dass es das nicht ist.

Ich klicke auf *Ja*, obwohl ich weiß, dass ich damit wem oder was auch immer die komplette Kontrolle über meinen Laptop, wie auch über meine Gefühle, überlasse. Dann halte ich den Atem an.

Stück für Stück erscheint der Strand vor mir, so als würde ich durch frühmorgendlichen Nebel wandern, der sich bei jedem Schritt ein bisschen mehr auflöst.

Bevor ich den Ort auch nur sehe, kann ich ihn spüren, wie elektrische Spannung, die durch meinen Körper fließt. Einen Moment lang ist das Gefühl beinahe beängstigend greifbar, fast lähmend, dann aber wird mir ganz warm und kribbelig zumute, als wäre mein Blut gegen Champagner ausgetauscht worden.

Ich blinzele und der Nebel ist verschwunden und dann sehe ich ihn – den Strand. Den Strand von meinem Desktop. Die Farben sind jetzt noch überwältigender: Jedes einzelne Sandkorn strahlt in einer ganz leicht unterschiedlichen Schattierung von Gold, so realistisch, dass sie beim Gehen unter meinen Füßen nachzugeben scheinen. Und das türkise Leuchten des Meeres, gekrönt von weißem Schaum, ist wie kühler Balsam für meine Augen. Die Wellen rollen an den Strand und klingen ganz anders als das künstliche Rauschen von Mums Entspannungs-CDs. Diese Wellen hier sind zu echt, um entspannend zu wirken, mächtig und wild, als wüssten sie ganz genau, wie viel Kraft in ihnen steckt.

Und jetzt begreife ich. Das hier sind die Geräusche, die ich für meine eigene Wut gehalten hatte, für Blut, das in meinen Ohren rauscht. Wieso ist mir das bloß nicht eher aufgefallen?

Mithilfe meiner Maus gehe ich den Strand entlang. Die Bewegungen sind so flüssig wie in einem Traum. Ich suche den Horizont nach Menschen ab, aber die Postkartenidylle wird durch nichts unterbrochen, nur hin und wieder ein paar kleine Bambushütten auf Pfählen und in der Ferne etwas, das aussieht wie eine verlassene Strandbar mit Palmblätterdach. Die Bucht wird von schroffen, mit grünem Strauchwerk bewachsenen Felsen begrenzt, die steil aufragen und die Landschaft vor allem schützen, was sie zerstören könnte.

Noch nie bin ich an einem so atemberaubenden Ort gewesen. Ich könnte mich einfach hinlegen und spüren, wie sich der warme Sand an meinen Körper schmiegt, wie die beruhigenden Strahlen der Sonne mein Gesicht streicheln …

Dann fällt mir wieder ein, dass ich ja nach Meggie suche.

Ärger verdrängt den Taumel aus Freude und Zufriedenheit. Das war seit Mai das erste Mal, dass ich ihren Tod vergessen habe. Bisher habe ich, glaube ich, selbst im Schlaf unablässig daran gedacht.

Wie konnte ich es also jetzt vergessen?

Ich bin wütend auf mich selbst, weil ich so oberflächlich bin, und auf diesen Ort, dass er mich überhaupt so weit gebracht hat.

»Was soll das? Was soll ich hier auf dieser verdammten einsamen Insel? Ich will Meggie sehen«, platzt es aus mir heraus.

Ich schaue mich um. Mein Gott, ich sitze in meinem Zimmer und schreie meinen Computer an. Jetzt habe ich wohl wirklich nicht mehr alle Tassen im Schrank. Oder vielleicht war das schon von dem Moment an so, als ich anfing zu glauben, meine Schwester wäre gar nicht tot.

Die Enttäuschung bricht in Wellen über mich herein, jäher und stürmischer als die auf dem Bildschirm. Ich bin am Boden zerstört. Ich wollte so sehr an das hier glauben, weil ich an nichts anderes mehr glauben kann. Aber das Ganze ist nichts als ein schlechter Scherz mit Tropenkulisse.

Ich versuche, die Seite zu schließen, aber egal, wohin ich die Maus bewege, ich finde das kleine x in der rechten oberen Ecke nicht und noch nicht mal ein Menü, um auf diese Weise hier wegzukommen. Je aufgeregter ich werde, desto weniger Einfluss scheine ich auf die Bilder vor mir ausüben zu können. Die Wellen plätschern noch immer an den Strand, die Sonne glitzert auf dem Wasser, der Sand fühlt sich warm an zwischen meinen Zehen.

Warm?

Ich sehe hinunter zu meinen Füßen. Sie stehen auf meinem IKEA-Teppich.

Jetzt ist der Bildschirm wie eingefroren. Ich sehe nur noch Hellbraun. Ist die Seite abgestürzt?

Als ich die Maus bewege, kehrt das Blau zurück.

Aha. Wie es aussieht, war ich in den Sand gefallen, mit dem Gesicht voran.

Als ich mich wieder aufrappele, erscheint am Rand meines Blickfelds eine Staubwolke. Schnell presse ich die Lippen aufeinander, damit ich nichts davon in den Mund bekomme.

Äh, klar. Weil man sich über virtuellen Sand auch ernsthafte Sorgen machen muss, ganz im Gegensatz zu galoppierendem Irrsinn.

Ich laufe weiter und suche nach einem Ausweg. Mit einem Mal fühle ich mich wie erstickt von all dieser Perfektion. Das hier ist nicht der Himmel. Vielleicht ist es die Hölle. Oder ein Virus, der meinen Computer infiziert hat: der Club-Tropicana-Virus. Dad flippt aus, wenn dieses Ding meine Festplatte schrottet. Den Laptop habe ich ja gerade erst zum Geburtstag bekommen.

Mein Geburtstag. Meggies Todestag.

»Das kann ich jetzt echt nicht gebrauchen, absolut nicht«, sage ich und merke, dass ich weine. »Nicht noch zusätzlich zu all dem anderen Mist.«

Das Rauschen der Wellen verändert sich.

Nein.

Das kann nicht sein.

Ich halte mein Ohr an den miesen Lautsprecher meines Laptops und dann höre ich es richtig. Irgendwo unter den Wellen ist eine Stimme. Leise. Ängstlich. Kaum wahrnehmbar. Aber sie ist da.

»Florrie? Bist du das endlich? Oh bitte, du musst es einfach sein …«

11

»Meggie?« Ich flüstere ihren Namen, kann einfach nicht glauben, dass sie es ist.

Keine Antwort. Vielleicht habe ich nicht laut genug gesprochen. Ich rücke näher an das Mikro meines Laptops. »Meggie?«

»Florrie …« Nicht lauter als ein Murmeln. Sie klingt anders. Ausdrucksloser, weniger lebendig, gar nicht wie meine Schwester. Wieder schießt mir die Möglichkeit, dass sie nur eine Betrügerin ist, dass das Ganze nichts als ein kranker Witz ist, durch den Kopf wie eine Kugel durch den Flipperautomaten, aber ich schiebe den Gedanken beiseite. Niemand würde sich so viel Mühe machen. Das wäre zu verrückt.

Verrückter als über eine Website mit Toten zu kommunizieren?

»Bist du wirklich da, Meggie?«

»Klar. Ich dachte schon, du würdest nie hier auftauchen.«

Das klingt schon eher nach ihr. »Wo bist du, Meggie?«

Jetzt höre ich einen sehr meggietypischen Seufzer. »Ach, Mist. Dann hatten sie also recht.«

»Sie?«

»Die anderen. Sie meinten, du könntest uns am Anfang nicht sehen.«

»Ich sehe nur einen leeren Strand.« So leer, dass ich mir vorkomme wie am Ende der Welt.

»Komisch. Dabei sind heute Morgen so viele von uns hier. Links von dir machen die Philosophen ein Picknick. Und die Emos hocken auf dem großen Felsen und überlegen, ob sie springen sollen. Na ja, wenn sie's tun, treiben sie eh nur wieder an die Wasseroberfläche wie lebensmüde Rettungsbojen. Was sie natürlich umso mehr anpisst.«

Emos? Picknicks? Tausend Fragen wirbeln mir durch den Kopf. Ich fange mit der wichtigsten an: »Wo bist du denn?«

»Direkt neben dir. Ich berühre deine rechte Hand.«

Ich sehe hinunter auf meine Hand, die sich um die Maus klammert. »Ich fühle gar nichts.«

»Na, wie denn bitte auch? Du bist auf einer Website, schon vergessen?« Das klingt jetzt so sehr nach großer Schwester, dass ich grinsen muss.

»Wo bist du jetzt, Meggie?«

»Ich hab mich nicht bewegt.«

»Nein, ich meine: Wo *bist* du? Wo ist … das alles hier?«

Ein tiefer Seufzer dringt aus meinen Lautsprechern. Auf dem Bildschirm bricht sich eine riesige Welle am Strand und ich meine, einen kurzen Blick auf eine menschliche Silhouette davor zu erhaschen, im nächsten Moment aber löst sie sich auf wie ein Hauch von Meeresgischt.

»Du bist immer noch genau so wie mit vier. Warum muss der Mann im Mond nie blinzeln? Wieso ist Käse gelb, wenn Milch doch weiß ist? Warum haben Menschen keine Flügel? Also, ich habe keinen blassen Schimmer, wo ich hier bin. Die Philosophen diskutieren natürlich andauernd darüber, aber das entspricht nicht gerade meiner Vorstellung von Spaß.«

»Kann es sein, dass du im Himmel bist?«

Ich weiß, das ist Blödsinn, aber ich schwöre, ich kann ihren Atem an meinem Hals spüren, als sie lacht. »Vielleicht. Eine Art Paradies ist es auf jeden Fall. Wir witzeln immer, dass der ganze Laden wahrscheinlich irgend so einer kitschigen Ferienanlage für Hochzeitsreisende nachempfunden ist. Danny war schon so ziemlich überall in der Karibik und meint, dass es hier genauso aussieht, aber Triti ist Inderin und meint, es erinnert sie eher an Goa.«

Danny? Triti? Ich hatte nicht erwartet, dass meine Schwester sich im Jenseits so amüsieren würde. Die ganze Zeit war ich so einsam, und jetzt finde ich raus, dass sie schon wieder eine neue Clique um sich geschart hat.

»Und wer sind die Philosophen?« Ich durchforste mein Hirn. »Marx und Kant?«

»Ach Quatsch«, schnaubt sie. »Hier ist niemand alt. Das ist bloß unser Spitzname für diese krassen Typen, die sich weigern, mit uns anderen zu reden, weil sie immer noch nicht akzeptieren wollen, dass sie hier sind. Selbstmörder, schätzen wir.«

»Selbstmörder? Sind alle tot, da, wo du bist?«

»Na, was denkst denn du?«

Und da fällt mir auf, dass ich ihr die wichtigste Frage ja noch gar nicht gestellt habe. Die Frage, die mir keine Ruhe lässt, nicht mal in meinen Albträumen.

»Meggie? Wer hat dich umgebracht?«

Der Bildschirm friert ein. Der frühmorgendliche Nebel ist wieder da. Das Rauschen der Wellen verschwindet und alles verfärbt sich zu einem Blutrot in tausend Schattierungen, wie ein Sonnenuntergang nach einem Massaker.

DU HAST GEGEN DIE BESTIMMUNGEN VON SOULBEACH.ORG VERSTOSSEN. UNSERE GESCHÄFTSLEITUNG WIRD DIESE ÜBERTRETUNG PRÜFEN UND DIR IHRE ENTSCHEIDUNG INNERHALB VON SIEBEN TAGEN PER E-MAIL ZUKOMMEN LASSEN.

»Meggie?«, flüstere ich erst, dann schreie ich es. »MEGGIE!«

Aber ich bin wieder auf meiner Startseite, und als ich über den Link in der ersten Mail wieder zurückzukommen versuche, erklärt mir mein Browser nur:

Die Seite wurde nicht gefunden. Die gewünschte Seite wurde möglicherweise entfernt oder umbenannt oder sie ist vorübergehend nicht erreichbar.

»Alles in Ordnung da drin, Alice?«

Das ist meine Mutter, die von ihrer Trauerhilfegruppe zurück ist. Einen Moment lang stelle ich mir vor, ich würde ihr sagen, dass nichts in Ordnung ist und warum. Allein bei dem Gedanken muss ich hysterisch lachen. »Mir geht's gut, Mum. Alles okay.«

Aber mir geht es alles andere als gut. Ich habe gerade zum zweiten Mal meine Schwester verloren und ich weiß nicht, ob ich das noch einmal ertrage.

12

All die Fragen in meinem Kopf halten mich wach, bis mein überanstrengtes Gehirn schließlich gegen vier oder fünf Uhr morgens einfach abschaltet. Und dann schlafe ich so tief, dass Mum kommen und mich für die Schule wecken muss, was sie nicht mehr gemacht hat, seit ich in der zehnten Klasse war.

»Na komm schon, Miss Wunderland. Das ist ja schwerer, als eine Tote aufzuwecken.«

Ich erstarre auf halbem Weg zwischen Liegen und Aufsetzen.

Meine Mutter erstarrt ebenfalls. Im nächsten Moment aber bricht der Trauerprofi in ihr durch und sie zwingt sich zu einem Lächeln. »Hör mal, das ist nur so eine Redewendung. Die hat nicht die Macht, uns noch mehr Schmerz zuzufügen, als wir bereits spüren.«

Ich kriege kein Wort heraus. Jetzt, da ich wach bin, fluten die Erinnerungen an Soul Beach meinen Kopf und ich wünschte, ich wäre dort, bei Meggie. Doch dann fällt mir wieder ein, dass ich ja aus dem Paradies rausgeworfen worden bin.

Mum setzt sich auf meine Bettkante. Diesen Blick kenne ich. Gleich fängt sie ein ernsthaftes Gespräch an. Wenn ich Glück habe, geht es nur um Sex oder Drogen. Alles, nur nicht …

»Olav hat eine neue Gruppe gegründet, für jüngere Leute, und ich habe mir gedacht, vielleicht magst du ja mal hingehen?«

»Eine Gruppe für andere Jugendliche mit toten Familienmitgliedern?« Was Schrecklicheres kann ich mir gar nicht vorstellen.

»Ja«, antwortet sie. »Nicht so langweilig wie meine Gruppe, weißt du, viel lockerer. Die einzelnen Sitzungen haben auch kein bestimmtes Thema. Da habt ihr einfach nur Gelegenheit zum Quatschen.«

»Wer geht denn bitte zu so was?«

Sie sieht verletzt aus.

»Entschuldige, Mum. Ich meinte nicht dich. Aber zum Reden habe ich Cara und Robbie.«

Sie übergeht die Anspielung darauf, dass sie keine Freunde hat. »Na ja, Olav hat schon ein Dutzend potenzielle Mitglieder zusammen, alle im Teenageralter. Ein paar von ihnen habe ich schon bei unseren Treffen kennengelernt, das sind ganz nette Jungs und Mädels.«

Ich antworte nicht. Die Bilder von Soul Beach in meinem Kopf lenken mich ab und ich höre noch immer das Rauschen der Wellen.

»Alice?«

»Tut mir leid, ich bin noch nicht richtig wach.«

»Nein, schon gut.« Sie rutscht auf dem Bett hin und her. »Dann lasse ich dich mal in Ruhe aufstehen. Aber denk dran, sosehr Cara und Robbie dir auch helfen wollen, sie können nicht verstehen, was du durchmachst. In dieser Gruppe gibt es Leute, die das können.«

»Ja, aber vielleicht habe ich gar keine Lust, auf 'nem Sitzsack zu hocken, Kräutertee zu trinken und in Gratistaschentücher zu heulen. Davon kommt Meggie schließlich auch nicht zurück, oder?« Meine Stimme klingt schärfer als beabsichtigt.

Mum steht auf. »Da hast du vollkommen recht, Alice. Sie ist nicht mehr da und wir alle müssen unseren eigenen Weg finden, damit zurechtzukommen. Ich hätte dich nicht drängen dürfen. Du hast Anspruch auf deinen Freiraum. Tut mir wirklich leid.«

Ich warte, bis ich sie die Treppe hinuntergehen höre. Dann schalte ich den Laptop ein und rufe Soul Beach auf.

Die Seite wurde nicht gefunden.

Als ich versuche, über meine Browser-Chronik auf die Seite zu gelangen, ist dort keinerlei Spur von Internetaktivität nach sieben Uhr gestern Abend zu sehen. Es ist, als wäre ich nie am Soul Beach gewesen.

Kann ich das alles denn geträumt haben, bis hin zum Sand zwischen meinen Zehen und dem Sarkasmus in der Stimme meiner Schwester? Hat der Kummer mich in den Wahnsinn getrieben, wie Ophelia in *Hamlet*?

Aber bevor ich nach Mum schreie und sie anflehe, mich so schnell wie möglich für eine Dosis Olavotherapie anzumelden, erinnere ich mich an die E-Mails. Da sind sie, die leere vom Tag der Beerdigung und die zwei mit dem Absender Soul Beach.

Fühle ich mich jetzt weniger verrückt?

Ja.

Und fühle ich mich besser?

Nein, kein bisschen.

Erinnerungen sind wie eine treulose Partnerin.

Sie sind nichts weiter als eine überzeugende Geschichte, die man sich so oft vorgebetet hat, dass sie sich im Gedächtnis verankert und schließlich echt erscheint. Dieselbe Begebenheit, von verschiedenen Leuten erzählt, kann so anders wirken, dass man sie gar nicht wiedererkennt.

Wie würde Meggie sich wohl an unsere erste Begegnung erinnern?

Meine Version sieht folgendermaßen aus: ein Gesicht in der Menge. Nein, mehr als nur ein Gesicht. Ein ganzes Schicksal, das sich mit einem einzigen Blick enthüllte. Obwohl ich mir niemals vorgestellt hatte, dass es ausgerechnet der Tod sein würde, der unsere Leben für immer miteinander verflechten sollte.

Viel später habe ich sie nach diesem ersten Mal gefragt, aber sie konnte sich nicht einmal mehr daran erinnern, mich an jenem Abend gesehen zu haben, und dann versuchte sie, über meine Gekränktheit hinwegzulachen. Eine große Denkerin war Meggie nie. Wäre sie das gewesen, dann wäre vielleicht alles anders gekommen. Vielleicht wäre ich dann auch anders gewesen. Sanfter, nicht so aufbrausend? Am Ende habe ich Verständnis in diesen hellen, perfekten Augen aufschimmern sehen, aber da blieb ihr keine Zeit mehr, eine Geschichte zu erfinden, die mich zufriedengestellt hätte. Außerdem lag das Kissen auf ihrer Nase und ihrem Mund, und loszulassen wäre viel zu riskant gewesen. Die berühmte Stimme, die mir hätte zuflüstern können, was ich hören wollte, hätte genauso gut um Hilfe schreien können. Sie beherrschte die lauten und die leisen Töne gleichermaßen.

Ach, es hat keinen Sinn, die Vergangenheit ändern zu wollen. Was passiert ist, ist passiert. Letztendlich zählt nur, was ich glaube, und ich glaube, dass sie mich geliebt hat, egal, was gewesen ist.

13

Sieben Tage in der Hölle. Noch nie ist mir eine Woche so lang vorgekommen, nicht vor Weihnachten, nicht vor meinem Geburtstag, nie.

Ich bin total fahrig und hektisch und mies gelaunt. Mum dachte erst, ich wäre krank, aber als das Digitalthermometer nichts Außergewöhnliches anzeigte, verlor sie die Geduld mit mir. Sie ist immer noch sauer, weil ich nicht bei Olavs Teenietragik-Quatsch mitmachen will, und dass Dad denkt, ich würde mich aus Solidarität mit ihm weigern, ist auch nicht gerade hilfreich, also redet sie im Moment mit so ziemlich niemandem.

Manchmal habe ich das Gefühl, ich bin die einzige Erwachsene in diesem Haus.

Nur dass ich mich diese Woche selbst nicht sonderlich erwachsen verhalten habe. Ich schleiche durchs Haus und checke meine Mails noch öfter als sonst, aber von der Soul-Beach-Geschäftsleitung kommt nichts. Falls es sie überhaupt gibt. Zwischen meinen ständigen Klicks auf *Aktualisieren* vergehen die Tage vollgestopft wie immer – Schule, Cafeteria, Hausaufgaben, noch mehr Hausaufgaben, anzügliche Geschichten seitens Cara über irgendwelche Männer, anstrengende Fragen seitens Robbie über meine Unipläne. Ich kann mich auf nichts davon konzentrieren. Soul Beach ist vielleicht kein Computervirus, aber meine Gedanken hat er auf jeden Fall infiziert. Wo ist Meggie da gelandet? Ist sie glücklich? Und werde ich jemals wieder ihre Stimme hören?

Als ich sie zum ersten Mal verlor, hat es höllisch wehgetan, aber ich schwöre, das hier ist noch schlimmer.

»Was hast du eigentlich für ein Problem?«, verlangt Cara schließlich auf dem Nachhauseweg zu wissen. Es ist viel zu heiß für den letzten Septembertag und meine Schulbluse klebt mir am Rücken.

»Na, was meinst du denn wohl?«

Sie hebt die Augenbrauen. Wir gehen weiter. Nach einer Weile sagt sie: »Ich kapier nur nicht, warum es plötzlich wieder bergab mit dir geht. Ich dachte, du fühlst dich langsam besser.«

Wieder überlege ich, ihr von meinem Besuch auf der Homepage zu erzählen. Aber sie würde es nicht verstehen. »Ach, das tut mir jetzt aber furchtbar leid. Ich habe nicht dran gedacht, dass es dir mit so einer trübseligen besten Freundin auf Dauer langweilig werden würde. Dann suchst du dir wohl am besten schnell eine neue, die besser drauf ist, was, Cara?«

»Ach komm, Alice, ich meinte doch nicht …«

Aber ich will es gar nicht hören. Da ist wieder das Rauschen meines Bluts oder des Meeres oder wovon auch immer in meinen Ohren. Ich renne los und bleibe nicht stehen, bis ich zu Hause bin. Alles, woran ich denken kann, ist, dass es heute Abend um Viertel vor zwölf exakt sieben Tage her ist, dass ich von der Seite verbannt worden bin. Also muss ich bis dahin doch wohl eine Antwort bekommen. Oder?

Ich gehe duschen. Ich esse drei Scheiben Toast mit viel zu viel Marmite, aber ich schmecke rein gar nichts. Heimlich trinke ich Wodka aus dem Gefrierschrank, spucke ihn aber beim ersten

Schluck aus. Ich versuche, meine Hausaufgaben am Laptop zu machen, und checke alle paar Zeilen meine E-Mails.

Vielleicht bin ich echt zu doof für diese Welt, wenn ich immer noch glaube, dass das hier gut ausgehen könnte, dass die Leute von der Seite sich fair verhalten. Ich hab's hier nicht mit Apple oder Microsoft oder der BBC zu tun oder –

Ich aktualisiere noch einmal und kann einen Moment lang nicht glauben, was ich sehe.

Da ist eine Mail.

An: AliceinWonderland@forsterfamily.co.uk
Von: geschaeftsleitung@soulbeach.org
Datum: 30. September 2012
Betreff: DEIN VERSTOSS GEGEN DIE BESTIMMUNGEN VON SOUL BEACH

Alice,

in Bezug auf deinen schwerwiegenden Verstoß gegen die Bestimmungen von Soul Beach ist die Geschäftsleitung zu folgendem Entschluss gelangt:
1. Als neue Besucherin der Seite hattest du eventuell nicht ausreichend Gelegenheit, dich mit unseren Regeln und Vorschriften zu befassen, insbesondere Nr. 4f VVII: Besuchern ist es verboten, den Gästen von Soul Beach Informationen hinsichtlich ihres Offlinestatus oder ihrer Vorgeschichte abzunötigen oder dies auch nur zu versuchen; es sei denn, der Gast selbst initiiert das Gespräch.
2. Obwohl dieser Verstoß als überaus schwerwiegend gilt,

hat die Geschäftsleitung beschlossen, dich auf die Seite zurückkehren zu lassen. Dir sollte jedoch bewusst sein, dass jeglicher weiterer Verstoß einen sofortigen und unwiderruflichen Ausschluss von der Seite zur Folge hat.
3. Weitere Korrespondenz ist nicht erforderlich.
Dein Zugang zu unserer Seite ist hiermit wiederhergestellt.

Die Geschäftsleitung

14

Die Seite lädt nicht sofort. Während ich warte, scheint sich das Rauschen der Wellen in meinen Lautsprechern immer weiter zu entfernen …

Ich bin in einer Strandhütte. Nein, in der Strandbar. Sie ist leer, aber es läuft Loungemusik, auf den ungefähr ein Dutzend Metalltischchen stehen grüne Bierflaschen mit roten exotischen Blumen darin und in der Luft liegt der Geruch von Mandarinen und Limetten. Mein Atem wird sofort ruhiger, als die verführerischen Düfte meine Lungen erfüllen.

Düfte?

»Alice, stimmt's?«

Ich fahre herum und sehe ein Mädchen hinter der Theke stehen.

Ein Mensch! Oder zumindest eine Halluzination in Menschengestalt.

Als ich sie genauer betrachte, stelle ich fest, dass sie älter ist, als ich zuerst dachte, Ende zwanzig vielleicht, mit dunklen Dreadlocks, verschmitztem Blick und einem geradezu schmerzhaft detaillierten keltischen Tattoo, das sich über ihren dünnen linken Arm bis unter den Spaghettiträger ihres grünen Tops zieht. Sie sieht aus wie eine Art Grunge-Fee.

»Wer bist du denn?«

»Ich heiße Sam.« Sie winkt mir zu: Das halbe Dutzend silberner Ringe an ihren winzigen Fingern wirkt fast wie ein Schlagring.

»Woher wusstest du, wer ich bin? Und wieso kann ich dich sehen? Ich dachte, ich darf hier überhaupt niemanden sehen.«

Sie grinst und um ihre Augen bilden sich Lachfältchen. »Mich kann jeder sehen, auch die Besucher. Nur die Gäste kannst du noch nicht sehen.«

Sie hat einen Liverpooler Akzent, wie Mr Bryant. Ich frage mich, ob ich mich verhört habe. »Wen?«

»Die Gäste. So nennen wir die Leute hier. Die Toten.«

Ich zucke zusammen. »Ich dachte, wir dürften nicht über den Tod reden«, flüstere ich. »Was ist, wenn die Geschäftsleitung dich hört?«

Sie lacht, aber es wirkt nicht so, als lachte sie mich aus. Dann zieht sie eine Schachtel Zigaretten aus der Schürzentasche und zündet sich eine an. »Alice, ich bin die Geschäftsleitung.«

Ich starre sie an. »Du?«

»Na ja, nicht ich alleine und ich bin auch keins von den ganz hohen Tieren, aber ja, ich arbeite hier. Man könnte sagen, ich bin teils Barfrau, teils Mutter Oberin und teils Schulter zum Ausweinen. Hier braucht früher oder später jeder mal 'ne große Schwester.«

Sofort denke ich an meine eigene große Schwester. »Wo ist Meggie? Ihr ist doch nichts passiert, wegen dem, was ich gesagt habe, oder?«

»Nein, nein. Sie ist immer noch da. Die haben dich hierher zu mir geschickt, um dir die Gelegenheit zu geben, in Ruhe ein paar Fragen zu stellen. Ganz privat, ohne dass uns jemand zuhört.«

»Fragen? Was denn für welche?«

»Was immer du wissen willst, Schätzchen. Ich kann nicht behaupten, ich wüsste alles, aber ich werde mein Bestes geben.«

Ich kann nicht klar denken. Ich habe so viele Fragen.

»Ach, Alice, ich wünschte, ich könnte dir 'nen Drink einschenken.« Sie wirft einen Blick auf die Bar, die noch besser bestückt ist als die in dem schicken Club in Greenwich, in den mich Meggie am letzten Valentinstag geschmuggelt hat.

»Schon okay, ich hab hier Wasser.« Es ist eine regelrecht körperliche Anstrengung, meine Aufmerksamkeit vom Bildschirm zurück in die wirkliche Welt zu lenken, sodass ich einen Schluck trinken kann. Warum wirkt Soul Beach im Vergleich so viel lebendiger?

»Setzen wir uns«, fordert Sam mich auf und schüttet den Großteil des Inhalts einer Flasche Rotwein in ihr Glas, bevor sie mich zu einem Tisch führt.

Die Bar hat ein Dach aus Palmblättern, ist aber nach allen Seiten offen, und als ich mich setze, kann ich das Meer und den Horizont darüber sehen. Heute Abend leuchtet das Wasser saphirblau und die Sonne ist noch nicht untergegangen, deswegen weiß ich nicht, in welcher Zeitzone wir uns befinden.

»Also, was willst du wissen?«

Ich versuche, mich zu konzentrieren. »Okay. Warum ist Meggie hier?«

»Sie wurde doch ermordet, stimmt's?«

Ich zucke zusammen. Es klingt immer noch so grauenhaft. »Ja. Weißt du, von wem?«

»Nein. Absolut nicht. Wir erfahren hier nur das Allergrundlegendste, aber um ehrlich zu sein, ist das auch gut so, weil ich nämlich ein echt beschissenes Gedächtnis habe. Und – nimm's mir nicht übel, ich mag deine Schwester, sie ist echt witzig – es sind einfach so viele, und jeder hat 'ne interessante Story, also wird's nach 'ner Weile ganz schön schwierig, sich zu erinnern, wer wer ist, ganz zu schweigen davon, wie sie hergekommen sind.«

»Was, echt?«

Sie nickt. »Ich weiß, jetzt denkst du, was für 'ne miese, abgebrühte Kuh. Aber im Ernst, wenn man den Leuten hier wirklich bei der Eingewöhnung helfen will, muss man in erster Linie dafür sorgen, dass sie vergessen, warum sie hier sind, und sich auf … na ja, auf das Leben nach dem Tod konzentrieren.«

»Das heißt, wir sind wirklich im Himmel?«

Sam schüttelt den Kopf. »Nicht ganz. Also, pass auf, das meiste, was wir erzählt bekommen, ist mehr oder weniger topsecret. Aber hast du schon mal den Begriff Limbus gehört?«

»Dieser Heiligenschein, den Leute auf so alten Bildern immer um den Kopf haben?«

Sam lächelt. »Nein, nicht Nimbus. Limbus. Es gibt da diese Vorstellung, dass es eine Art … Wartezimmer zwischen dem Leben auf der Erde und dem Jenseits gibt. Oder einen Läuterungsprozess. Je nach Religion.«

»Läuterung? Wie im Fegefeuer? Also hat Meggie irgendwas Falsches getan?«

Wieder schüttelt sie den Kopf; ihre mit Perlen verzierten Dreadlocks schwingen fröhlich hin und her, was angesichts des Themas nicht gerade angemessen scheint. »Nein. Zumindest nicht, dass ich wüsste. Mit diesem ganzen Jüngster-Tag-Kram habe ich aber auch nichts zu tun. Ist 'ne total andere Abteilung.«

»Du willst mir sagen, dass Gott *Abteilungen* hat?«

Sie verzieht das Gesicht. »'tschuldige, Schätzchen, das ist bloß mein seltsamer Humor. Hör mal. Ich kann einen super Long Island Ice Tea mixen, Schlägereien beenden und die Spülmaschine zum Laufen bringen, wenn sie verstopft ist, aber von den größeren Zusammenhängen habe ich leider keinen Schimmer.«

»Oh. Und was war dann das mit dem Limbus?«

Sam weicht meinem Blick aus. »Das habe ich bloß aufgeschnappt, bei diesen ganzen Gott-und-die-Welt-Diskussionen, die hier manchmal nächtelang abgehen. Was ich aber sicher weiß, ist, dass alle unsere Gäste unter ungeklärten Umständen gestorben sind. Mord. Selbstmord. Unfälle, die einem gar nicht mehr wie Unfälle vorkommen, wenn man genauer darüber nachdenkt. Ich weiß ja nicht, ob wir unser Haltbarkeitsdatum schon von Anfang an aufgedruckt bekommen wie 'ne Dose Ölsardinen, aber diese Kids sind auf jeden Fall zu früh gestorben oder es war Gewalt im Spiel. Keiner von ihnen ist friedlich eingeschlafen, so viel kann ich dir sagen.«

Ich denke an die Schlagzeilen über Meggie, sie haben sie *Die schlafende Nachtigall* genannt. Zoe, das Mädchen, das ihre Leiche gefunden hat, sagte, ihr Haar sei auf dem Kissen ausgebreitet gewesen wie ein Heiligenschein und ihre Haut gerötet, als habe sie ein bisschen zu viel Sonne abgekriegt. »Niemand?«

»Tja, das hier ist vielleicht nicht der Himmel, aber die Hölle ist es definitiv auch nicht«, erklärt Sam weiter. »Ich meine, guck dich mal um. Gratisessen. Gratisdrinks. Sonne nonstop und jede Menge hübsches Partyvolk. Gitarren für Jam-Sessions am Strand. Kein Stress. Volleyball.« Sie grinst. »Jede Menge Sachen, die die Kids vergessen lassen, was passiert ist.«

Wie gern hätte ich jetzt auch ein Glas Wein in der Hand. »Kids?«

»Ach ja, habe ich ganz vergessen. Du hast ja noch niemanden gesehen, stimmt's?«

»Stimmt. Heißt das, das wird sich irgendwann ändern?«

»Ja, würde ich schon sagen. Das ist wie mit einem von diesen dämlichen 3-D-Bildern. Man muss bloß den Trick raushaben. Aber du kriegst es schon noch hin und dann siehst du auch, warum ich immer von Kids rede. Formulieren wir's mal so: Verglichen mit den Gästen hier fühl ich mich wie 'ne alte Schachtel.« Sam wirft einen Blick auf ihre Uhr. »Ich würde sagen, das reicht für heute, Alice. Jetzt hast du erst mal 'ne Menge zu verdauen. Und du willst sicher auch zu deiner Schwester, oder?« Sie steht auf und schnappt sich ihr Glas und den Aschenbecher. Überrascht sehe ich, dass nach unserer Unterhaltung drei Zigarettenstummel darin liegen.

»Dann gilt im Limbus also noch kein Rauchverbot, ja?«, frage ich.

Sie lächelt. »Ich bin die einzige Nikotinsüchtige hier. Wir haben einen Kippenautomaten«, sie deutet in die Ecke, »aber der ist leer, weil es die Gäste gar nicht interessiert.«

»Sam? Eins noch.«

Sie bleibt auf halbem Weg zur Theke stehen. »Ja?«

»Wenn die Gäste ihre Vergangenheit vergessen sollen, was mache ich dann hier?«

»Hm …« Sie kommt wieder zurück, noch immer das Glas und den Aschenbecher in der Hand. »Manchmal können sie es einfach nicht hinnehmen. Dieses Leben für den Moment.«

»Also soll ich Meggie helfen, ihr Schicksal zu akzeptieren?«

»So was in der Art.« Sie wirkt unruhig. »Wie gesagt, ich weiß auch nicht auf alles eine Antwort. Und in diesem speziellen Fall hab ich genauso wenig Ahnung wie du.«

Ich habe den Verdacht, dass sie mir nicht die ganze Wahrheit gesagt hat, aber sie wendet sich ab, bevor ich noch weitere Fragen stellen kann.

»Danke«, sage ich und Sam, die schon angefangen hat, die Theke zu polieren, sieht noch einmal auf.

»Jederzeit gern, Schätzchen. Megan ist am Steg, glaub ich.«

Das ist eine ziemlich deutliche Aufforderung zum Gehen. Ich laufe die zwei Stufen von der Bar zum Strand hinunter, und als ich mich noch einmal umdrehe, flirrt Sams Silhouette ein bisschen, so als wäre zwischen uns eine Art Hitzedunst aufgestiegen. Sie summt die Musik mit.

»Sam?«

»Mmh?« Sie blickt nicht auf.

»Du bist … Du bist doch kein Engel, oder?«

Jetzt hebt sie doch den Kopf. Ihr Gesicht verzieht sich zu einem breiten Grinsen und dann bricht sie in Gelächter aus. Es klingt melodisch, fast wirklich ein bisschen wie das eines Engels, denke ich. Aber sie schüttelt den Kopf und kann gar nicht mehr aufhören zu kichern. Als sie sich schließlich wieder beruhigt, ringt sie nach Luft.

»Ach, Alice, du bist wirklich zu putzig. Wer hat denn jemals von ’nem Engel aus Liverpool gehört?«

15

Ich setze meinen Fuß in den Sand. Der Strand sieht immer noch leer aus, aber jetzt, da ich weiß, dass irgendwo Menschen im Weg stehen könnten, werden meine Schritte unsicher.

Auch wenn ich meinen Hintern in Wirklichkeit sicher auf meinem rosa Bürostuhl geparkt habe.

Ich lausche angestrengt auf Stimmen, drehe die Lautstärke voll auf, aber ich kann nichts hören. Stattdessen spüre ich dasselbe Kribbeln wie beim ersten Mal, als ich dort war. Es ist unmöglich, nicht vor Ehrfurcht vor diesem Ort zu erstarren, obwohl ich weiß, dass er gar nicht real ist.

Als ich auf den Steg zugehe, kann ich meine Schritte im Sand hören. Ich bewege die Maus schneller und die Schritte werden ebenfalls schneller, so als würde ich joggen. Ich schiebe die Maus weiter vor, bis ich ins Wasser renne und das Plätschern durch die Kopfhörer höre und auf dem Bildschirm sehe. Die Tröpfchen glitzern wie kleine Perlen in der Sonne.

»Ach, Florrie, du warst noch nie eine große Schwimmerin.«

Ich zucke zusammen. Zucke wirklich zusammen, auf dem Bildschirm. Komisch, dabei bin ich mir sicher, dass ich meine Maus gar nicht bewegt habe.

»Wo bist du?«

»Guck mal rauf.«

Ich blinzele hoch zum Steg und die Sonne brennt in meinen Augen. »Ich seh dich nicht.«

»Ja, jetzt weißt du mal, wie das ist. Eine ganze Woche, verdammt. Wo warst du? Ich lasse keine Ausrede außer einem heißen Date gelten.« Ihre Worte klingen fröhlich, aber ich höre die Verletztheit in ihrer Stimme.

»Diese Frage, die ich dir gestellt habe … über das, was passiert ist …« Ich halte inne, wage es nicht, noch mehr zu sagen. »Na ja, damit habe ich gegen die Regeln verstoßen, stimmt's? Auch wenn ich gar nicht wusste, dass es überhaupt welche gibt.«

»Ja. Falls es dich tröstet, ich habe mal ein bisschen rumgefragt. Du bist nicht die Erste, der das passiert ist.« Meggie kichert. Dieses Kichern hat vier Millionen Menschen dazu getrieben, zum Hörer zu greifen und über eine komplett überteuerte Telefonhotline für sie abzustimmen. Ich hatte ganz vergessen, wie liebenswert es klingt. »Das ist so was wie ein Running Gag. Die denken sich hier andauernd neue Regeln aus.«

Ich beschließe, ihr nicht von Sams Lektion zu erzählen. »Ja, der Gedanke kam mir auch schon.«

»Sei vorsichtig, Florrie. Geh es langsam an. Wenn du wieder rausgeschmissen wirst, darfst du nie mehr wiederkommen, und ich weiß nicht, ob ich es hier so ganz allein aushalte – für immer.« Bei den Worten *für immer* bricht ihre Stimme.

Angesichts dieser plötzlichen Verzweiflung würde ich am liebsten anfangen zu weinen, aber ich muss die Kontrolle behalten. »Du weißt aber schon, dass du, äh, nicht mehr lebst?«

»Natürlich«, zischt sie. »Aber ich will nicht drüber reden.«

»Schön, worüber willst du denn dann reden? Das Wetter? Meine Mathehausaufgaben?«

»Nicht böse sein, Florrie. Das ist doch alles nicht meine Schuld.«

Ich schlucke. »Ich weiß. Aber es ist einfach so frustrierend. Ich kann dich nicht sehen. Ich weiß nicht, wo du bist. Ich weiß nicht, wie es dir geht.«

Eine lange Pause entsteht. Unter dem Rauschen der Wellen kann ich, da bin ich mir sicher, leises Geplauder ausmachen, wie ein Theaterpublikum, das auf den Beginn des Stücks wartet.

»Okay. Du willst es also wissen, ja? Was passiert ist.«

Ich halte den Atem an. Ist das jetzt in Ordnung, wenn sie es mir erzählt? Immerhin hat sie das Gespräch ja initiiert, so wie die Geschäftsleitung es in ihren Regeln verlangt.

Von den Regeln mal abgesehen – bin ich überhaupt bereit für das hier? Sechs Monate lang mussten wir damit leben, dass wir nicht wussten, was in ihren letzten paar Stunden auf der Welt passiert ist. Dass wir nicht wussten, ob sie sich gewehrt hat, ob sie Schmerzen hatte. Und werde ich jetzt damit leben können, etwas zu wissen, was niemand sonst weiß? Aber dies könnte meine einzige Chance sein, und das Rätsel, wer sie getötet hat, verfolgt mich jetzt schon so lange. Ich *muss* einfach fragen.

»Wer war es, Meggie?«

»Du meinst, wer mich getötet hat?«

Ich warte darauf, dass der Bildschirm schwarz wird. Dass ich wieder ins Cyber-Nichts geschleudert werde. Aber nichts geschieht, also wiederhole ich ihre Worte. »Ja. Wer hat dich getötet?«

16

»Ich weiß es nicht.«

»*Was?*«

»Ich weiß nicht, wie ich gestorben bin, Schwesterherz. Oder wer mich umgebracht hat, wenn es denn so war. Ich erinnere mich nicht.«

Von all den Antworten, die Meggie mir hätte geben können, wäre ich auf diese niemals gekommen.

»Du bist ermordet worden«, sage ich sanft und dann muss ich schlucken, denn was, wenn es schon einen Verstoß gegen die Regeln darstellt, es einfach auszusprechen? Was, wenn der Strand nun jeden Moment in einem Strudel des Vergessens versinkt und meine Schwester und jede Spur von ihr mit sich reißt?

Aber ich kann sie immer noch neben mir atmen hören.

Atmen. Der Mörder hat ihr die Luft geraubt und doch ist sie jetzt hier und …

»Ja, das hatte ich mir auch schon gedacht, nach allem, was die anderen hier so erzählen. Sagen wir's mal so, Altersschwäche ist hier nicht gerade die Todesursache Nummer eins.«

Ich versuche immer noch, das alles zu verstehen. »Leiden denn die anderen auch alle unter Amnesie?«

»Nein. Die meisten können erzählen, was sie gerade gemacht haben, bevor es passiert ist. Oder sogar, was für ein Gefühl es war …« Sie stockt. »Ich bin eher eine Ausnahme. Alles, was ich noch weiß, ist, dass ich mit Tim auf einer Party war. So ein Maskenball, ganz großes Kino, du weißt schon. Na ja, nicht ganz so groß, wie ich es mir gewünscht hatte. Wir haben uns gestritten.«

»Schlimm?« Ich kann mir überhaupt nicht vorstellen, dass Tim sich überhaupt mit irgendwem streitet. Er war doch immer so … friedfertig. Ich frage mich, ob Meggie ihn vielleicht provoziert hat. Klingt vielleicht nicht sehr loyal, aber als ihre kleine Schwester weiß ich ganz genau, wie gut die Nachtigall einen hinter den Kulissen in den Wahnsinn treiben konnte.

»Nein, glaube ich eigentlich nicht. Ich meine, jede Beziehung hat doch ihre Höhen und Tiefen, stimmt's? Aber es war auf keinen Fall so schlimm, dass … Denken das die Leute? Dass er es war?«

Was soll ich ihr sagen? »Keiner weiß irgendwas.«

Meggie seufzt. »Ich habe mir solche Mühe gegeben, mich nicht mehr zu erinnern. Also, wir waren erst in dieser Bar, wo der Ball stattfand, und dann wollte ich weiter in einen Club, aber Tim meinte, wir sollten lieber früh nach Hause, weil doch am nächsten Tag dein Geburtstag war. So fing das an. Wie es zu Ende gegangen ist, weiß ich nicht mehr.«

Ich denke an die Bilder aus den Überwachungskameras, die sie in den Nachrichten gezeigt haben. Erst Meggie und Tim auf dem Weg zum Maskenball in der Bar des Studentenwerks, wie sie sich später draußen vor der Tür streiten und dann gemeinsam zurück ins Wohnheim gehen und schließlich eine letzte Aufnahme von Tim, wie er, viel später, allein in die Bar zurückkehrt. »Ihr seid gegen ein Uhr zusammen gegangen. Das ist das Letzte, was man weiß.«

»Ach, Scheiße.« Sie seufzt. »Wie, Florrie?«

»Wie was?«

»Wie bin ich gestorben?«

»Du wurdest … du wurdest erstickt.«

Sie keucht auf.

»Was ist? Oh, tut mir leid. Ich hätte es dir nicht sagen dürfen.«

»Nein, Florrie, ist in Ordnung. Das erklärt zumindest eins.«

»Was?«

»Ich hatte doch immer diese Albträume. Als Kind.« Ihre Stimme klingt zögerlich.

»Was denn für Albträume?«, frage ich, obwohl ich das schreckliche Gefühl habe, dass ich die Antwort bereits kenne.

»Na ja, lebendig begraben zu werden. Wie ich nach Luft ringe und immer mehr Erde über mir aufgehäuft wird und dass mich niemand hört.«

»Ach, Meggie.«

»Schon gut«, faucht sie und ich weiß, das ist eine Warnung: Wag es ja nicht, mich zu trösten.

Also blicke ich zum Horizont. Die Sonne beginnt unterzugehen, das Licht nimmt ein warmes Pfirsichrosa an und das Meer wirkt jetzt dunkler, beinahe grün. Ich weiß nicht, was ich sagen soll.

»Meggie?«

Zu meiner Linken höre ich ein Schniefen.

»Meggie, weinst du? Nicht weinen, bitte nicht. Ich bin ja da.«

Aber das Weinen hört nicht auf. Meine Schwester hat nie geweint. Noch nicht mal, als ihre Zahnspange angepasst wurde, oder als sie sich auf dem Trampolin unserer Nachbarn das Handgelenk brach, genau an dem Wochenende, bevor sie in der Schulaufführung von *Les Misérables* die Hauptrolle spielen sollte. Natürlich stand sie dann trotzdem als Cosette auf der Bühne, den Besen in einer Hand, den Gipsarm unter Lumpen verborgen. Auf keinen Fall durfte die Zweitbesetzung Meggie ihren Platz im Rampenlicht streitig machen.

»Ich wünschte, ich könnte bei dir sein«, sage ich, aber daraufhin weint sie nur noch heftiger. Und außerdem, was könnte ich denn schon tun, wenn ich dort wäre? Ich bin keine große Trösterin. Im Gegenteil, ich bin diejenige, die ständig getröstet werden muss, ob Cara mich nun mit unanständigen Witzen ablenkt oder Dad die miesesten Zaubertricks der Welt aufführt oder Meggie mir Schlaflieder vorsingt …

Bei dieser Erinnerung kommt mir eine Idee. Ich habe es nie mit Singen versucht. Wieso sollte ich auch, wenn meine Schwester so begabt war? Aber im Moment leidet sie so sehr, dass ich jede Chance ergreife. Ich hole tief Luft.

»Amazing Grace, how sweet the sound …« Meine krächzende Stimme hallt in den Kopfhörern wider. Der Sound ist alles andere als sweet. Stattdessen versuche ich, einigermaßen harmonisch zu flüstern. »That saved a wretch like me.«

Zumindest hat Meggie aufgehört zu weinen. Ich mache weiter, erinnere mich Zeile für Zeile an den Text und denke daran, dass das *ihr* Lied war, der Song, der sie in die Schlagzeilen brachte, nachdem sie ihn in der zweiten Folge von *Sing for your Supper* so wunderschön gesungen hatte. Mit ihrer Inbrunst rührte sie alte Omas zu Tränen, auch wenn sie hinter den Kulissen herumwitzelte und anzüglich fragte, was genau an dieser Grace denn wohl so amazing war …

»I once was lost but now am found, was blind, but now I see.« Jetzt summe ich nur noch, weil ich den Text der zweiten Strophe nicht kenne.

Und Meggie übernimmt. »Through many dangers, toil and snares … we have already come. T'was Grace that brought us safe thus far … and Grace will lead us home.«

Bei dem Wort *home* stockt ihre Stimme leicht, aber wenigstens klingt sie wieder wie Megan, die Nachtigall, Forster. Ich brauche sie gar nicht zu sehen, denn sie zu hören reicht aus, um mich an alles zu erinnern, was an meiner Schwester wichtig war.

»When we've been here ten thousand years … bright shining as the sun. We've no less days to sing God's praise … than when we've first begun.«

Als sie fertig ist, klatsche ich, die Hände dicht am Mikrofon des Laptops. »Wow, Meggie, deiner Stimme konnte es also nichts anhaben«, sprudelt es aus mir hervor.

»Was? Das Totsein?«

Ich sage nichts.

»Ich habe kein einziges Mal gesungen, weißt du?«

»Was?«

»Seit ich … hier bin. Nicht ein einziges Mal. Ist einfach nicht der richtige Ort dafür. Mich hier auf den Steg zu stellen und meine Diven-Nummer abzuziehen, da käme ich mir total blöd vor.« Jetzt ist sie wieder lustig, sarkastisch, normal. Einen Moment lang fühle ich mich besser, und dann, plötzlich, noch viel schlimmer. Sie sollte nicht versuchen, mich aufzuheitern. Sie ist doch diejenige, die tot ist.

»Du musst mir nichts vorspielen, Meggie. Du musst mich nicht mehr beschützen.«

Wieder Schweigen. Jetzt kann ich die anderen Leute definitiv hören. Waren sie immer da, im Hintergrund, und es hat nur so lange gedauert, bis ich die Geräusche einordnen konnte?

»Na schön, in Ordnung. Ich fühle mich beschissen, Florrie. Einsam. Und verzweifelt. Ich stehe jeden Tag auf und die Sonne scheint wieder mal perfekt, nicht eine Wolke am Himmel. Wie in diesem verdammten Song gerade: Wenn wir zehntausend Jahre hier gewesen sind. Vielleicht gibt es keinen Ausweg und ich habe das bisschen Leben, das ich hatte, verschwendet und es gibt nichts, was ich dagegen tun kann.«

»Oh.« Ich will ihr sagen, wie viele Millionen Menschen sie vermissen und dass das doch wohl ein Beweis dafür ist, dass sie keine Sekunde ihres Lebens verschwendet hat. »Das tut mir so leid, Meggie. Hast du Schmerzen?«

»Nein. Hier tut niemandem körperlich etwas weh. Wir … Wie soll ich das ausdrücken? Alle hier sind heil. Unversehrt. Ein paar Leute sind wirklich auf schreckliche Weise gestorben, aber es ist noch nicht mal ein zerrissenes T-Shirt zu sehen. Zerrissene Jeans schon hin und wieder, aber das ist dann Absicht.«

»Gut.« Erst jetzt stelle ich mir vor, wie dieser Ort aussehen würde, wenn die Leute dort nicht unversehrt wären – ein ganzer Strand voller Toter, deren Körperteile schlaff herunterhängen oder ganz fehlen, deren Blut in den Sand tropft. Ich versuche, das Bild aus meinen Gedanken zu verbannen und mir stattdessen Fragen einfallen zu lassen, die mir helfen zu verstehen, zu sehen. »Wie viele sind denn *alle hier*?«

»Ich weiß nicht. Manchmal kommt es mir nur vor wie ein paar Dutzend, manchmal wie Hunderte. Der Strand, na ja, der hört nirgendwo auf. Guck selbst.«

Ich drehe die Maus um dreihundertsechzig Grad. Alles, was ich sehe, ist türkis und golden, wie die prachtvolle Totenmaske Tutanchamuns. Neben dem Steg, der Strandbar und den Grüppchen von Bambushütten gibt es nichts als Strand und Meer und Himmel. Ach ja, und die Hunderte von anderen Menschen, die ich nicht sehen kann.

»Kannst du denn mich sehen, Meggie?«

Pause. »Ich sehe einen Schatten. Eine Gestalt, die deine Form hat. Und ich wusste sofort, dass du es bist, weil … na ja. Wenn ich sage, du hast eine Aura, klingt das, als hätte ich sie nicht mehr alle, oder? Und nur weil ich tot bin, bin ich noch lange nicht auf so 'nem Eso-Trip. Die anderen sagen, dass du vielleicht irgendwann klarer wirst, vielleicht aber auch nicht. Aber in Gedanken sehe ich dich ganz deutlich vor mir, bis hin zu dem Wirbel links in deinem Pony und dem dicken Pickel, den du immer genau zwischen den Augenbrauen kriegst.« Ich kann die Traurigkeit in ihrer Stimme hören.

»Da sieht man mal, wie viel Ahnung du hast«, erwidere ich. »Die Antibiotika vom Hautarzt helfen jetzt nämlich endlich. Ich habe seit April keinen Pickel mehr gehabt.«

»Du wirst erwachsen, Alice.«

So nennt sie mich nur, wenn sie ganz ernst ist. »Ja.«

Das Schweigen zwischen uns lastet schwer.

Schließlich sagt Meggie wieder etwas. »Ich sollte dich jetzt gehen lassen, Schwesterherz. Ist ganz schön anstrengend, oder? Wieder zusammen zu sein und zu wissen, dass es jeden Moment vorbei sein könnte?«

Ich will gerade widersprechen, dass ich bleiben möchte, aber plötzlich wird mir klar, wie hundemüde ich bin, und als ich auf die Uhr sehe, ist es schon fast Mitternacht. Ich bin seit fast drei Stunden am Strand. Wie kann das sein? Es kam mir wie Minuten vor. Die schönsten, aber auch die schlimmsten Minuten meines Lebens.

»Dann geh ich jetzt. Aber morgen komme ich wieder, wenn das okay ist?«

»Okay?« Sie lacht. »Eins kann ich dir mit absoluter Bestimmtheit sagen: Dass du hier am Strand aufgetaucht bist, ist das Beste, was mir passiert ist, seit ich gestorben bin. Schlaf schön, Florrie.«

Es ist nicht gelogen. Das kann ich in ihrer Stimme hören.

»Schlaf gut, Meggie.«

17

»Drei Fragen reichen aus, um die Wahrheit herauszufinden. Mit nur drei Fragen kann man eine Regierung stürzen, eine Affäre aufdecken, einen Mörder entlarven.«

Mr Bryants Worte bohren sich wie ein Messer in meinen Tagtraum.

Einen Mörder entlarven? Die Begegnung mit meiner Schwester hat meinen Wunsch, ihren Mörder zu finden, wieder zurück in den Mittelpunkt gerückt. Das und sie und der Strand sind alles, woran ich denken kann.

»Also, ich hätte jetzt gern, dass ihr Vierergruppen bildet und ein Interview für eine eurer Lieblingsberühmtheiten plant. Ein Interview, in dem ihr mehr über sie herausfindet als jemals jemand zuvor – allerdings habt ihr dafür nur drei Fragen zur Verfügung.« Mr Bryant klatscht in die Hände, als wollte er sich selbst applaudieren.

Früher habe ich seinen Unterricht gemocht, weil er, im Gegensatz zu den meisten anderen Lehrern, zumindest versucht, ihn unterhaltsam zu gestalten.

Aber jetzt ärgert es mich nur, dass ich hier sitzen und mir seine blöden Sprüche anhören muss, während ich eigentlich am Soul Beach bei meiner Schwester sein will.

In der Mittagspause gehen Cara und ich mit unseren Cola light raus auf die Schulwiese, damit sie ihre verblassende Bräune in der schwachen Herbstsonne auffrischen kann. Den Goth-Look hat sie aufgegeben – »Die Typen, die auf so was stehen, sind alle depressive Trottel« – und zwei komplette Samstage damit verbracht, sich ihre schwarzen Haare honigblond umfärben zu lassen. Dazu macht sie noch eine Diät, die hauptsächlich aus Koffein zu bestehen scheint, um sich auf ein Date mit einem Personal Trainer vorzubereiten. Aus Rücksicht auf sie esse ich auch nichts.

Obwohl die Sonne scheint, kann ich nicht aufhören zu zittern. Am Soul Beach sind die virtuellen Strahlen so kräftig, dass sie mein Gesicht zum Kribbeln bringen.

»Wahnsinnswetter, oder? Fast wie im Urlaub«, schwärmt Cara.

Ich nicke halbherzig.

»Was ist los, Süße?«

Ich zucke mit den Schultern. »Das Übliche.«

»Weißt du … vielleicht hat deine Mum ja doch recht. Dass du's mal mit Trauerhilfe versuchen solltest, meine ich. Weil, von alleine wird's nicht besser, oder?«

Ich starre sie an. Wie kann sie es wagen? Aber bevor ich es aussprechen kann, hebt sie schon die Hand.

»'tschuldige, 'tschuldige. Vergiss es. Geht mich gar nichts an. Ich kann das alles nicht im Geringsten nachvollziehen und so weiter und so weiter. Tun wir einfach so, als hätte ich gar nichts gesagt.«

Ein solcher Rückzieher sieht Cara gar nicht ähnlich. »Bin ich so schlimm?«

Sie bemüht sich zu lächeln. »Ich kenne ja keine anderen Leute mit ermordeten Schwestern, also fehlt mir der Vergleich, und außerdem wäre ich 'ne ziemlich beschissene Freundin, wenn ich die beleidigte Leberwurst spielen würde, bloß weil du ein bisschen rumzickst. Aber ich vermisse die alte Alice. Die Alice, mit der ich so schön rumblödeln konnte.«

Ich bemühe mich, das, was sie gesagt hat, anzunehmen. »Ich vermisse die alte Alice auch.«

Sie stellt ihre Cola ab und nimmt mich in die Arme. Normalerweise würde mich das sofort zum Weinen bringen, aber heute ist es noch schlimmer – ich fühle rein gar nichts. Na ja, ich fühle, wie sie mir den Rücken tätschelt, als sei ich ein Baby, das ein Bäuerchen machen soll, aber irgendwie erlebe ich das Ganze aus weiter Ferne, wie jemand, der in einer Galerie ein Gemälde von einem Mädchen betrachtet, das seine trauernde Freundin tröstet.

Schließlich lässt Cara mich wieder los. Und sie hat Tränen in den Augen. »Besser?«

»Ja«, lüge ich.

»Irgendwann wird es leichter. Wir sind noch so jung, Alice. Es kann ja nicht ewig so bleiben. Eines Tages passiert irgendwas, das so wunderbar ist, dass du alles andere vergisst, und dann weißt du, dass du auf dem Weg der Besserung bist.« Sie lächelt mich an.

Ich bringe es nicht übers Herz, ihr zu sagen, dass ich auf dieser Welt nichts Wunderbares mehr erwarte. Denn ich habe das Gefühl, dass ich alles, was ich brauche, bereits am Soul Beach gefunden habe.

18

Nach der Schule schleiche ich mich durch die Hintertür ins Haus, in der Hoffnung, im Kühlschrank irgendetwas zu finden, das mich bei meinem nächsten Marsch durch den Sand mit genügend Treibstoff versorgt.

Aber in der Küche liegen schon meine Eltern auf der Lauer. Oh, oh.

Dad hat immer noch seinen Anzug von der Arbeit an und sitzt mit einem Stapel Papiere am Küchentresen. Mums Wangen sind rosig, als käme sie frisch aus dem Fitnessstudio, aber ich weiß, dass sie den Großteil des Nachmittags bei ihrer Gruppe verbracht hat. So ein geistiges Workout kann offenbar wahnsinnig stimulierend sein.

»Hi«, sage ich und gebe mir Mühe, möglichst gehetzt zu klingen. »Ihr glaubt ja gar nicht, wie viele Hausaufgaben ich aufhabe, am besten lege ich gleich –«

»Wir müssen mit dir über Meggie reden«, unterbricht mich Dad.

Ich erstarre.

Wie haben sie es herausgefunden? Ich logge mich jedes Mal, wenn ich das Zimmer verlasse, aus meinem Account aus, auch wenn ich nur kurz aufs Klo muss, und ich habe meinen Schreibtischstuhl so hingestellt, dass der Bildschirm unmöglich zu erkennen ist, wenn man die Tür nur einen Spaltbreit aufmacht und hindurchspäht, wie es meine Mutter oft tut, bevor sie ins Bett geht.

»Aha?«, sage ich nur.

Mum zieht einen Barhocker für mich heran und ich klettere darauf. Hier habe ich nicht mehr gesessen, seit ich neun war und sie mir immer ordentlich Frühstück gemacht hat, mit Toaststreifen und gekochten Eiern. Ich hatte damals eine ziemlich dürre Phase und sie wollte mich liebevoll aufpäppeln. Was leider ein bisschen zu gut geklappt hat, wenn man ehrlich ist.

»Sie haben ihn, endlich«, seufzt Mum.

»Er ist nicht angeklagt worden, Bea. Sie wollen nur –«

Ich frage dazwischen: »Sie haben Tim festgenommen?«

Ich spüre, wie mir alles Blut aus dem Kopf weicht. Zum Glück sitze ich schon, sonst wäre ich vermutlich auf dem Boden zusammengesackt wie eine Marionette mit durchtrennten Fäden.

Meine Eltern nicken, meine Mutter enthusiastischer als mein Vater, auch wenn eigentlich sie die große Menschenrechtlerin bei uns ist: ob sie nun gegen den Krieg protestiert, die außerordentliche Auslieferung von Verdächtigen oder gegen die Regierung von Burma. Und dennoch war sie diejenige, die sofort beschloss, dass Tim schuldig sein musste.

Ich kann es nicht fassen. Es gibt nichts auf der Welt, was ich mir mehr wünsche, als dass Meggies Mörder seiner gerechten Strafe zugeführt wird. Aber das hier ist alles andere als gerecht.

»Fran von der Opferbetreuung hat angerufen«, erklärt Mum.

»Sie sagt aber, wir sollen nicht allzu viel hineininterpretieren«, fügt Dad hastig hinzu.

»Ach, komm schon, Glen. Warum sollte sie sonst anrufen, wenn sie nicht denken, dass sie ihn diesmal festgenagelt haben?«

Es ist nicht das erste Mal, dass Tim befragt wird, aber das haben sie mit jedem gemacht, nachdem Meggie tot war: dem Hausmeister, den Barkeepern, ihren Freunden, mit denen sie am meisten rumhing, den Leuten, an denen sie auf den Bildern der Überwachungskameras an jenem letzten Abend vorbeigekommen war. Sie haben sogar Zoe und Sahara verhört, auch nachdem die Zeitungen schon mit hundertprozentiger Sicherheit beschlossen hatten, dass es ein Mann gewesen sein musste.

Aber das hier ist etwas anderes. Es ist das erste Mal, dass er tatsächlich festgenommen wurde.

»Sie hat nur angerufen, um uns zu warnen, falls die Reporter wieder auftauchen. Nicht mehr und nicht weniger.« Dad glaubt genauso wenig wie ich, dass Tim es war, nur dass ihm nicht gleich unterstellt wird, er würde auf ihn stehen.

Mum seufzt. »Ich war online und in meiner Gruppe dort sagen alle, dass es neue forensische Beweise geben muss. Na ja, stör dich nicht an unseren Zankereien, Alice – wie geht es dir denn damit?«

Am liebsten will ich schreien: Er war's nicht! Aber selbst wenn ich auch nur irgendein Wort herausbekäme, Mum würde sowieso nicht zuhören. Also sage ich nichts.

Sie wirkt ein wenig irritiert. »Tja, du weißt ja, wo du mich findest, wenn du reden willst.«

»Danke.« Alles, was ich will, ist raus aus dieser Küche und ins Internet, zu Meggie, denn das ist mittlerweile der normalste Teil in meinem Leben.

Dad fängt an, seine Papiere einzupacken. »Ich muss dann mal los. Wir haben Teilhabersitzung.«

Mum fährt zu ihm herum, das Gesicht vor Wut verzerrt. »Ich

fasse es einfach nicht, wie du überhaupt an Arbeit denken kannst, solange die Polizei Meggies Mörder in Gewahrsam hat.«

»Bea, du weißt genauso gut wie ich, wenn sie Beweise gehabt hätten, dann hätten sie ihn schon am ersten Tag in Haft genommen.«

»Das ist doch unglaublich! Anscheinend ist dir das also alles egal …«

Und wieder habe ich dieses benommene Gefühl, als würde ich über dem Raum schweben und meinen Eltern dabei zusehen, wie sie sich erbittert streiten, so wie sie es nie, niemals getan haben, als Meggie noch am Leben war. Aber ihr Geschrei verhallt und stattdessen höre ich das Flüstern des Meeres, und ich schwöre, ich spüre beinahe die Brise in meinem Gesicht.

Mit wackligen Beinen rutsche ich von dem Barhocker und schlüpfe an meinen Eltern vorbei. Sie kriegen kaum mit, dass ich gehe.

19

Als ich den Laptop einschalte, ist meine Sehnsucht nach der friedlichen Schönheit des Strandes stärker als je zuvor.

Es ist erst zehn Tage her, seit ich dort zum ersten Mal am Wasser entlangspaziert bin, und doch weiß ich schon jetzt nicht mehr, wie ich die Wirklichkeit ohne meinen Zufluchtsort am Soul Beach ertragen soll, ohne das Wunder, wieder die Stimme meiner Schwester zu hören.

Während die Seite lädt, wird mir klar, dass ich nicht weiß, wie ich Meggie von Tim erzählen soll. Soll ich es überhaupt versuchen? Hat sie ein Recht darauf, es zu erfahren, oder wird ihr das nur noch mehr Schmerz zufügen?

Und eigentlich gibt es doch auch noch gar nichts Richtiges zu erzählen. Hier geht es um Tim. Den ersten ihrer Freunde, der mich wie ein menschliches Wesen behandelt hat, anstatt nur wie Meggies nervige kleine Schwester. Er hat sich mit mir über die wichtigen Themen unterhalten: meine Pläne, meine Ziele, meine Ideen.

So verhält sich doch kein Mörder, oder?

Ich denke immer noch darüber nach, ob und wie ich es ihr beibringen soll, als der Strand erscheint – ich keuche auf.

Ich sehe *Menschen*.

Hunderte von wunderschönen Menschen.

Ich fühle mich wie bei einer Strandparty in einem Musikvideo: Jede Menge Sonnenanbeter sitzen um die Bambushütten oder planschen im türkisen Wasser. So viel also zu meinem ruhigen Zufluchtsort …

Ich bewege mich nicht, ich bin zu sehr damit beschäftigt zu starren. Jeder hier ist jung, genau wie Sam gesagt hat: Teenager und Leute Anfang zwanzig. Und nicht nur jung, sondern auch umwerfend gut aussehend. Es ist ein wahrer Regenbogen an Haar- und Hautfarben und alle tragen lässige, aber ziemlich schicke Klamotten. Die Jungs haben abgeschnittene Jeans oder weite Surfshorts an – Scheußlichkeiten wie hautenge Badehosen sind nirgends in Sicht – und obenrum blütenweiße T-Shirts, karierte Leinenhemden oder einfach gar nichts. Bei den Mädchen wird es bunter, Bikinis in leuchtenden Farben oder gemusterte Sommerkleidchen mit Spaghettiträgern. Sie alle schwimmen oder surfen oder sonnen sich einfach auf Strandtüchern.

Ich sehe einen Jungen mit Akustikgitarre, der einen Indie-Hit aus dem letzten Sommer singt. Seine Stimme klingt sexy, mit leichtem Akzent. Russisch? Oder tschechisch? Neben ihm sitzt ein japanisches Mädchen und trommelt einen improvisierten Rhythmus auf ein paar Minibongos, während die anderen leise die Begleitung summen.

Ich glaube, leer war mir der Strand lieber. Irgendwie hat diese Perfektion etwas Verstörendes. Und das Unheimlichste ist, dass sie mir alle so bekannt vorkommen. Vermutlich liegt das an ihrem Modellook – und doch bin ich sicher, dass es noch etwas anderes ist. Auf irgendeiner tieferen Ebene habe ich das Gefühl, sie zu erkennen: durch ein Lidflattern, einen zum Schmollen verzogenen Mund, eine zurückgeworfene Haarsträhne.

Da drüben ist ein Junge, der mich an den Drum-'n'-Bass-DJ erinnert, den sie nach einer wilden Party tot in seinem Hotelzimmer gefunden haben. Und dieses deutsche Mädchen, das letztes Jahr dauernd in den Nachrichten war – das entführt worden war, weil eine Bande von Kriminellen hinter irgendeiner wissenschaftlichen Formel oder Erfindung ihres Vaters her war.

Ist sie jemals wieder aufgetaucht? Ich meine mich zu erinnern, dass ihr Ohr per Kurierdienst ins Labor ihres Vaters geliefert wurde.

Sie dreht sich um und sieht direkt durch mich hindurch. Nein, das Mädchen damals war ziemlich unscheinbar, selbst auf den Fotos, die ihre Eltern den Zeitungen gegeben hatten. Dieses hier ist dagegen ein richtiges Supermodel. Und sie hat noch beide Ohren …

Als ich mich durch die Menge bewege, fällt mir auf, dass alle durch mich hindurchsehen. Na ja, vielleicht bin ich es ja nicht wert, beachtet zu werden, mit meinem normalen Gesicht und meinem normalen Körper. Ihre Körper sind makellos: kein Sonnenbrand, keine Cellulite, nicht das kleinste Anzeichen, wie sie gestorben sind.

Und auch keine Meggie, nirgends. Ich halte Ausschau nach ihrem leuchtend blonden Alice-im-Wunderland-Haar. (Ginge es auf dieser Welt gerecht zu, hätte ich solche Haare haben müssen, passend zu meinem Namen, aber stattdessen habe ich diese blöden Wirbel, die noch nicht mal Mums Profi-Glätteisen bändigen kann.) Meine Schwester passt mit Sicherheit perfekt hierher, mit ihren Kurven und dem herzförmigen Gesicht, das niemals Make-up nötig hatte, nicht mal im grausamsten Scheinwerferlicht.

Aber wenn die Surfer und Sonnenanbeter hier alle tot sind, wo kommen denn dann bitte die normal aussehenden Teenies hin, wenn sie nicht mehr leben? Leute mit dicken Knöcheln oder viel zu krausem Haar? Bevor Meggie gestorben ist, habe ich nie über das Leben nach dem Tod nachgedacht, aber wenn es wirklich so was wie einen Jüngsten Tag geben sollte, müsste es da nicht eher um gute Taten gehen als um den größten Sex-Appeal?

»Florrie?«

Ich wirbele herum.

Oh mein Gott.

Da ist Meggie, hundertmal schöner als zuvor.

Die Sonne hat ihr Haar ausgebleicht, sodass sie nun noch blonder ist als auf dem Babyfoto, das Mum auf den Kaminsims gestellt hat. Normalerweise muss Meggie nur mal kurz in die Sonne blinzeln, um sofort knallrot zu werden – ihr einziger Makel –, jetzt aber haben nur ihre Wangen die Farbe zarter Rosen. Ihr Körper hat eine perfekte Bronzetönung angenommen, die wie aufgesprüht wirkt.

Gleichzeitig strecken wir die Hände aus, um einander zu berühren … aber ich fühle nur den Bildschirm und ihre Hand fällt wie ein Stein durch die Luft.

»Oh, Meggie, ich hätte nicht gedacht, dass ich dich jemals wiedersehe.«

Sie kämpft mit der Antwort, streckt abermals die Arme nach mir aus, aber natürlich ist dort auch diesmal nichts. Selbst wenn wir nicht bloß online miteinander in Kontakt wären, habe ich schon genug Filme über Geister gesehen, um zu wissen, dass man sie nicht spüren kann, vielleicht mit Ausnahme eines halb eingebildeten Atemzugs, der das Ohr streift, oder ihrer Blicke, die einem folgen.

»Verdammt«, sagt sie und weicht zurück, als hätte sie eine Ohrfeige bekommen. »Ich weiß nicht, warum ich das gemacht habe. Du siehst einfach so echt aus, das ist alles.«

»Wirklich?«

»Ja, absolut. Ich hatte Angst, dass du verschwommen bleiben würdest, aber das bist du nicht. Du bist wirklich hier. Am Strand. Bei mir.«

Erst jetzt merke ich, dass das Licht an der Webcam meines Laptops zum ersten Mal leuchtet, seit ich am Soul Beach bin. Also hockt ein Teil von mir hier mit krummem Rücken vor dem Bildschirm und ein virtuelles Ich steht dort im Sand. Ich versuche, das alles zu verstehen. »Was habe ich denn an?«

»Ach, das Übliche«, antwortet Meggie. »Also das, was hier üblich ist. Heute trägst du ein leuchtend rotes T-Shirt, das deine Augen grüner wirken lässt, und einen kurzen Jeansrock, der deine sehr hübschen gebräunten Knie betont.«

»Die sind doch überhaupt nicht braun. Das Wetter war diesen Sommer totaler Mist.« Wobei ich das auch nur aus der Zeitung weiß; ich habe ja kaum das Haus verlassen.

»Tja, für mich siehst du jedenfalls ziemlich knackig aus, Florrie. Aber na ja, hier sehen ja alle knackig aus.«

»Ist mir auch schon aufgefallen. Und wenn man eine totale Hackfresse hat, wo kommt man dann hin? Haben die Hässlichen ihren eigenen Himmel?«

Sie guckt ernst. »Ich habe gehört, der ist auf 'nem Müllhaufen, und wenn man hinkommt, muss man sich seine Klamotten erst mal zwischen den ganzen Konservendosen und verfaulten Essensresten hervorsuchen.«

»Im Ernst?«

»Mein Gott, Florrie, du glaubst einem auch immer noch alles, was? Nein, es gibt kein Casting, um an den Soul Beach zu kommen. Das Gute am Totsein ist, dass man mit einem Mal perfekt ist. Hier, guck …«, sie hebt das Handgelenk, »… meine Trampolinnarbe.« Sie lässt den Finger über die vollkommene, haarlose Haut gleiten.

Ich sehe noch mal genauer hin. »Sie ist nicht mehr da.«

Sie lacht. »Nein. Und ich hab auch keinen einzigen Pickel mehr. Keine Periode, kein PMS, keine Kopfschmerzen, keinen Kater. Natürlich gibt's hier genug Alkohol, aber der hat keine negativen Auswirkungen und nach einer Weile betrinken sich die Leute gar nicht mehr, weil sowieso schon alles so verdammt wunderbar ist.«

Plötzlich fällt mir ein seltsam schriller Unterton in ihrer Stimme auf.

»Saufen, so viel man will, und trotzdem schießt sich keiner ab?«

Meggie nickt in Richtung einer Gruppe skandinavisch aussehender blonder Jugendlicher, die ein Stück entfernt auf einer Decke sitzen und picknicken. »Guck mal genau hin. Was siehst du?«

Ich starre sie ewig lange an und versuche, darauf zu kommen, warum sie mir so ein unbehagliches Gefühl einflößen. Das Picknick ist unglaublich üppig, mit leuchtend grünen Salaten, frischen, saftigen Pfirsichen und Nektarinen, gegrillten Hamburgern und Hühnchen, Baguette, Schokoladenkuchen, Erdbeeren und Sahne.

Zum ersten Mal seit Tagen, nein, seit Monaten, verspüre ich richtig Hunger; mir läuft das Wasser im Mund zusammen. Und dann erst die Getränke: Karaffen mit rubinroter Sangria, in der Orangenscheiben und Eiswürfel schwimmen, ein ganzer Eimer voller Bierdosen, Weißwein in beschlagenen Flaschen.

Dann begreife ich, was an diesem Bild nicht stimmt.

»Die trinken ja gar nichts. Und essen tun sie auch nicht. Sind die auf Drogen?«

»Nein«, antwortet Meggie. »Nach einer Weile … das ist schwer zu erklären. Irgendwann befriedigt es einen einfach nicht mehr so wie früher. Hat wahrscheinlich was damit zu tun, dass wir nicht mehr lebendig sind.«

Mir kommt ein anderer Gedanke – ein etwas unbehaglicher. »Und was ist mit Sex?«

Jetzt lacht sie laut heraus, ihre Anspannung löst sich. »Tja, *das* gibt es auf jeden Fall. Ohne Risiko und immer, wenn man Lust darauf hat, besonders mit den ganzen Neuen, die gerade erst hergekommen sind. Die flippen total aus, sobald ihnen klar wird, dass man hier keine Kondome braucht – keine Krankheiten, keine ungewollten Schwangerschaften.«

Ich versuche nicht darüber nachzudenken, ob meine Schwester wohl zu Beginn auch so wild unterwegs war. »Aber könnt ihr Berührungen denn wirklich spüren? Zwischen Geistern, meine ich.«

»Psst!« Sie guckt entsetzt. »Benutz ja dieses Wort nicht. Wir sind keine Geister. Ich weiß zwar nicht, was wir sind – verlorene Seelen vielleicht? –, aber auf jeden Fall keine Geister.«

»Tut mir leid.«

Meggie lächelt. »Muss es nicht. Ist schon alles komisch anfangs, oder? Also, ja, Sex fühlt sich hier auch gut an. Ist natürlich nicht dasselbe, ein bisschen … distanziert, irgendwie. Weißt du, wenn man jemanden zum ersten Mal küsst, dann ist es doch bei jedem anders, auch wenn es ja eigentlich auch nur eine Variation desselben schlabbrigen Themas ist, stimmt's?«

Ich habe überhaupt erst zwei Jungen geküsst, aber das muss ich ihr ja nicht auf die Nase binden. »Hmm?«

»Sex ist hier so leicht zu bekommen und … immer so gleich, dass ich manchmal etwas Echtes vermisse, und wenn es auch nur so alltäglich und unappetitlich ist wie ein Zungenkuss. Außerdem ist es komisch, dass alle hier so gut aussehen. Unterschiedliche Farben, unterschiedliche Frisuren … aber trotzdem ist da so eine gruselige Ähnlichkeit, als wären wir alle Schaufensterpuppen. Na ja … Schaufensterpuppen, die vögeln können bis zum Umfallen.«

»Meggie! So versaut warst du doch früher nicht.«

Sie zuckt mit den Schultern. »Liegt wohl an meinem Umgang. Apropos, willst du meine neuen besten Freunde kennenlernen?«

20

Ihre neuen besten Freunde sitzen auf den Bambusstufen einer der Strandhütten, im Schatten einer gigantischen Palme. Sie umarmen Meggie, als hätten sie sie seit Jahren nicht gesehen, mich ignorieren sie allerdings vollkommen – was ich zwar ziemlich unhöflich finde, aber immerhin verschafft mir das die Gelegenheit, sie in Ruhe zu studieren.

Sie sind zu dritt: zwei Jungen und ein Mädchen. Das Mädchen ist Inderin, sehr zierlich und hübsch. Ich würde sagen, sie ist ungefähr in meinem Alter, wirkt aber wesentlich reifer dank ihrer riesigen Brüste, die ihr orange-weiß gestreiftes Bikinioberteil fast überfordern. Eine auffällige Halskette mit Bernsteinen und Kristallen lenkt die Aufmerksamkeit zusätzlich auf ihr Dekolleté und ihre baumelnden Ohrringe bewegen sich sanft wie Windspiele in der Brise. Trotz ihrer braunen Haut scheint sie wie von einem seltsam bläulichen Schimmer umgeben, als wäre sie ganz leicht transparent. Einen Moment lang meine ich sogar, ihren Schädel zu sehen, aber es ist nur die Sonne, die auf ihre scharf hervortretenden Wangenknochen fällt.

Neben ihr sitzt ein großer dünner, italienisch aussehender Typ. Sein Baumwollhemd ist aufgeknöpft, damit man seine wohlgeformten Bauchmuskeln sieht, und seine Gesten wirken furchtbar übertrieben. Irgendwie hat er etwas sehr Oberflächliches an sich.

Aber als der andere Junge direkt durch mich hindurchsieht, überläuft mich ein Schauder. Ich kann den Blick nicht von ihm abwenden. Er erinnert mich an irgendeine Berühmtheit. Vielleicht Leonardo di Caprio. Er ist kräftiger gebaut und ein Stück kleiner als sein Freund, mit blonden Strähnen in seinem leicht gewellten Haar. Eigentlich absolut nicht mein Typ, aber diese Augen sind so wissend, als könnte er die ganze Welt durchschauen und wünschte sich zugleich, es nicht zu können. Es sind alte Augen, obwohl der Rest von ihm jung ist.

Was ist so faszinierend an ihm? Und dann dämmert es mir. Der Junge mit den wissenden Augen ist der einzige Mensch am Soul Beach, der nicht aussieht wie ein retuschiertes Foto: Verglichen mit dem Rest dieser Klone wirkt er beinahe normal. Natürlich sieht auch er geradezu unerträglich gut aus, aber sein Haar ist zerzaust und sein ausgebeultes T-Shirt zerknittert und nicht ganz so blütenweiß wie die der anderen. Und als Meggie sich zu ihm beugt, um ihn zu begrüßen, scheint er sich bei den Luftküsschen etwas albern vorzukommen.

Meggie befreit sich aus der Umarmung des italienischen Hengstes und blickt sich dann verwirrt um. »Ach, Mist. Entschuldige, Schwesterherz, das hatte ich total vergessen. Sie können dich nicht sehen, bis ich dich nicht vorgestellt habe. Warum, weiß ich auch nicht. Vielleicht haben die da oben Sorge, dass manche Gäste neidisch werden, wenn sie selbst nie Besuch bekommen. Du bist hier so was wie das ultimative Accessoire, glaub mir.«

Sie grinst die anderen an. »Leute, darf ich vorstellen: meine Schwester Alice.« Meggie scheint so stolz auf mich, wie ich es von früher, als wir noch beide lebendig waren, nicht von ihr gewohnt bin.

Die anderen folgen ihrer deutenden Hand, scheinen mich jedoch immer noch nicht zu sehen.

»Oh«, sagt Meggie verdutzt. »Offensichtlich habe ich da irgendwas nicht richtig gemacht.«

»Du musst unsere Namen verwenden«, erklärt der Junge im weißen T-Shirt. »Das hilft dabei, zu kontrollieren, wer sie sehen kann und wer nicht. Wie die Privatsphäre-Einstellungen bei Facebook oder so.« Seinem Akzent nach ist er Amerikaner. Ein reicher Amerikaner. Definitiv nicht mein Typ.

»Dann gehen wir nach der Länge des Aufenthalts. Das hier ist Triti oder auch Pretty Triti. Sie ist am längsten von uns allen hier.«

Das indische Mädchen macht lächelnd einen Schritt nach vorn. »Du bist ja Meggies Spiegelbild!«, ruft sie und begrüßt mich mit Küsschen links, Küsschen rechts. Nicht, dass ich davon irgendwas spüren würde. »Toller Rock.« Ich hatte einen weichen indischen Akzent erwartet, aber sie spricht ein ziemlich vornehmes Englisch mit Londoner Einschlag.

»Toller Bikini«, erwidere ich. Am liebsten hätte ich hinzugefügt, dass er ganz offensichtlich ein Konstruktionswunder ist, aber das würde vielleicht nicht so gut bei ihr ankommen.

»Und das hier ist Javier, er kommt aus Spanien.«

Javier ist der mit dem überzogenen Gehabe. Er winkt mir träge zu, rührt sich jedoch nicht vom Fleck. »Ich würde dich ja umarmen, aber das hat hier ja eh keinen Zweck.«

»Ich hätte gedacht, du wärst Italiener«, sage ich.

Er zieht ein mürrisches Gesicht wie ein schlechter Schauspieler. »Ich hasse Italiener. Alles nur Show, keine Substanz.«

Was angesichts der Tatsache, dass diese Worte von einem Toten kommen, ziemlich ironisch wirkt.

»Und, last but not least, Danny.«

»Hi, Alice.« Er erhebt sich wie ein wohlerzogener Junge, der er mit Sicherheit auch ist. Größer, als ich erwartet hatte. Vielleicht achtzehn? Entweder im Abschlussjahr an der Highschool oder er hat gerade an irgendeiner amerikanischen Eliteuni angefangen.

Erst dann fällt mir ein, dass er nicht mehr an der Uni sein kann – schließlich ist er tot. Bei Meggie kommt es mir nicht mehr so eigenartig vor, weil ich Monate hatte, um mich an ihren Tod zu gewöhnen. Aber Leuten vorgestellt zu werden, die nicht mehr am Leben sind, muss so ungefähr das Seltsamste sein, was mir je passiert ist.

Dannys wissende Augen blicken in meine. Sie sind undurchdringlich grün, aber es ist nicht die Farbe, die meine Aufmerksamkeit erregt. Es ist die Intensität seines Blicks, die Sehnsucht darin. Ich glaube nicht, dass das an meiner atemberaubenden Schönheit liegt: Ich weiß, wie Verlangen aussieht, und das hier ist etwas anderes.

Vielleicht ist es das Verlangen danach, wieder lebendig zu sein.

Ich zwinge mich, den Blick abzuwenden. »Hallo zusammen«, sage ich zu ihnen allen.

Javier versucht gar nicht erst, seine Langeweile zu verbergen, aber Danny lächelt. »Deine Schwester hat uns viel von dir erzählt. Schön, dich hier zu sehen. Ich hoffe, du bist nicht allzu verwirrt über … na ja, diesen ganzen verwirrenden Kram hier.«

»Setz dich«, fordert Triti mich auf und macht mir Platz auf ihrer Stufe. »Megan freut sich ja so, dass du endlich gekommen bist. Sie dachte schon, du würdest nie auf ihre Nachrichten antworten.«

»Was aber total verständlich ist«, fügt Danny hinzu. »Krieg bloß kein schlechtes Gewissen, Alice. Ich habe meinen kleinen Bruder auf die gleiche Art zu kontaktieren versucht, aber von ihm habe ich gar nichts gehört.«

»Bei meinem Bruder brauche ich es gar nicht erst zu versuchen«, erklärt Triti. »Der konnte mich ja schon nicht leiden, als ich noch lebendig war.«

Ich sehe Javier an. Er zuckt mit den Schultern. »Einzelkind.«

Ich nicke. Das passt. »Also, wie ist das, dürfen nur Geschwister hierherkommen?«

»Tja, also es wird einem nicht gerade ein Leitfaden in die Hand gedrückt, wenn man ankommt, aber ich habe ein bisschen rumgefragt«, antwortet Danny.

»Auch 'ne Art, die langen, trägen Tage hier schneller rumzubringen«, meint Javier.

»Ich denke, es kann jeder sein, zu dem man eine starke Verbindung hat, solange er auch jung ist«, erklärt Danny, »ansonsten dürfte er nicht an den Strand.«

»Wir wollen hier ja schließlich keine Falten sehen oder gar irgendwas, das runterhängt«, witzelt Javier.

»Beachte ihn am besten gar nicht«, sagt Danny. »So machen wir das alle. Aber im Ernst, die Verbindung scheint bei Blutsverwandten einfach stärker zu sein. Ein paar Leute haben natürlich auch versucht, ihre Freunde zu kontaktieren, aber von denen ist niemand hier aufgetaucht, also wissen wir nicht, ob es überhaupt funktioniert.«

Mir fällt noch etwas anderes ein. »Ich hab hier nirgends einen Laptop gesehen.«

Meine Schwester grinst. »Es läuft ein kleines bisschen primitiver ab.« Mit dem Kinn deutet sie in Richtung Strand, wo zwei Mädchen am Wasser stehen. Die eine hält eine Flasche in der Hand, die andere versucht, etwas auf ein Stück Papier zu kritzeln, das im Wind flattert. Schließlich faltet sie den Zettel zusammen, drückt einen Kuss darauf und nimmt dann die Flasche. Sie steckt die Nachricht hinein, verkorkt das Ganze und nach einem weiteren Kuss auf die Flasche wirft sie sie ins Wasser. Dort treibt sie ein bisschen an der Oberfläche, bis eine Welle kommt und sie mit sich trägt. Das Mädchen starrt noch lange, nachdem die Flasche verschwunden ist, hinaus aufs Meer.

»Per Flaschenpost?«, frage ich ungläubig.

Und dann fällt mir wieder ein, wie seltsam Meggies Handschrift in der letzten Mail ausgesehen hatte. Als wäre die Tinte verlaufen.

»Die Geschäftsleitung hält das anscheinend für witzig«, sagt Javier.

Danny beachtet ihn nicht. »Meistens hören wir gar nichts. Vielleicht gehen die Flaschen bei der Meerespost verloren, aber wahrscheinlicher ist es, dass unsere Hinterbliebenen nicht glauben können, dass die Nachrichten echt sind. Doch manchmal wird tatsächlich eine Flasche mit einer Antwort angeschwemmt.«

»Wie bei dir«, erklärt Meggie.

»Wir denken, es hat etwas damit zu tun, wie stark die Verbindung zwischen dem Gast und demjenigen ist, den er zu erreichen versucht. Je stärker, desto größer ist die Chance, dass er oder sie irgendwann hier auftaucht.«

»Genau, so eine starke Verbindung, dass wir die meisten Besucher von Soul Beach nach ein, zwei Wochen nie mehr wiedersehen«, schnaubt Javier.

»Javier, halt die Klappe«, warnt ihn meine Schwester.

Er zuckt mit den Schultern. »Ist doch besser, wenn sie es gleich erfährt, oder?«

»Warum kommen sie nicht zurück?«, frage ich.

Jetzt machen alle nervöse Gesichter. Triti runzelt die Stirn. »Vielleicht werden sie von der Homepage verbannt, weil sie die Regeln gebrochen haben. Oder weil sie einen Gast unglücklich gemacht haben. Das kommt vor.«

»Ja, oder die Verbindung ist eben doch nicht so stark, wie sie dachten. Vielleicht hat man gar nichts mehr miteinander gemeinsam. Muss doch hart sein, uns hier im Paradies leben zu sehen, während man sich selber mit den langweiligen Pflichten der echten Welt rumschlagen muss«, überlegt Javier. »Und außerdem sind wir auch nicht gerade die unterhaltsamste Truppe. Wir tun doch nichts anderes als poppen, planschen und Blödsinn plappern.«

»Da sprichst du nur für dich selbst, Javier«, sagt Meggie. »Mann, du bist vielleicht ein grummeliger Blödmann.«

Javier steht auf. »Vielleicht brauche ich einfach Schlaf.« Er lacht sarkastisch und schlendert dann davon Richtung Wasser.

»Was war daran jetzt so lustig?«

»Wir müssen überhaupt nicht schlafen«, erläutert Danny. »Klar, die Sonne geht auf und unter und die meisten von uns legen sich auch an den Strand oder in eine Hütte, wenn es dunkel wird, aber eigentlich mehr aus Gewohnheit. Nötig ist das nicht, wir werden nie müde. Ein paar Leute haben es mit stundenlangem Joggen versucht, bis der Körper schlappmacht, aber der Kopf schaltet nie ganz ab. Müdigkeit können wir also nicht für unsere Launen verantwortlich machen.«

»Was ist dann seine Entschuldigung?«, frage ich.

Triti zieht die Stirn kraus. »Das kriegst du schon noch raus.«

Meggie schüttelt den Kopf. »Ach, entspann dich mal, Triti. Ich schwebe im Moment jedenfalls auf Wolke sieben, weil meine Schwester, die ich höllisch vermisst habe, endlich hier ist. Mit ihr kommt dieser Ort schon ziemlich nahe ans Paradies ran, also sei bitte nett, ja?«

»Tut mir leid, normalerweise bin ich immer nett«, lenkt Triti mit entschuldigendem Lächeln ein. »Nett ist mein zweiter Vorname. Tschüss, Alice. Wir sehen uns hoffentlich bald wieder.« Sie zockelt davon und ihre Ohrringe klimpern beim Gehen. Von hinten sieht sie dünner aus, mehr wie ein langer, schmaler Schatten und weniger wie ein Mensch, aber das ist wohl auch kein Wunder, wenn hier keiner was isst.

Danny steht auf. »Wahrscheinlich wollt ihr beiden jetzt ein bisschen allein sein. War schön, dich kennenzulernen, Alice. Ich red mal mit Javier und sorg dafür, dass er sich nächstes Mal an seine Manieren erinnert. Normalerweise sind wir echt ganz okay, versprochen.« Er sieht mich an und in seinen grünen Augen liegt wieder diese Sehnsucht.

Ich versuche, den Blick nicht zu erwidern, aber zu spät. Es ist, als würde ich fallen, und nichts und niemand kann mich auffangen.

21

»Und? Wie findest du sie?«, fragt Meggie, nachdem Danny in der Menge verschwunden ist.

»Sie sind … interessant«, antworte ich vorsichtig. Tatsächlich kommt mir Javier wie der absolute Egozentriker vor und Triti wirkt so nichtssagend, dass es fast scheint, als wäre sie hinter ihrer riesigen Oberweite und der ebenso riesigen Kette gar nicht vorhanden. Nur bei Danny habe ich das Gefühl, dass es interessant sein könnte, sich mit ihm zu unterhalten. Aber das erzähle ich Meggie nicht, denn ich weiß genau, meine Schwester wird selbst den winzigsten Hinweis darauf, dass ich Danny nett finde, als Zeichen dafür deuten, dass ich *unsterblich* – haha – in ihn verknallt bin, und mich ewig damit aufziehen. Wie sie es damals auch bei Tim gemacht hat.

Tim. Mich überläuft ein Schauder. Ich hatte ganz vergessen, was in der echten Welt los ist. Wie konnte das nur passieren?

»Sie sind total cool, wenn man sie erst ein bisschen besser kennt«, sagt Meggie. »Vielleicht hast du nicht gerade den besten Zeitpunkt erwischt. Manchmal ist es einfach hart. Wir sind wie eine Familie … eine riesige, echt kaputte Familie. Aber wir sind alles, was wir haben.« Sie flüstert: »Wie geht es Mum und Dad?«

Ich wette, die beiden streiten sich immer noch in der Küche, beschließe aber, dass es nicht richtig wäre, ihr das zu erzählen, und auch nicht den Grund dafür, so gern ich diese Last auch loswürde.

Ich denke mal, Meggie hat genügend eigene Lasten zu tragen. »Ihnen geht's … gut. Na ja, nicht direkt gut, nach allem, was passiert ist, aber sie kommen klar, jeder auf seine Weise.«

Sie wirft mir einen seltsamen Blick zu. Mit Lügen bin ich bei meiner Schwester noch nie durchgekommen, aber sie hakt nicht nach. Stattdessen faltet sie die Hände, fast, als wollte sie beten.

»Du lässt mich doch nicht im Stich, oder, Florrie? Du verlierst nicht das Interesse an mir. Nicht wie die Besucher der anderen?«

Ich lächele, weil ich mir nicht mal vorstellen kann, den Strand, oder sie, jemals verlassen zu wollen. »Nein. Außerdem bist du der unterhaltsamste Mensch, den ich kenne. Wir haben doch immer was zum Quatschen … Liebe zum Beispiel. Und Musik.« Ich zögere, als mir klar wird, dass wir nur über Songs reden können, die vor ihrem Tod erschienen sind. »Und Theaterstücke und Bücher und … na ja, lauter anderes Zeug eben.«

Sie lacht, doch es wirkt nicht ehrlich. »Die Ewigkeit kann einem verdammt lang werden, Florrie. Da müssen wir uns schon eine Menge Small Talk einfallen lassen.«

Ich weiß nicht, wie ich darauf reagieren soll.

Sie lächelt. »Du siehst wieder ganz schön müde aus. Vielleicht solltest du jetzt gehen, ich will nicht, dass du meinetwegen irgendwelche Klausuren verhaust. Aber morgen kommst du wieder, ja? Dann kannst du mir von der Schule erzählen und was im Fernsehen läuft und, was weiß ich, über die Klamotten, die du dir in letzter Zeit gekauft hast, und auf welche Uni du gehen willst und … das hätte ich beinahe vergessen. Erzähl mir vom Garten.«

»Vom Garten? Von unserem Garten zu Hause? Wenn du so einen Ausblick vor der Nase hast?« Ich gestikuliere in Richtung des wunderschönen Strandes.

»Es ist dir noch nicht aufgefallen, oder? Spitz mal die Ohren.«

Ich lausche. Wie zuvor höre ich die Wellen und das Geplauder der Leute. »Was genau soll ich denn hören, Meggie?«

»Gar nichts. Das ist es ja. Außer den künstlichen Wellen und den künstlichen Bäumen gibt es hier nichts außer uns. Kein anderes Lebewesen. Keine Fische, keine Insekten, keine Vögel. Es ist, als wäre demjenigen, der das Ganze entworfen hat, am Ende die Zeit ausgegangen.«

»Das ist es also, deswegen kam mir das alles so komisch vor.« Mit einem Mal wirkt dieser wunderschöne Ort ein klein wenig düsterer.

Meggie nickt und ich merke, dass sie kurz davor ist, in Tränen auszubrechen. »Ach, Florrie«, murmelt sie ganz leise. »Ich hätte nie gedacht, dass mir das verdammte Gekreische von Möwen mal so fehlen würde.«

Was kann ich dazu sagen? Ich sehe ihr ins Gesicht, versuche mir jedes Detail einzuprägen, nur für den Fall, dass dies das letzte Mal ist. Je mehr ich über Soul Beach erfahre, desto größere Angst habe ich, dass ich mich hier auf gar nichts verlassen kann.

»Es tut mir so leid, Meggie. Ich wünschte, ich könnte irgendwas tun, damit es dir besser geht.«

»Mir geht's schon allein dadurch besser, dass du hier bist, Florrie. Glaub mir.«

Ich nicke. »Danke, dass du das gesagt hast. Das bedeutet mir eine Menge.«

»Träum süß von sauren Gurken«, sagt sie und ich klicke schnell auf *Ausloggen*, damit sie mich nicht weinen sieht.

Aber dann, bevor sie verschwindet, sehe ich ihre Augen. Die Iris sind leuchtend blau, aber das Weiße ist nicht mehr weiß, sondern aggressiv blutrot. Dann breitet sich die Farbe über ihr gesamtes Gesicht aus, als ertränke sie in Blut. Es ist so grauenhaft, dass ich die Augen zumachen muss. Als ich sie wieder öffne, ist der Strand verschwunden und ich bleibe schwitzend und zitternd zurück. Ich versuche krampfhaft, mich an meine schöne Schwester zu erinnern, aber wenn ich die Augen wieder schließe, ist alles, was ich sehe, eine Meggie mit purpurroter Haut, die verzweifelt nach Luft ringt.

22

Heute Abend lauert die Presse vor dem Haus. Dad wartet, bis er meint, dass so ziemlich alles versammelt ist – die Lokalreporter, dieser Typ von der Sun, der direkt um die Ecke wohnt, zwei Kameramänner, die mittlerweile schon so oft hier waren, dass ich wette, sie haben unsere Adresse in ihrem Navi unter *Zu Hause* gespeichert –, und marschiert dann raus vor die Doppelgarage, wo er schon öfter seine Minipressekonferenzen abgehalten hat.

»Ich verstehe selbstverständlich, dass Sie alle nur Ihre Arbeit machen wollen, aber wie immer werden wir auch diesmal keinen Kommentar abgeben, außer, dass wir für die guten Wünsche, die uns weiterhin erreichen, sehr dankbar sind und dass wir alle auf eine Entwicklung der Dinge hoffen, die dazu führt, das Rätsel um den Tod unserer geliebten Tochter aufzuklären. Um alle weiteren Fragen wird sich die Presseabteilung der Polizei kümmern. Und nun würde ich es sehr begrüßen, wenn Sie uns unseren Frieden lassen, ganz besonders unserer Tochter Alice. Vielen Dank.«

Er ignoriert die Rufe, wie wir uns jetzt fühlen und ob wir Tim für schuldig halten, und kommt zurück ins Haus. Ich stehe in der Küche und mache mir ein Sandwich. Mum ist bei ihrer Trauergruppe. Ich wette, sie ist heute der Star des Abends.

»Wie geht's dir, Alice?«, fragt Dad und gießt sich ein ziemlich großes Glas Wein ein. »Willst du auch eins?«

So was bietet er mir normalerweise nicht an. Ich hatte eigentlich einen spätabendlichen Besuch am Soul Beach geplant, aber er wirkt, als könnte er ein bisschen Gesellschaft vertragen. »Okay.«

Er gießt mir wesentlich weniger ein und wir setzen uns ins Esszimmer, weil das Wohnzimmer ein Panoramafenster hat und wir uns stillschweigend darüber einig sind, dass es nicht gut wäre, wenn die Reporter uns so sehen würden. *Nach tragischem Tod der Nachtigall: Minderjährige Schwester hat ernstes Alkoholproblem* ist eine Schlagzeile, auf die wir gut verzichten können.

»Ist schon eine ganze Weile her, seit wir uns mal richtig unterhalten haben«, sagt Dad.

»Hmm.«

»Diese Geschichte mit Tim. Ich kann mir einfach nicht vorstellen, dass der Junge gewalttätig ist. Ja, deine Mutter sagt immer, man kann nie wissen, wozu die Leute fähig sind, aber mir kommt es so vor, als ob die Polizei sich an Strohhalme klammert.«

»Tja.« Was will er denn von mir hören?

»Du denkst doch nicht, dass er Megan getötet hat, oder?«

Ich schüttele den Kopf. »Nein. Es ergibt doch keinen Sinn, dass er den Menschen tötet, den er geliebt hat. Und ich war übrigens nie in ihn verknallt, egal, was Mum behauptet.«

Natürlich ist er attraktiv – Meggie würde niemals mit einem hässlichen Jungen ausgehen. Er hat blassgraue Augen und braunes Haar, das immer ein bisschen verwuschelt ist und in der Sonne glutrot leuchtet. Ach ja, und eigentlich fast ständig einen Dreitagebart – nicht, weil er so ein Poser-Typ ist, sondern weil er den Kopf immer so voll hat, dass er einfach nicht daran denkt, sich täglich zu rasieren. Aber geflirtet haben wir nie. Wir mochten einander, nicht mehr und nicht weniger.

Dad lächelt. »Deine Mum redet manchmal Quatsch. Sie ist momentan … sehr verletzlich.«

»Ach, und ich etwa nicht?«

»Touché. Tut mir leid, Alice. In letzter Zeit rutschst du uns hier manchmal ein bisschen durch die Maschen und das ist nicht richtig. Wir machen es wieder gut. Wenn sich alles ein wenig beruhigt hat …«

»Das wird es nicht.«

Dad stützt die Hände auf die Knie, was bedeutet, dass er mir gleich irgendwelche Perlen der Weisheit offenbaren wird. So muss er das auch mit seinen Mandanten machen, wenn sie ein Haus kaufen: In Anbetracht der Fakten denke ich, es wäre geboten, uns noch einmal genauer mit der Problematik der gemeinsamen Grenze zu befassen …

»Alice, ich habe auch nicht gerade viel Vertrauen in den gemeinen Gesetzeshüter, aber die Detectives, die sich um Megans Fall kümmern, scheinen recht pfiffig und sie wollen ihn wirklich aufklären. Eines Tages, bald, ist das alles vorbei und wir können uns auf die schönen Erinnerungen an deine Schwester konzentrieren.«

»Wenn du das glaubst, bist du wirklich verrückt.«

Seine rechte Hand auf seinem Knie zuckt, aber er sagt nichts. Er nickt nur, also rede ich weiter.

»In der zehnten Klasse hatten wir in Medienwissenschaft ein Projekt über Belästigung durch die Presse. Da ging es um eine Familie mit einer ermordeten Tochter, die noch nicht mal berühmt war wie Meggie, und die Presse hat sie einfach nicht zur Ruhe kommen lassen. Erst der Prozess, dann die Wiederaufnahme des Verfahrens, dann die Jahrestage. Ein Jahr danach. Fünf Jahre danach. Zehn Jahre danach. Die Journalisten wollten jedes Mal einen Kommentar von ihnen hören, wenn irgendwo ein anderer Teenager umgebracht wurde. Bei uns wird es ganz genauso sein und wir können absolut nichts dagegen machen.«

Er trinkt einen Schluck Wein. Sein Gesicht ist aschgrau und so müde wie das meines Großvaters. Dad hat nicht eine Nacht anständig geschlafen, seit Meggie tot ist. Er denkt, er hätte bei ihr sein, sie beschützen müssen. Manchmal höre ich nachts die Treppe knarzen, wenn ihm klar wird, dass er mal wieder kein Auge zutun wird. Dann geht er nach unten und guckt Sky Sport ohne Ton. Dabei interessiert er sich noch nicht mal für Sport.

»Macht dich das nicht wütend, Dad?«

Er seufzt. »Was mich wütend macht, ist, dass ich früher zwei wunderschöne Töchter hatte, und jetzt habe ich nur noch eine. Was mich wütend macht, ist, dass irgendwer tatsächlich geglaubt hat, er hätte das Recht, Megans Leben auszulöschen. Die Presse«, er macht eine Geste in Richtung des Menschenauflaufs draußen, »ist ein Ärgernis, aber vielleicht erhalten sie wenigstens den Druck aufrecht, denjenigen zu finden, der es getan hat. Dafür kann ich ihnen verdammt viel verzeihen.«

Ich trinke einen Schluck Wein, nicht, weil mir danach ist, sondern weil es mir richtig erscheint. Ich wünschte, ich könnte ihm sagen, dass es Meggie gut geht. Oder, na ja, *gut* ist das falsche Wort, aber zumindest ist sie nicht allein.

Aber mir ist klar: Das ist *mein* Geheimnis. Das hier sind meine beiden Welten, eine so wichtig wie die andere, und ich bin es, die entscheiden muss, was Dad und Mum und Meggie erfahren dürfen und wovor ich sie besser schütze.

Ja, Soul Beach ist ein unglaublicher Segen, aber zum ersten Mal kommt mir der Gedanke, dass es auch ein Fluch sein könnte …

23

In London ist es dunkel und regnerisch. Dicke Tropfen fallen stetig auf die Reporter unter meinem Zimmerfenster hinab.

Aber am Soul Beach ist es brütend heiß.

Natürlich kann ich die Wärme nicht spüren, aber ich kann sie sehen, es ist ein Dunst wie in der Wüste, der das Meeresufer unwirklich erscheinen lässt. Irgendwie kommt mir hier heute Abend alles anders vor als sonst und nach ein paar Augenblicken fällt mir wieder ein, was Meggie gesagt hat: dass es hier keine Tiere gibt. Aber das heißt nicht, dass mich nicht trotzdem ein aufgeregter Schauder überläuft, als ich die ersten Schritte im Sand mache.

Im Vorbeigehen sehe ich Menschen in kleinen Grüppchen am Strand liegen. Vollkommen reglos. Und da trifft mich die Erkenntnis: Sie sehen aus wie tot.

»Alice?«

Ich drehe mich um und da steht der Amerikaner mit den traurigen grünen Augen.

»Ich bin Danny, weißt du noch? Deine Schwester hat uns gestern vorgestellt«, sagt er, streckt mir die Hand hin und zieht sie dann wieder zurück. »Entschuldige, ich vergesse andauernd, dass wir uns in verschiedenen Welten bewegen.«

»So siehst du das also? Den Strand als Paralleluniversum?«

Er zuckt mit den Schultern. »Ach, was weiß ich denn schon? Ich bin doch bloß ein amerikanisches Landei. Über solche Sachen denke ich nicht nach, davon tut mir nur der Kopf weh.«

Ich starre ihn an. Unsere Blicke treffen sich, aber diesmal guckt er als Erster weg.

»Das war ein Witz«, murmelt er und bohrt die Fußspitze in den Sand.

»Oh, Verzeihung. Ich hätte nicht gedacht, dass Amerikaner überhaupt wissen, was Ironie ist.« Warum habe ich das gesagt?

Seine Augen werden schmal, dann lacht er. »Da kannst du mal sehen. Tja, ich denke oft stundenlang darüber nach, warum ich wohl hier gelandet bin. Das bringt mich zwar auch nicht weiter, aber hey, immerhin ist es ein Zeitvertreib …« Er nickt in Richtung einer Gruppe von Beachboys, die neben ihren Surfboards dösen. »Besser als die Alternativen ist es allemal. Surfen ist was für Trottel.«

»Aha.« Eigentlich war er ja der Einzige von Meggies Freunden, den ich gern wiedersehen wollte, aber jetzt, als ich neben ihm stehe, verunsichert er mich irgendwie. Er hat so etwas Rastloses an sich, etwas geradezu Wundes.

Ist es möglich, sich auf gute Art verunsichert zu fühlen?

»Ich glaube, Meggie hat sich … äh … ein bisschen hingelegt. Mit einem Freund. Ich kann sie aber suchen gehen, wenn du willst.«

»Ja, sie will sicher gern wissen, dass ich –« Und dann kapiere ich, was er mit *hingelegt* meint. »Oh. Nein. Nein, schon gut. Ich logge mich aus und versuche es später noch mal.«

Sein Lächeln ist immer noch breit, aber sein Blick wirkt jetzt etwas zurückhaltender. »Du musst ja nicht gleich gehen. Es ist nett, sich mit Besuchern zu unterhalten.« Er beugt sich ein bisschen vor. »Wenn man erst mal eine Weile hier ist, werden einem die Gäste schon ein bisschen langweilig. Die einen wollen sich ständig über Bücher unterhalten, die man nicht gelesen hat, oder Filme, die man nicht kennt, oder Bands, von denen man noch nie gehört hat, und die anderen wollen einen einfach nur flachlegen. Ehrlich, ich sage das nicht, um anzugeben. Aber daran sieht man, wie verzweifelt die Leute hier sind.«

Die Art, wie Danny das vorträgt, mit todernstem Gesicht, lässt mich vor Lachen laut herausplatzen. Er lächelt wieder und meine Traurigkeit ist verflogen, wenigstens für den Moment.

»Also, wartest du mit mir?«

Ich nicke. Vielleicht ist es ja doch gar nicht so kompliziert mit ihm.

»Wie wär's mit 'ner kleinen Führung?«

»Gern«, sage ich und freue mich über die frische Brise, die gerade aufkommt. Ich weiß, sie ist nur virtuell, aber was soll's …

Ich folge ihm, vorbei an den gebräunten Körpern, so kunstvoll im Sand verteilt wie Bronzeskulpturen in einem Museum.

»Das da sind die Musiker«, erklärt er und deutet auf zwei Grüppchen. »Links, mit den ordentlicheren Frisuren, der Chor. Rechts die Rocker. Die mühen sich jeden Tag ab, ihre Matte so sehr zu verstrubbeln wie nur möglich, und wachen am nächsten Morgen doch wieder mit glattem, glänzendem Haar auf. Sind aber beide ganz gut. Manchmal singen sie allerdings gleichzeitig, so als wäre das irgendeine ziemlich schräge Art von Wettbewerb. Das klingt dann nicht mehr so super. Da drüben ist die Strandbar, aber ich schätze mal, die kennst du schon.«

Ich starre ihn an. »Woher weißt du das?«

»Da landen alle Besucher am Anfang. Wie eine Art Einführungsritual. Da staunst du, was? Tja, ich hab meine Hausaufgaben gemacht.« Er tippt sich wissend mit dem Zeigefinger an die Nase.

»Was weißt du sonst noch?«

Er seufzt. »Mehr, als ich will, das ist mal sicher. Bei manchen Fragen wünschte ich, ich hätte niemals nach der Antwort gesucht.«

Ich öffne schon den Mund, um mich zu erkundigen, was das für welche sind, aber er legt den Finger auf seine Lippen und schüttelt den Kopf.

»Lass uns zum Steg gehen«, sagt er.

»Wenn es einen Steg gibt, bedeutet das dann nicht eigentlich auch, dass es Boote gibt?«

Sein Blick umwölkt sich und für einen Moment wirkt er … leer, als wäre da gar nichts, kein Sehvermögen, kein Wissen, nur eine Hülle. Dann blinzele ich und er lächelt. »Siehst du irgendwo einen Fahrplan?« Er lacht.

Am Steg ist niemand.

»Ist den meisten wohl zu heiß«, erklärt Danny und ich weiß genau, es liegt an meiner lebhaften Fantasie, aber als wir stehen bleiben, rinnt mir der Schweiß den Nacken hinunter.

Er setzt sich ganz ans Ende des Stegs und blickt hinaus aufs Meer und ich nehme neben ihm Platz. Das Rauschen der Wellen wird lauter, und als er die Füße baumeln lässt, höre ich es plätschern. Unter Wasser wirken sie weiß und blutleer.

Ich frage mich, wie Danny wohl gestorben ist.

»Irgendwann wird es leichter für deine Schwester«, sagt er. »Ich bin neun Monate vor ihr angekommen und am Anfang ist es ziemlich hart, sich an seinen neuen … *Status* zu gewöhnen.«

»Was war der größte Schock?«, frage ich. »Ich würde das alles gerne verstehen.«

»Wie süß.«

»Sei nicht so herablassend.«

»Würde ich doch nie wagen. Aber um ehrlich zu sein – und vielleicht spricht da auch bloß der Neid aus mir, weil meinetwegen niemand gekommen ist –, bin ich mir nicht sicher, ob es so schlau ist, Familienmitglieder zu Besuch kommen zu lassen. Nichts für ungut.«

»Schon okay. Warum?«

»Weil du absolut nichts tun kannst, um ihr zu helfen. Außerdem wirst du es nie wirklich verstehen, außer dir passiert dasselbe, und das ist das Letzte, was Megan wollen würde.«

»Ich kann ja zumindest versuchen, es zu verstehen.«

»Klar.« Seine Stimme wird sanfter. »Aber glaub mir, das wirst du nicht. Das hier ist die *Ewigkeit*, okay? Kein Ausgang weit und breit. Ich weiß nicht, ob man sich damit jemals abfinden kann. Ich jedenfalls nicht.« Er tritt so heftig ins Wasser, dass es mir ins Gesicht spritzt, kühl und erfrischend.

Ich wische mir das Salzwasser von den Wangen. Auch wenn es in Wirklichkeit gar nicht existiert.

»Gibt es wirklich keinen Ausweg? Ist noch nie jemand gegangen?«

Er zuckt mit den Schultern. »Nicht seit ich hier bin. Aber ich habe Gerüchte gehört.« Er lacht, aber es klingt bitter. »Sieh dich doch mal um, Alice, das hier ist ein riesiges Open-Air-Studentenwohnheim. Natürlich gibt es da Gerüchte. Für manche Leute ist das so was wie ein Hobby. Sich alle möglichen Geschichten ausdenken. Aber ich weiß nicht, ob ich ihnen glauben soll.«

»Was sind das denn für Gerüchte?«

»Dass man hier nur wegkommt, wenn …« Er beugt sich dichter

zu mir. »Wenn das, weswegen man hier gelandet ist, aufgeklärt wird. Drüben in der wirklichen Welt.«

»Aha.« Das verstehe ich nicht, aber für einen Moment quäle ich mich zurück in diese wirkliche Welt und kritzele das, was er gesagt hat, auf ein Post-it in Herzchenform. Vielleicht kapiere ich es ja später. »Und das ist alles?«

Er sieht mich ruhig an. »Ihr seid nicht katholisch, oder?«

»Nein, Church of England. Und das auch nur, um auf die richtige Schule zu kommen.«

»Tja, am Soul Beach werden alle Götter akzeptiert. Oder gar keine. Aber in der Kirche damals haben die Leute manchmal vom Limbus erzählt.«

»Limbus?« Schon wieder dieses Wort.

»Er hat doch wohl nicht wieder mit seiner Religionsnummer angefangen, oder, Florrie?«

Ich drehe mich um und da steht Meggie, mit leicht gerötetem Gesicht. Kommt das vom Wetter oder vom *Hinlegen*? Ach, geht mich ja auch nichts an. »Er leistet mir bloß Gesellschaft.«

Danny steht auf. »Es ist ja nur eine Theorie.« Er zwinkert meiner Schwester zu und geht. Seine Beine sind kräftig und muskulös und irgendetwas an seinem Gang unterscheidet sich sehr vom surfermäßigen Schlendern der anderen Jungs hier am Strand. Er hält sich irgendwie … aufrechter, so wie ein Soldat oder ein Sportler.

Meggie setzt sich auf seinen Platz neben mir und zieht die Knie an die Brust. »Was auch immer er dir erzählt, ignorier's einfach.«

»Okay«, sage ich. Ich will sie nicht nach ihrem Aussehen fragen – das zerzauste Haar, die zerknitterten Kleider. Gar nicht erst darüber nachdenken, was hier abläuft, wenn ich nicht da bin.

»Es ist so schön, dich zu sehen, Florrie. Du bist mittlerweile das Einzige, was mir echt vorkommt.«

Ich blicke ihr ins Gesicht, um zu sehen, ob sie nur rumblödelt, aber sie meint es absolut ernst. »Ich weiß. Es ist, als hätte ich dich wieder …«

Wir verspüren nicht den Drang, noch mehr zu sagen. Das Wasser plätschert um die sonnengebleichten Pfähle des Stegs und alle Zweifel und Fragen, die mir nach dem Gespräch mit Danny geblieben sind, verschwinden. Wir sind einfach Schwestern, die zusammen rumhängen. Wie früher. Meggie und Alice.

Aber dann geht mir auf, dass es nicht ganz so ist wie früher, denn da musste ich immer tun, was sie wollte: Meggie alles hinterhertragen, auf sie warten, hoffen, dass sie mich bemerkt.

Nicht, dass meine Schwester so schrecklich gewesen wäre, überhaupt nicht. Sie war eben die Ältere und so wurde ich, wie jede kleine Schwester, zu ihrem ersten Publikum.

Aber hier am Strand ist es irgendwie anders. Sie braucht mich genauso sehr wie ich sie. Vielleicht sogar noch mehr. Zum ersten Mal in meinem Leben habe ich das Gefühl, dass wir einander ebenbürtig sind, dass wir uns verstehen.

Es klopft an meiner Tür. Mist.

Ich klappe den Laptop so weit zu, wie es geht, ohne dass er sich ausschaltet, und stelle die Boxen und das Mikro auf lautlos, falls Meggie etwas sagt.

»Alice?« Mein Vater.

»Ich mache Hausaufgaben.«

»Ja, ich weiß. Tut mir leid, wenn ich störe. Aber Fran ist hier und sie würde gern mit uns allen gemeinsam reden.«

»Ich komme sofort runter«, rufe ich zurück.

Ich warte, bis seine Schritte verklungen sind, und schalte den Ton wieder ein. »Meggie?«

Sie sieht mich an, ihre großen blauen Augen sind so vertrauensvoll wie die eines Babys.

»Tut mir leid, ich muss gehen. Bin bald zurück, versprochen.« Ich versuche, es so klingen zu lassen, als wäre nichts Besonderes los.

Sie zuckt ganz leicht zusammen. »Okay.« Ihre Stimme klingt so zaghaft.

Ich werfe ihr einen Luftkuss zu und logge mich aus, doch als ich den Laptop herunterfahre, erfüllt mich plötzlich Furcht – es fühlt sich an, als wäre ich in einen eisigen See gefallen.

Fran? Das kann nur eins bedeuten.

24

Fran, die Frau von der Opferbetreuung, sitzt auf der Sofakante. Sie wirkt, als fühlte sie sich unbehaglich, aber das ist nichts Neues. Ich schätze, irgendwer hat ihr mal eingeschärft, bloß nie zu lächeln, wenn sie bei *ihren* Hinterbliebenen ist.

Aber die Augen meiner Mutter leuchten, genauso blau wie die von Meggie.

»Die Nachricht, die ich Ihnen bringe, ist wahrscheinlich nicht die, auf die Sie gehofft hatten, Mrs Forster.«

Mum blinzelt.

»Tim Ashley ist wieder auf freiem Fuß. Es wurde keine Anklage gegen ihn erhoben.«

Ich bemühe mich um eine ausdruckslose Miene. Dad fängt meinen Blick auf. Ich merke, dass er genau dasselbe versucht. Aber Mum ist am Boden zerstört.

»Das heißt nicht, dass es aus und vorbei ist. Wirklich nicht. Versuchen Sie es als weiteren Schritt in Richtung Wahrheit zu sehen, dahin, dass wir herausfinden, wer Ihre Tochter getötet hat«, sagt Fran mit diesem Ausdruck professionellen Mitgefühls im Gesicht, für den ich sie am liebsten ohrfeigen würde.

»Wir alle wissen, wer sie getötet hat«, zischt Mum. »Aber Sie sind ja alle viel zu inkompetent, um es zu beweisen.«

»Bea …«, mahnt mein Vater leise.

»Ich muss hier raus«, sagt sie und schüttelt seinen Arm ab.

»Warten Sie«, versucht Fran sie aufzuhalten. »Die Reporter sind noch da draußen.«

Mum sieht aus, als kochte sie vor Wut. Sie macht mir regelrecht Angst. »Von diesem Abschaum lasse ich mich doch nicht in meinem eigenen Haus gefangen halten. *Ich* habe ja wohl nichts Falsches getan, oder?«

Wir folgen ihr hinaus in den Flur. Dad versucht, sie umzustimmen. Doch als sie die Haustür öffnet, sind Auffahrt und Straße komplett verlassen.

»Woher wussten die das?«, fragt Mum.

Fran zuckt mit den Schultern. »Wir versuchen natürlich, alles so gut es geht unter Verschluss zu halten, aber irgendwie ist wohl doch etwas durchgesickert.« Ich merke, dass sie schon ihre Tasche und ihren Mantel in der Hand hält. Da plant wohl jemand einen raschen Abgang. Ich wünschte, ich könnte mit ihr gehen.

Meine Mutter bleibt zögernd auf der Türschwelle stehen. Ihre Wut ist verflogen und ihre Schultern sacken nach unten. Fran schlüpft durch den Türspalt nach draußen. »Ich melde mich, dann hoffentlich mit besseren Neuigkeiten.«

Dad nimmt meine Mutter beim Arm und diesmal wehrt sie sich nicht.

»Brandy«, bestimmt er und sie lässt sich wieder zurück ins Wohnzimmer führen.

Wir trinken alle einen Brandy und Mum wirft Dad noch nicht mal einen vorwurfsvollen Blick zu, weil er mir auch einen eingeschenkt hat. Setzen will sie sich nicht, sondern wandert auf und ab wie ein Raubtier im Zoo und murmelt vor sich hin.

»Wenn du etwas zu sagen hast, dann raus damit, Bea«, fordert Dad sie auf.

Sie schnaubt abfällig. »Als könnte ich mit dir darüber reden! Du würdest doch eher eine Tim-Ashley-ist-unschuldig-Demo anleiern als zuzugeben, dass er sie vielleicht doch getötet hat.«

Ich will hier weg, aber ich kann nicht. Ich fürchte, mich nicht auf den Beinen halten zu können. Der Brandy hat einen fiesen, holzigen Geschmack in meinem Mund hinterlassen und ich würde mich am liebsten übergeben.

»Vielleicht hatte ich ja unrecht«, sagt Dad.

Vielleicht hatte ich auch unrecht. Vielleicht habe ich mich von Tims Schüchternheit blenden lassen. Soll nicht sogar Hitler ein sanftmütiger Vegetarier gewesen sein, wenn er nicht gerade ganze Völker auszurotten versuchte? Vielleicht hat Tim nur so getan, als interessierte er sich für mich, und in Wahrheit war es bloß irgendeine kranke Art von Tarnung.

Meine Mutter setzt sich neben mich. Dann breitet sie die Arme aus und, na ja, seien wir doch mal ehrlich, es wäre ziemlich herzlos von mir, mich da abzuwenden. Als wir uns umarmen, rieche ich Meggies Parfum, Coco Mademoiselle, das Mum immer dann auflegt, wenn sie meine Schwester so sehr vermisst, dass sie es gar nicht mehr ertragen kann, und wenn sie sich daran erinnern will, dass es sie wirklich einmal gegeben hat. Und dann flüstert sie: »Sie kriegen ihn schon noch, Alice, ich weiß, das werden sie.«

Ich lasse zu, dass sie sich an mich klammert, doch ich denke dabei die ganze Zeit: und *wie,* bitte schön, wenn sie ihn schon festgenommen und verhört und ihm gedroht haben und er immer noch nichts zugibt?

Da kommt mir eine Idee: Vielleicht sagt Tim *mir* ja die Wahrheit.

Sie hätten Meggies Duft in Flaschen abfüllen sollen.

Honig mit Zitrone, um nach den Auftritten ihren Hals zu beruhigen. Kamillenshampoo für dieses seidig blonde Haar. Und der Geruch der Party von letzter Nacht, der immer in ihren Kleidern hing, das Parfum vom Vorabend, das noch auf ihrer Haut klebte.

Manchmal versuche ich diesen Duft wiederherzustellen, um mich besser zu erinnern. Aber in meiner Alchemie fehlt stets ein wichtiges Element. Das Element, das Meggie zu Meggie gemacht hat.

Wäre sie noch am Leben, dann hätten sie sie zu einer Marke geformt. Es hätte eine Realityshow, eine Autobiografie, vielleicht auch eine Romanreihe gegeben. Und definitiv auch ein Parfum. Nicht mit ihrem Namen darauf natürlich. Meggie klingt einfach zu nüchtern. Es hätte *Nachtigall* geheißen oder noch kitschiger. Und es hätte kein bisschen nach ihr gerochen. Es wäre ekelhaft gewesen, süßlich und blumig, ganz ohne das gewisse Etwas.

Eine Lüge, denn die Meggie, die ich kannte, ganz besonders gegen Ende, war alles andere als nur süßlich und blumig.

Zumindest habe ich ihr so etwas Würdeloses erspart.

25

Ich zähle bis drei. Dann winde ich mich aus den Armen meiner Mutter.

»Ich bin echt müde, Mum.«

»Natürlich bist du das«, sagt sie, bemerkt schließlich doch den Brandy, den mein Vater mir eingegossen hat, und wirft ihm einen vorwurfsvollen Blick zu. »Schlaf gut, mein Schatz. Morgen sieht sicher schon alles besser aus.«

Daran glaubt sie kein bisschen mehr als ich.

Mein Vater umarmt mich flüchtig und schweigend.

Auf dem Weg nach oben wird mir klar, dass ich mich nur dann besser fühlen werde, wenn ich Meggie noch einmal sehe, auch wenn das letzte Mal erst zwanzig Minuten her ist.

Kurz vor meinem Zimmer jedoch überkommt mich plötzlich eine Welle von Übelkeit und ich schaffe es gerade noch rechtzeitig ins Bad.

Danach spritze ich mir Wasser ins Gesicht und trinke ein paar Schlucke direkt aus dem Hahn, um den ekelhaften Geschmack loszuwerden. Bin ich wahnsinnig zu glauben, dass Tim tatsächlich mit *mir* reden würde? Dass er mir vertraut, nur weil wir mal Freunde waren?

Ich reibe mir das Gesicht mit dem Waschlappen ab. Das ist doch lächerlich. Das hier ist schließlich keine Folge von *Buffy* oder

Scooby-Doo. Wahrscheinlich habe ich wirklich nicht mehr alle Tassen im Schrank, wenn ich denke, dass er mir alles gestehen würde, nur weil ich ihn lieb genug frage.

Was mich allerdings von allen anderen unterscheidet, ist, dass ich so ziemlich der einzige Mensch bin, der glauben *will*, dass er unschuldig ist. Ich kann mir einfach nicht vorstellen, wie Tim meine Schwester erstickt, sich nicht darum kümmert, dass sie sich zur Wehr setzt, und dann in aller Ruhe ihre Wohnung verlässt, um sich in der Studentenkneipe volllaufen zu lassen und so dafür zu sorgen, dass ihm die Überwachungskameras dort ein Alibi verschaffen.

Das ist nicht der Tim, den ich kenne. Wir alle dachten, er wäre nur eine ihrer Phasen, damals, als sie ihn nach ein paar Wochen an der Uni mit nach Hause brachte. Jeder ihrer Freunde vor ihm war furchtbar protzig und selbstverliebt gewesen, Tim dagegen war absolut bodenständig, bis hin zu seinem Namen. Nach Jahren voller Rafes und Joshuas und sogar einem Merlin verliebte sich Meggie in Tim, der Partys hasste und stattdessen lieber zu Hause kochte und der sich bei einer Demo wohler fühlte als in der großzügig mit Alkohol ausgestatteten Künstlergarderobe im Backstagebereich von *Sing for your Supper*. Unglaublich.

Nach und nach aber ergab es immer mehr Sinn. Die anderen Männer sahen in Meggie nur eine Trophäe, Tim sah in ihr einen Menschen. Er hielt ihr die Tür auf, ließ sie den besten Platz im Restaurant auswählen, trug ihr den Koffer. Manche Leute empfänden so viel Aufmerksamkeit vielleicht als erdrückend, aber Meggie konnte gar nicht genug davon bekommen. Er betete sie an und sie ihn ebenfalls. Sie waren genau die Art von Uni-Pärchen, das sich im ersten Semester kennenlernt, nach dem Abschluss heiratet und dann für immer zusammenbleibt. Sie trennten sich nicht, als sie berühmt wurde, noch nicht mal dann, als eins der Klatschmagazine ein Foto der beiden veröffentlichte, zu dem die Schlagzeile lautete: *Nachtigall, du hast was Besseres verdient!*

Ich kannte die Wahrheit, die die grausamen Pressefutzis nicht begriffen, oder zumindest dachte ich das: Tim war eine Million Mal besser als die arroganten Poser und Mitläufer, die sich plötzlich in Meggies Leben zu drängen versuchten. Er war liebenswürdig und sanft und beurteilte Menschen nur danach, wer sie wirklich waren, und nicht danach, was sie für ihn tun konnten. Warum hätte er sich sonst mit mir abgegeben?

Es sei denn natürlich, ich war einfach nur ein vertrauensseliges kleines Mädchen, das er mit ein paar beiläufigen Fragen über die Schule und seine Lieblingsfilme hereinlegen konnte. Wenn er mich damals schon so leicht hat manipulieren können, was passiert dann erst, wenn ich plötzlich vor seiner Tür stehe?

Ich kann nicht zu ihm gehen. Das ist eine verrückte Idee.

Aber ich muss wissen, wer meine Schwester getötet hat, und warum. Das ist doch das Risiko wert.

Auf Zehenspitzen schleiche ich zurück in mein Zimmer; mein Kopf dröhnt immer noch von dem Brandy. Ich muss mich einloggen, bevor ich noch total durchdrehe. Schnell schnappe ich mir den Laptop und nehme ihn mit ins Bett.

Ich muss an den Strand.

Ich warte auf das Kribbeln, auf die seltsamen, teils angenehmen und teils beängstigenden Gefühle, die Soul Beach in mir weckt. Ich kann mir keinen Ort in dieser beschissen echten Welt vorstellen, an dem es mir je wieder so gut gehen könnte. Ich stelle mir

Meggie vor, wie sie in die Sonne blinzelt, und hinter ihr Danny, der mit seinen grünen Augen direkt in meine Seele blickt …

Aber ich stehe nicht im Sand, sondern in der Strandbar. Es ist dunkel, nur der Mond scheint durch die offenen Seiten des Gebäudes herein.

»Sam?«, rufe ich.

Sie taucht hinter der Bar auf. In diesem Licht wirkt sie noch elfenhafter und fremdartiger als sowieso schon. Sie hält einen Joint in der Hand und guckt etwas ertappt.

»Kleine Pause?«

Sam nickt. »Nur kurz zum Verschnaufen. Die letzten paar Stunden waren, entschuldige den Witz, einfach die Hölle. Keine Ahnung, ob die Geschäftsleitung am Thermostat rumspielt, aber es ist schweineheiß hier.«

Ich lächele, obwohl mir die Temperatur mehr als egal sein kann. »Hast du Meggie gesehen?«

»Sie ist ungefähr vor zwanzig Minuten hier weg, wollte mit ein paar Leuten ein nächtliches Picknick machen. Wo brennt's denn?«

»Es … es geht um Tim, ihren Exfreund. Na ja, als sie gestorben ist, war er noch ihr Freund. Die Polizei hat ihn verhört und jetzt wieder freigelassen.«

»Ah, darum bist du wahrscheinlich erst mal hier gelandet. Damit ich dich daran erinnern kann, dass du darüber nichts zu ihr sagen darfst.«

»Ist das wieder eine von diesen sinnlosen Regeln?«

»Die hier ist nicht sinnlos. Was bringt es ihr denn, zu erfahren, was passiert ist, wenn sie sich noch nicht mal daran erinnert, wie sie gestorben ist? Wird sie davon vielleicht glücklicher?«

Ich denke über ihre Worte nach. »Aber die Polizei glaubt, er hat sie getötet. Das tut jeder.«

Sam nimmt einen Zug von ihrem Joint. Dabei verändert sich ihr Gesicht, bis es geradezu grausam wirkt. »Du nicht. Klingt zumindest nicht so.«

Ich starre sie an. »Wie kommst du darauf?«

»Nur so 'ne Ahnung. Waren immer meine Spezialität, Ahnungen. Aber egal, erzähl weiter.«

»Du hast doch beim letzten Mal gesagt, die Leute kommen hierher, wenn sie unter ungeklärten Umständen gestorben sind. Wenn ihr Tod also aufgeklärt wird, können sie dann hier weg?«

»Wer hat dir denn erzählt, dass überhaupt irgendwer wegkann?«

»Danny, den Nachnamen weiß ich nicht. Amerikaner.«

»Oh, Danny Cross. Hmm. Hätte ich auch gleich drauf kommen können, dass es einer von den großen Denkern war. Das sind immer diejenigen, die die Probleme machen.«

Danny Cross. Ich schreibe mir den Namen auf. Wenn ich herausfinden kann, warum er am Soul Beach ist, hilft mir das vielleicht zu verstehen, was Meggie hier macht. »Dann irrt er sich?«

Sam wandert zu einer Seite der Bar und ich folge ihr. Der Strand sieht jetzt wieder echt aus, das komische Gefühl, das ich hatte, nachdem Meggie mir erzählte, es gäbe keine Tiere dort, ist verflogen. Die Wellen scheinen mir zuzurufen: *Hüpf rein, das Wasser ist herrlich.* Ich habe noch nie nackt gebadet, aber ich kann jeden total verstehen, der hier auf diese Idee kommt.

»Hör mal, Schätzchen, ich hab dir doch schon vorher gesagt, das ist hier alles streng geheim. Alles, was ich mache, ist, das Ganze so nett wie möglich zu gestalten, damit die Kids gar nicht erst weg*wollen.*«

»Aber manche gehen trotzdem.«

Sie seufzt. »Manche wollen uns verlassen, ja. Und sehr, sehr wenige finden auch einen Weg. Aber für die meisten ist das hier die Ewigkeit und diejenigen, die damit am besten klarkommen, sind die, die lernen, den Moment zu genießen. All die Kids, die versuchen, den Überblick zu behalten, wie lange sie schon hier sind, verzählen sich nach ein paar Jahren und hassen sich dann dafür. Das bringt nichts.«

»Und diejenigen, die den Notausgang finden? Sind das die, die nie aufgegeben haben?«

»Nein. So einfach ist das nicht. Es gibt Gäste, die hier unbedingt wegwollen, aber es nie schaffen, und dann gab es welche, die fanden es toll hier, sind aber eines Morgens einfach nicht mehr aufgetaucht.«

»Dann ist es also doch irgendwas, das in der wirklichen Welt passiert.«

Sie pustet mir einen scharf riechenden Rauchring entgegen. »Wirklichkeit ist etwas Relatives, Alice.«

»Na gut, dann eben in *meiner* Welt, wenn dir das besser gefällt.«

Sam wendet sich ab. »Vermutlich habe ich schon zu viel gesagt.«

»Also, wenn ich irgendwas tue, das aufzuklären hilft, was mit Meggie passiert ist. Zum Beispiel, ich weiß auch nicht, rausfinden, wer sie getötet hat. Würde sie dann verschwinden?«

»Tu nichts, was du normalerweise nicht auch tun würdest. Das könnte gefährlich werden. Manchmal haben die Dinge Auswirkungen, die man nie hätte voraussagen können.«

»Aber …«

Sie scheint über irgendetwas nachzudenken. »Alles, was ich sagen kann, ist, ich denke, du könntest recht damit haben, dass eine Art Auflösung der Schlüssel ist. Aber Auflösung bedeutet nicht immer das, was du denkst. Wie Konfuzius dir sicher auch hätte sagen können.«

»Konfuzius?«

Sie winkt ab. »Ach, so ein alter Chinese. Weißt du, was dein Problem ist, Alice? Du interpretierst immer viel zu viel in die Dinge hinein. Die Hälfte von dem, was ich hier verzapfe, ist ungefähr so blödsinnig, wie man es von einem Mädel erwarten kann, das die ganze Nacht auf war.«

»Und die andere Hälfte?«

Sie schnalzt missbilligend mit der Zunge. »Jetzt lass aber mal gut sein. Ich sag dir was: Es ist ein Glück, dass du nur zu Besuch bist. Du würdest hier wahnsinnig werden.«

»Ich gehe sie suchen«, sage ich leise.

Sam stellt sich neben mich und der Gestank nach Cannabis überwältigt mich beinahe. »Tu das, Alice. Und wenn du sie gefunden hast, erzähl ihr Witze und nette Geschichtchen, genieß die Zeit mit ihr. Wenn es eins gibt, was ich an diesem verdammten Ort gelernt habe, dann, dass man nicht weiß, was man hat, bis man es verliert.«

26

Wenn Meggie eine Ahnung davon hat, dass sich zu Hause irgendetwas verändert hat, dann zeigt sie es jedenfalls nicht.

Ich entdecke sie auf dem Steg, wo sie auf dem Rücken liegt und verträumt zu der dünnen Mondsichel hochblickt, während drei Typen sie anglotzen wie eine an den Strand gespülte Meerjungfrau. Ich halte nach Danny und Javier Ausschau, aber sie sind nicht unter ihren Bewunderern. Diese Jungs sind durchtrainiert und gestylt und ihre Haut schimmert im bläulichen Mondschein wie Marmor. Außerdem wirken ihre Posen bemüht, so als hätten sie sich extra so hingelegt, um ihre Muskeln ins rechte Licht zu rücken. Es ist schon ulkig: Ich kenne Danny kaum, aber ich kann mir nicht vorstellen, dass er so was machen würde – bei Javier bin ich mir allerdings nicht so sicher.

Ich rufe mir in Erinnerung, dass die Typen im echten Leben vermutlich nicht halb so süß waren, deswegen versuchen sie jetzt so viel Kapital wie möglich aus ihrem neu erworbenen Sex-Appeal zu schlagen. Schätze mal, ich würde dasselbe machen, wenn ich so gut aussähe.

Na ja, vielleicht tue ich das ja sogar, während ich hier bin.

»Meggie?«

Sie blickt auf und zieht einen Augenblick lang die Stirn kraus, wie sie es früher immer getan hat, wenn ich, ohne zu klopfen, in ihr Zimmer geplatzt bin und sie dabei erwischt habe, wie sie in Unterwäsche vor dem Spiegel herumtanzte, eine Banane als Mikro in der Hand. Aber dann lächelt sie so liebenswürdig, dass ich mir sicher bin, es mir nur eingebildet zu haben.

»Hey, Alice, du bist schon wieder da, das ist ja super!«

Die Muskelprotze sehen sich nicht mal um und ich will gerade einen Kommentar zu ihrer Unhöflichkeit abgeben, als mir wieder einfällt, dass sie mich ja gar nicht sehen können.

Megan steht auf. »Den dreien hier stell ich dich gar nicht erst vor«, sagt sie und tritt auf mich zu, um mich mit Luftküsschen zu begrüßen. Sie flüstert: »Die sind weder besonders intelligent noch sonst wie interessant, und um ehrlich zu sein, hab ich ihre Namen auch schon wieder vergessen. Ich hatte, ich weiß auch nicht, Lust auf was Neues. Wollte mal raus aus der üblichen Gang, mit denen war's mir heute zu anstrengend.«

Sie marschiert vor mir her, zurück Richtung Bar. »Schön, dich schon so bald wiederzusehen, Schwesterchen. Kleine Pause von den Hausaufgaben?«

»So was in der Art. Du weißt ja, wie es zu Hause ist«, sage ich, aber das weiß sie nicht, nicht mehr. Wenn sie jetzt die Auffahrt zu unserem Haus hinaufginge, sähe sie zwar keinen Unterschied: Die Farbe am Garagentor blättert immer noch ab und die Skulptur des Pärchens, das sich küsst, steht immer noch an dem Pfad, der durch den Vorgarten führt. (Nicht gerade nach dem Geschmack meiner Eltern, aber der Vorbesitzer hat sie einbetoniert und sie lässt sich keinen Millimeter verrücken.)

Im Haus allerdings scheint alles wie auf den Kopf gestellt, eine Parallelwelt, in der eine böse Macht alles umgekrempelt hat, sodass *glücklich* und *Familie* zu *traurig* und *Fremde* geworden sind.

»Erzähl mir, was im Fernsehen läuft«, bittet Meggie.

Während ich versuche, mir die neusten Entwicklungen in ihrer Lieblingssoap in Erinnerung zu rufen, kann ich nur mit Mühe den Anschein aufrechterhalten, dass das alles eine Rolle spielt. Aber ich muss, um ihretwillen. Komisch, wie selig ich noch vor einem Monat darüber gewesen wäre, überhaupt mit ihr über irgendwas reden zu können, so banal es auch sein mochte.

»Hallo, Mädels.«

Ich weiß, dass er es ist, noch bevor ich mich umdrehe. Danny Cross. Im Halbdunkel wirkt er älter, ernsthafter. Er ertappt mich dabei, wie ich ihn anstarre, und ich werde rot. Mein einziger Trost ist, dass er das nicht sehen kann, weil ich ja nicht in Wirklichkeit dort bin.

»Immer noch ganz schön heiß, was?«

Oh. Mein Blick wandert zum verräterisch glimmenden Licht der Webcam. Offensichtlich kann Danny mein Gesicht sehr wohl sehen. Ich hoffe nur, es wurde auch der magischen Soul-Beach-Verschönerungskur unterzogen, sodass ich genauso fantastisch aussehe wie die Gäste. »Ach ja?«

Meine Schwester seufzt. »Pff, hier ist es immer heiß, sogar nach Sonnenuntergang. Ich hätte nie gedacht, dass ich mir mal Regen wünschen würde.«

Ich drehe mich um und spähe aus meinem echten Fenster in meinem echten Zimmer: Ein Gewitter ist aufgezogen und ich hatte es noch nicht einmal bemerkt. Der dicht bewölkte Himmel wird immer wieder von Blitzen aufgerissen und Sekunden später folgt der Donner. Das Auge des Sturms muss ganz nah sein.

»Wir könnten in die Bar gehen. Da gibt es wenigstens Deckenventilatoren«, schlägt Danny vor.

Als wir hereinkommen, quält Sam sich von ihrem Stuhl hoch, um den beiden ihre Cocktails zu mixen, mich dagegen beachtet sie abgesehen von einem unauffälligen Nicken gar nicht. Das soll wohl bedeuten, dass unser Gespräch streng privat war. Aber ich würde sowieso keinem davon erzählen. Nicht, wenn so viel auf dem Spiel steht.

Ich beobachte meine Schwester ganz genau, als sie sich mit ihrem Mojito hinsetzt, und versuche, mir jeden einzelnen Millimeter einzuprägen. Denn wenn ich tatsächlich Tim auf die Sache anspreche und damit womöglich irgendetwas aufkläre, dann könnte ich sie wieder verlieren.

Aber wohin geht sie dann? Existiert sie gar nicht mehr oder gibt es einen anderen Ort jenseits des Strandes?

»… war sie schon immer so eine Tagträumerin?«

Javier und Triti haben sich zu uns an den Tisch gesetzt und Javier wedelt mir mit der Hand vor dem Gesicht herum.

»'tschuldigung. Ich war meilenweit weg.«

»Du meinst wohl Lichtjahre, oder?«, erwidert Javier und die anderen lachen.

Vor meinem Zimmerfenster blitzt es so grell, dass es mich blendet. Das Gewitter muss jetzt direkt über mir sein; der Donner folgt sofort. Von den anderen am Strand zuckt natürlich niemand zusammen.

Irgendwie fühle ich mich auf den Arm genommen. »Weißt du, für mich ist das alles auch nicht so leicht.«

»Was? Am Leben zu sein? Ach, du armes Ding.« Javier lässt mich nicht aus den Augen, wie ein Jaguar, der seine Beute taxiert. Ich sehe meine Schwester an, aber sie lächelt ihn bloß an.

»Lass sie in Ruhe.« Es ist Danny, der schließlich für mich eintritt.

Ein verschlagenes Grinsen huscht über Javiers unrasiertes Gesicht. »Wie süß.«

»Was?«, will Danny wissen.

»Liebe über alle Grenzen hinweg. Das ist ja wie im Märchen. Es waren einmal ein Prinz und eine Prinzessin, die hatten sich furchtbar lieb«, trägt Javier klagend vor und Triti und Meggie ziehen Gesichter, aber es sind Du-bist-einfach-zum-Totlachen-Gesichter.

Jetzt prasselt der Regen gegen mein Fenster, laut wie Gewehrkugeln.

»Beachte ihn einfach nicht. Er ist ein Arschloch«, sagt Danny.

»Und du bist der Beweis, dass Amerikaner keinen Humor haben«, entgegnet Javier, streckt seine langen Beine aus und gähnt.

Meggie lächelt mir zu. »Kümmer dich einfach um keinen von beiden, Florrie. Die zwei haben sich anscheinend schon in den Haaren, seit sie hier sind.«

»Das würde ich so nicht sagen«, bemerkt Javier.

»Seid ihr denn zur selben Zeit angekommen?«, frage ich.

Danny nickt. »Ja. Vor einem Jahr. Fast wie Zwillinge.«

»Zwillinge?«

Die Idee scheint mir grotesk, dass es einen zu Zwillingen machen soll, wenn man zur gleichen Zeit stirbt. Obwohl dieser Tag wahrscheinlich genauso wichtig ist wie der, an dem man geboren wird.

Javier steht auf und geht um den Tisch herum zu Danny, legt ihm die Arme um den Hals und verpasst ihm einen Kuss. »He can do anything, anything, anything, he's my soul brother«, singt er. Dann wirft er mir einen Luftkuss zu. »Brich ihm nicht das Herz«, sagt er zu mir und verlässt die Bar. Triti folgt ihm wie ein treues Schoßhündchen, ohne ein Wort zu sagen.

Mehr Blitze – eins, zwei, drei hintereinander – lassen den Himmel grell aufflammen. Normalerweise habe ich ein bisschen Angst vor Gewitter, jetzt aber nicht, denn es fühlt sich bei Weitem nicht so wirklich an wie der Strand.

»Tut mir leid, der Junge spinnt einfach«, meint Danny. »Ich, äh, sollte dann jetzt wohl auch mal los. Aber komm bald wieder, ja, Alice?« Sein Lächeln ist warm wie ein träger Sommernachmittag und er sieht mir einen Moment zu lange in die Augen. Ich senke den Blick.

Dann verschwindet er.

Meine Schwester guckt mich komisch an. Das ist der Gesichtsausdruck, den sie immer bekommt, wenn sie etwas Geistreiches sagen will. »Du magst ihn«, sagt sie gedehnt. »Und ihr zwei würdet auch ein tolles Paar abgeben. Wenn da nur nicht das offensichtliche Problem wäre –«

Ich unterbreche sie. »Sag es nicht. Nicht heute Abend.«

»Häh?« Sie verzieht überrascht das Gesicht. »Ach so, das«, sagt sie und wedelt die ganze Leben-Schrägstrich-Tod-Geschichte mit einer Handbewegung weg. »Nein, das habe ich nicht gemeint. Sondern das viel grundlegendere Problem, dass Danny Cross noch schwuler ist als Javier.«

27

»Schwul?«

Sie gähnt. »Das ist zumindest meine Theorie. Würde immerhin erklären, warum er und Javier so zickig zueinander sind. Und warum Danny hier niemals eins von den Mädchen anquatscht.«

Aus irgendeinem Grund bin ich enttäuscht, was wiederum dazu führt, dass ich mich über mich selbst ärgere: Wieso sollte mich das überhaupt interessieren? Und außerdem könnte es ja auch sein, dass Danny nicht mit den anderen Gästen flirtet, weil ihm das Dasein am Strand so sinnlos vorkommt. Das hat er mir doch schon mehr oder weniger so gesagt. Ich könnte versuchen, es Meggie zu erklären, aber die würde sich in ihrer dämlichen Behauptung, ich würde ihn mögen, nur bestätigt fühlen und mich noch mehr aufziehen.

Na ja, natürlich *mag* ich ihn, aber nicht auf die Art. In Gegenwart ihrer anderen Freunde habe ich mich immer so unbeholfen und beschränkt gefühlt, genau wie damals, als sie fünfzehn war und ich zwölf, und ich hören konnte, wie ihre gehässigen Freundinnen über mich lachten.

Ob Javier und Triti das wohl auch tun, wenn ich nicht am Soul Beach bin?

Plötzlich bin ich nur noch erschöpft. Es war ein ziemlich harter Abend, mit dem Drama um Tim und allem, aber das kann ich

Meggie gegenüber wohl kaum äußern. »Hör mal, ich weiß, das klingt wie 'ne blöde Ausrede, aber ich hab für die erste Stunde morgen die Hausaufgaben noch nicht gemacht. Ich muss mich langsam ausloggen.«

»Das sieht dir ja gar nicht ähnlich, so was erst auf den letzten Drücker zu machen, Florrie.«

»Tja, vielleicht bin ich mittlerweile einfach nicht mehr so eine Streberin.«

Ich sehe ihn in ihrem Gesicht – den Moment, in dem sie begreift, warum die Schule so ungefähr das Letzte ist, was mich interessiert, dass ihr Tod mein Leben wie eine Farce erscheinen lässt. Aber sie sagt nichts.

Ich will ihr gerade den üblichen Luftkuss zuwerfen, als mir wieder einfällt, was Sam in der Bar gesagt hat. »Ich hab dich lieb, Meggie. Auch wenn ich nicht hier bei dir sein kann. Das weißt du doch, oder?«

»Natürlich, du dumme Nuss.«

»Ich weiß, das klingt schmalzig, aber ich werde es ab jetzt jedes Mal sagen, wenn wir uns sehen. Wir wissen schließlich nicht, was noch alles passiert, stimmt's?«

»Hui, wir sind aber ernst heute.« Doch sie nickt. »Hör zu, es reicht schon, dass du nur hier bist. Das ist doch eigentlich Beweis genug, oder? Ich bin die Einzige von meinen Freunden, die Besuch bekommt. Das bedeutet doch etwas, Florrie. Also musst du es mir nicht ständig sagen. Ich *weiß* es.«

Und ich weiß, dass es nichts bringt, weiter darüber zu diskutieren, also verabschieden wir uns auf die gewohnte Weise.

»Komm bald wieder, Florrie. Du fehlst mir jetzt schon.«

Ich logge mich aus und bereue es sofort. Am liebsten würde ich noch mal zurückgehen und ihr doch alles erzählen. Ist mir egal, wenn sie sich über mich lustig macht. Doch als ich es versuche, lässt sich die Seite nicht öffnen.

An Soul Beach werden Wartungsarbeiten durchgeführt.
Bitte versuchen Sie es später noch einmal.

Vielleicht befreien virtuelle Reinigungskräfte gerade den virtuellen Sand von virtuellem Müll. Oder vielleicht spielt sich das Ganze sowieso nur in meiner Fantasie ab, sodass die Homepage, wenn ich nicht dort bin, gar nicht existiert.

Ich trete ans Fenster. Das Gewitter ist weitergezogen, aber in der Ferne, Richtung Londoner Zentrum, blitzt es noch immer und der Himmel ist backsteinrot. Meine eigene Welt wirkt viel unrealistischer als der Strand.

Ich frage mich, ob es wohl leichter wäre, wenn ich immer dort sein könnte. Bei Meggie. *Bei Danny.*

Ich schüttele den Kopf, sowohl um das benommene Gefühl vom Brandy als auch die dummen Gedanken loszuwerden. Da fällt mir das herzförmige Post-it auf meinem Schreibtisch ins Auge.

Darauf steht sein Name: *Danny Cross.* Natürlich kann es sein, dass er kein bisschen realer ist als der Strand oder der Weihnachtsmann. Ich würde ihn gern googeln, aber so was machen doch nur total beschränkte Mädels, die in den süßen, wuschelhaarigen Sänger aus irgendeiner dämlichen Fernsehshow verknallt sind.

Genau wie es Millionen von Menschen weltweit bei Meggie gemacht haben.

Dann muss ich an Tim denken. Wahrscheinlich ist er jetzt schon wieder zurück in seiner Wohnung. Tobt das Gewitter mittlerweile über seinem Stadtteil? Kann er schlafen? Denkt er an Meggie, an Mum und Dad, an mich? Es kommt mir so vor, als wäre es schon Wochen her, dass Fran uns die Neuigkeit überbrachte, dabei sind seitdem gerade mal ein paar Stunden vergangen. Ich gehe auf die Website der Daily Mail, dann auf die der Sun und der BBC-Nachrichten, aber nirgends steht etwas darüber, dass er freigelassen wurde.

Und dann, bevor mir bewusst wird, was ich da tue, tippen meine Finger schon *Danny Cross* in das Suchfeld bei Google. Dahinter erscheinen Vorschläge, als die Suchmaschine zu erraten versucht, was ich als Nächstes eingeben will. *Danny Cross Sohn von Vincent Cross, Danny Cross Cross Enterprises, Danny Cross Flugzeug, Danny Cross Unfall.*

Und dann *Danny Cross tot.*

Meine Kehle fühlt sich plötzlich so eng an, als hätte mir jemand einen Schal um den Hals gebunden und zöge ihn nun kräftig zu. Er ist real. Und er ist tot.

Als ich wieder einigermaßen atmen kann, fühle ich mich wie benommen. Ich wähle *Danny Cross tot* und eine Reihe von Links erscheinen sowie der Vorschlag, die Suche auf Bilder oder Nachrichten zu begrenzen.

Ich klicke direkt auf den ersten Link, der mich zur Website eines amerikanischen Fernsehsenders führt, auf der die Schlagzeile *Industriellensohn nach Absturz in Wüste tot vermutet* prangt. Bevor ich weiterlesen kann, springt mir das Foto ins Auge.

Jetzt wird mir klar, warum Danny mir so bekannt vorkam. Ich habe dieses Foto schon mal gesehen.

Dieser Danny hier trägt einen Smoking mit weißem Hemd und schwarzer Fliege, die lose von seinem Kragen baumelt. Seine Kleider könnten sich kaum mehr von denen unterscheiden, die der Danny am Strand trägt, aber das Lächeln ist dasselbe. Selbstbewusst, aber nicht arrogant. Intelligent, aber herausfordernd. Die Augen jedoch sind anders. Genauso grün, aber ohne die Sehnsucht darin, die mich beim ersten Mal, als er mich am Strand ansah, so gefesselt hat.

Ich erinnere mich, dass dieses Foto durch alle Zeitungen ging, aber die Details der Geschichte sind mir abhandengekommen. Damals war das Thema Tod für mich noch nicht sonderlich interessant. Jetzt überfliege ich den Artikel: Privatjet, unterwegs zu einer Familienfeier, Hubschrauber-Suchtrupps, Geschäft des Vaters wächst trotz Wirtschaftskrise, einer von Amerikas begehrtesten Junggesellen, kurz vor dem Studienbeginn in Yale.

Ich fühle mich wie betäubt. Ich weiß nicht, was ich erwartet hatte. Oder möglicherweise doch. Vielleicht hatte ich nie erwartet, überhaupt einen Danny Cross zu finden, ganz zu schweigen von einem, dessen digital reproduzierte Augen mich nun anfunkeln. Das macht das Ganze so …

Real.

Es macht Soul Beach so real. Erst jetzt begreife ich, dass ich nicht ganz an diesen Ort geglaubt habe, oder daran, dass ich dort wirklich mit meiner Schwester rede. Jedes dieser Details hätte schließlich auch meinem Kopf, meiner Trauer entspringen können.

Aber das hier nicht. Ich werfe einen Blick auf das Datum über dem Artikel: Er wurde vor etwas über einem Jahr geschrieben. Der Zeitpunkt passt also.

Was habe ich damals gemacht? In einem Hotel in Griechenland am Pool gelegen, bei unserem letzten Familienurlaub, bevor Meggie zur Uni gegangen ist. Mum musste ihr ein ganz schön schlechtes Gewissen machen, damit sie überhaupt mitkam, und ich habe sogar die erste Schulwoche geschwänzt, damit der Urlaub in ihren vollgestopften Terminkalender passte, aber als wir dann erst einmal da waren, verhielt Meggie sich so strahlend und gut gelaunt wie immer. Ich konnte über nichts anderes reden als meine in diesem Schuljahr anstehenden Prüfungen und sie hatte trotzdem nichts dagegen, dass ich mich an sie und ihre neue Gang hängte.

Ich klicke ein paar der anderen Links an. Nachdem das Flugzeug verschollen war, brauchten die Suchtrupps einen Tag und eine Nacht, um den Unfallort zu finden. Als es schließlich so weit war, saß Danny auf dem Pilotensitz, weit entfernt von dem Wrack. Der Pilot seines Dads war ebenfalls herausgeschleudert worden und saß genauso kerzengerade auf dem Kopilotensitz. Da fällt mir wieder ein, was ich zu dem Zeitpunkt damals gedacht habe: dass der Sohn eines Multimillionärs tatsächlich so arrogant war zu glauben, er könnte ein Flugzeug steuern, ohne es gelernt zu haben. Und dass er für diese Eitelkeit hatte bezahlen müssen.

Das Foto weiter unten schockiert mich. Metallteile liegen wie Konfetti in einer kargen Wüstenlandschaft verstreut; unmöglich zu erkennen, dass dies einmal ein Flugzeug gewesen sein soll. Genauso verrückt erscheint es, dass die beiden Insassen nicht ebenso zerschmettert sind, aber so steht es nun mal da.

Die Artikel erwähnen den Piloten nur ganz am Rande. Er hat eine Frau und zwei kleine Töchter hinterlassen. Zu seinem Begräbnis kamen kaum Trauergäste, von Dannys dagegen finde ich nach nur ein paar Klicks ein Video von einem Bostoner Lokalsender.

Bei seiner Beerdigung zuzusehen versetzt mir einen Stich, weil sie mich so sehr an Meggies erinnert. Dannys Vater ist ein untersetzter, ernsthafter Mann, der in seinem schwarzen Anzug mehr wie ein Bodyguard wirkt und nicht wie ein Milliardär. Seine Mutter, ein blondes Luxusweibchen, betritt benommen und wie in Zeitlupe die weiß getünchte Kapelle. Dannys Bruder ist vierzehn oder fünfzehn, ein unbeholfener Junge mit Mondgesicht, der mit Sicherheit immer im Schatten des Älteren gestanden hatte und nun plötzlich zum Erben eines Imperiums geworden war.

Und was für ein Imperium. Der Sprecher erklärt, dass zu Cross Enterprises Chemiewerke, Drogerien und eine erlesene Auswahl an Internetfirmen gehören, die »auf Anraten von Danny erworben wurden, der gemeinhin als aufstrebendes, junges Talent in der Geschäftswelt betrachtet wurde«.

Im Inneren der Kapelle hängen große Banner mit Dannys Foto von den Deckenbalken. Ein Mädchenchor in den königsblau-karmesinroten Uniformen seiner exklusiven Privatschule gibt ein besinnliches Lied zum Besten, das ich nicht kenne. Die Hälfte der Trauergemeinde scheint kurz davor, in Tränen auszubrechen. Dann folgt ein kurzer Ausschnitt, in dem ein gebotoxter Pastor irgendwas von tragischem Verlust und Gottes unergründlichen Wegen erzählt.

Schließlich gibt es eine Totale vom Grabmal der Familie Cross, deren trauernde Mitglieder auf diese Entfernung wie Strichmännchen aussehen. Der Sprecher erwähnt eine langjährige Freundin und ich sehe ein hübsches Mädchen mit kastanienbraunem Haar vortreten und irgendetwas – Blumen? Erde? – ins Grab werfen.

Siehst du, Meggie? Nicht schwul.

Es sind noch mehr Artikel mit dieser Seite verlinkt: In einem wird die Schuld an dem Unfall dem Piloten zugeschoben, weil der einem unwissenden Jungen erlaubt hat, das Flugzeug zu steuern.

Ein anderer beschäftigt sich mit dem Gerücht, Vincent Cross habe vor, die Familie des Piloten wegen Fahrlässigkeit zu verklagen. Dann schließlich ein letzter Bericht, in dem das Gerücht dementiert wird und betont, welch umfassende Maßnahmen Mr Cross ergriffen habe, um sicherzustellen, dass Witwe und Töchter gut versorgt seien. Die Botschaft zwischen den Zeilen wird mehr als deutlich: Vincent Cross ist einer von den Guten.

Ich sehe mir noch mal den Film von der Beerdigung an, diesmal ohne Ton, und versuche, das alles zu begreifen. Wie meine Schwester ist Danny eines tragischen Todes gestorben, der ihn noch berühmter machte als zu seinen Lebzeiten. Und genau wie das meiner Schwester verkauft sein Gesicht Zeitungen: Die beiden hatten alles, was man sich nur wünschen konnte, und die Leser scheinen eine Art kranken Trost daraus zu ziehen, dass weder Meggies kurzer Ruhm noch Dannys riesiges Vermögen sie davor bewahren konnten, alles zu verlieren.

Okay, wir reden hier nicht von Kurt Cobain oder Prinzessin Diana oder Che Guevara. Sie haben einfach nicht lange genug gelebt, um zu wirklichen Legenden zu werden, und früher oder später wird man sie vergessen oder der nächste tragisch verunglückte Teenie an ihre Stelle treten. Aber ihr Tod hat die Menschen etwas über das Leben gelehrt, wie flüchtig die Erkenntnis auch gewesen sein mochte.

Ist das der Grund, warum sie jetzt am Strand sind?

28

Ich wache mit dem Stift in der Hand auf. Mit unlesbarem Gekritzel übersäte Seiten liegen über Bettdecke und Boden verstreut.

Gestern Nacht habe ich stundenlang versucht, einen Sinn hinter den Regeln des Strandes zu finden, aber es ist, als hätte ich mich in einer Art Trance befunden. Die wenigen Wörter, die ich noch entziffern kann, lösen nur vage Erinnerungen an meine fieberhafte Suche nach Details über Danny und seinen Tod aus. Ach, und dann ist da noch meine Theorie, dass Soul Beach eine Ansammlung von jungen Leuten ist, die ihre fünfzehn Minuten Ruhm zwar bekamen, aber nicht mehr auskosten konnten.

Mein Kopf will schier explodieren. Ich klappe den Laptop auf und gehe wieder online. Wenn Javier Dannys Todeszwilling ist, dann müsste sich doch leicht herausfinden lassen, wie er sein Leben verloren hat. Auf der Nachrichtenseite gebe ich das Datum ein, an dem, wie ich jetzt weiß, Danny gestorben ist: den 13. September. Dann *Javier + Spanien + tot.*

Ich warte. Im Autovervollständigen-Feld erscheint nichts, also drücke ich einfach *Enter.*

> Ihre Suchanfrage stimmt mit keinem Nachrichtenergebnis für diesen Tag überein. Möchten Sie die Suche auf ein anderes Datum ausweiten?

Kann es sein, dass Javier und Danny doch ein paar Tage nacheinander angekommen sind und irgendwas verwechselt haben? Ich wähle *Ja* und schon werden Tausende Ergebnisse geladen, die meisten auf Spanisch. Ich klicke auf *Diese Seite übersetzen* und lande endlich bei einer Schlagzeile in gebrochenem Englisch aus einer Barceloner Tageszeitung: *Junge, 17, stirbt in tragisch Sturz bei Fiesta, Drogen verdächtig.*

Ich scrolle durch den kurzen Artikel. *Javier Natera Fernandez.* Es erscheint ein Familienfoto, auf dem der tote Teenager eingekreist ist: Mutter, Vater, ein Junge, ein kleines Mädchen und ein Baby am Strand und alle grinsen in die Kamera. Das Foto muss schon vor ein paar Jahren aufgenommen worden sein, denn der Junge ist nicht älter als zehn – aber der trotzige Blick ist absolut unverkennbar. Es ist definitiv unser Javier.

Aber hatte er nicht gesagt, er wäre Einzelkind?

Noch ein Bild, eine Dachterrasse, von der Straße aus gerade eben zu erkennen. Sechs, sieben Stockwerke hoch. Ich stelle mir vor, wie Javier fällt und fällt … Ist er hinuntergestoßen worden? Hat er geschrien oder mit den Armen gerudert, als wollte er sich in der Luft festhalten?

»Alice? Bist du schon auf?«

Jenseits meiner Zimmertür erwacht das Haus zum Leben. Die Lüftung im Bad surrt, der Boiler springt an, als Mum unter die Dusche geht, in der Küche läuft das Radio. Komisch. An diesen Geräuschen hat sich nichts geändert, seit Meggie gestorben ist.

Doch jetzt, als ich darüber nachdenke, wird mir klar, dass im Hintergrund immer die Wellen rauschen, wie zur Erinnerung an alles, was ich verpasse …

Ich bin spät dran, aber ich sehne mich so sehr nach dem Strand, dass mir alles andere egal ist. Schnell logge ich mich ein. Mein Mund ist ganz trocken und statt des vertrauten Energieschubs spüre ich nur eine Art Grauen. Warum, kann ich nicht sagen: Vielleicht ist es das schlechte Gewissen, weil ich in den Leben trauernder Familien herumgeschnüffelt habe. Ich bin keinen Deut besser als die Gaffer bei der Beerdigung meiner Schwester. Oder vielleicht ist es die Angst, wieder irgendeine der Regeln des Strandes gebrochen zu haben, weil ich es nicht lassen kann, mich in die Angelegenheiten anderer einzumischen.

So oder so, ich bin mir jedenfalls sicher, dass irgendetwas nicht stimmt.

Es ist so still am Soul Beach. Schwer zu sagen, wie spät es dort gerade ist, aber ich schätze mal, ungefähr vier Uhr morgens. Am Horizont wird es schon langsam hell, doch die Körper am Strand liegen noch immer zusammengesunken da und selbst die Wellen scheinen mir *Schhhhschhhh* zuzuflüstern.

Niemand regt sich, als ich vorbeigehe. Die meisten können mich ja sowieso nicht sehen. Als ich mithilfe der Maus beschleunige, werden meine Schritte schneller, meine Sohlen schlappen durch den Sand und schließlich fange ich an zu keuchen – es fühlt sich wirklich an, als bekämen meine Lungen immer weniger Luft, je schneller ich werde. Mir fällt wieder ein, was Meggie gesagt hat: dass der Strand nirgendwo aufhört, dass niemand je das Ende gefunden hat.

Schließlich entdecke ich Danny, halb liegend, halb sitzend an eine der Strandhütten gelehnt. Seine Schultern hängen und seine Augen sind geschlossen. Die Bilder von ihm im Smoking und von seinem Flugzeug, das zertrümmert in der Wüste liegt wie ein platt gequetschtes Insekt, schießen mir wieder durch den Kopf und der

Kontrast ist so schockierend, dass ich wegsehen muss. Ich schleiche mich auf die andere Seite der Hütte, wo Triti und Javier Arm in Arm schlafen. Er ist groß und schlank und sie so winzig, aber irgendwie sehen sie beide aus wie kleine Kinder, die Münder leicht geöffnet. Was ist geschehen, das seine Familie so vollkommen zerstört hat?

Dann werfe ich einen Blick in die Hütte, durch den Spalt zwischen der Tür und dem Bambusrahmen.

Sie ist allein, ein Bettlaken halb um den Körper gewickelt. Seltsam. Ich habe Meggie schon tausendmal nackt gesehen, habe mit ihr gebadet und meine Sommersprossen mit ihren verglichen (unzählige bei mir, höchstens ein Dutzend bei ihr). Aber das hier fühlt sich falsch an. Als würde ich ihr nachspionieren.

Ich stelle den Laptop auf Stand-by und schlüpfe in meine Kleider vom Vortag. Währenddessen versuche ich mir gut zuzureden: Wenigstens ist sie noch da. Wenigstens kann ich noch mit ihr reden. Vor ein paar Augenblicken dachte ich schließlich noch, ich wäre ganz aus dem Paradies verbannt worden, also sollte ich froh sein.

Aber nichts davon hebt meine Laune. Ich wünschte …

Ich versuche, den Gedanken zu verbannen, aber es ist zu spät. Manchmal wünschte ich einfach, ich wäre auch tot, dann würde ich mich zumindest nicht so ausgeschlossen fühlen.

29

Die Nachricht von Tims Freilassung geistert durch die ganze Schule.

Schon als ich durch das Tor gehe, spüre ich, wie mich alle anstarren, und als ich das Gebäude erreiche, habe ich so viel Aufmerksamkeit auf mich gezogen, dass ich rasch nachsehe, ob ich nicht vielleicht vergessen habe, meine Jeans anzuziehen.

»Alice!« Cara drängt sich durch den überfüllten Gang und umarmt mich. Ich winde mich los, obwohl ich mich an ihrer Seite weniger beobachtet fühle. »Ich habe das mit Tim gehört. Du brauchst doch jetzt sicher einen Kaffee.«

»Ich bin aber jetzt schon spät dran.«

»Ach, scheiß drauf, heute lassen dir die Lehrer sowieso alles durchgehen. Das solltest du ausnutzen, Süße.«

Bevor ich protestieren kann, schleift sie mich mit in den Aufenthaltsraum, der leer ist, weil alle, die so früh auf sind, Unterricht haben. Cara macht mir einen Kaffee. Als ich einen Schluck davon trinke, schmeckt er nach Schnaps.

»Igitt!«

»Rein medizinisch«, erklärt sie. Caras Mutter besitzt eine dieser Hausbars, in der die Drinks nie ausgehen. »Und außerdem haben wir gleich Geschichte. Um das zu überstehen, brauche ich schon an einem normalen Tag was zur Stärkung.«

Ich trinke noch einen Schluck. »Ich weiß die Unterstützung wirklich zu schätzen, aber das schmeckt einfach nur widerlich.«

Cara schnuppert an ihrer Tasse, probiert und zieht eine Grimasse. »Mist, hast recht. Tja, dann sind wir wohl doch noch nicht komplett dem Alkohol verfallen, was?« Sie schnappt sich die Tassen, marschiert zur Spüle und kippt den Inhalt in den Ausguss.

Dann setzt sie sich wieder hin und kramt eine Schachtel Schokokekse aus ihrer Tasche. »Plan B.« Sie stapelt den Inhalt zu einem großen Haufen vor mir auf dem Tisch auf. »Der schiefe Turm von Schokosa. Wir dürfen erst zu Geschichte, wenn wir alle aufgegessen haben, okay?«

Ich nicke.

»Meinst du immer noch, Tim ist unschuldig?«, fragt sie.

Ich drehe den Spieß um. »Und du?«

Sie zuckt mit den Schultern. »Er ist mir jedenfalls nie wie ein Mörder vorgekommen, aber ich bin zugegebenermaßen auch nicht die weltgrößte Expertin, was den Charakter von Männern angeht. Eigentlich fand ich ihn eher langweilig. Vielleicht ist er ja insgeheim furchtbar jähzornig und keiner von uns hat es mitgekriegt. Immerhin hat er ja mehr oder weniger rote Haare, oder? Es heißt ja immer, das sind die Schlimmsten. Vielleicht hat er es getan, ohne es zu wollen.«

Nein. Nicht Tim. »Vielleicht.«

»Du klingst ja nicht gerade überzeugt. Hast du etwa jemand anderen im Verdacht?«

»Nur, weil ich ihre Schwester bin, heißt das noch lange nicht, dass ich weiß, wer sie getötet hat, Cara. Ich hab keinen sechsten Sinn oder so was.«

Sie seufzt. »'tschuldige.«

»Es ist nur … Alle denken bloß daran, wenn sie mich sehen. ›Ach, guck mal, da ist Alice. Oh, ist das nicht schrecklich, was da passiert ist? Die arme Meggie, sie war ja so talentiert.‹ Als wäre das nicht schon schlimm genug gewesen, als sie noch am Leben war – ›Komm, sing uns was vor, Meggie. Alice, du kannst ja dazu tanzen‹ –, aber jetzt ist es einfach unerträglich.« Und dann wird mir klar, wie das klingen muss. »Oh Gott. Bin ich ein Biest.«

Cara nickt und isst einen halben Keks, bevor sie etwas sagt. »Ich hab nur gefragt, weil du letztens im Pub noch gesagt hast, wie sehr es dich wurmt, dass niemand mehr über Meggie redet.«

»Oh.« Da hat sie recht. »Tut mir leid.«

»Nein, *mir* tut's leid. Das heute ist eine Ausnahme, Alice. Klar, es wird immer solche Gelegenheiten geben, bei denen die Leute an nichts anderes denken können. Aber wenn Tim es wirklich war, dann werden sie ihn früher oder später kriegen. Und dann kommt er ins Gefängnis und du kannst wieder ein ganz normales Leben führen. Dabei fällt mir ein, hast du dich jetzt schon an irgendeiner Uni beworben?«

Ich nehme mir auch einen Keks. Ich habe nicht gefrühstückt und so langsam wird mir etwas flau im Magen. Aber der Keks schmeckt wie Pappe. »Nein. Vielleicht sollte ich einfach nach Greenwich gehen, wie Meggie.«

»Damit du noch mehr Paranoia schieben kannst, weil du meinst, die Leute denken dauernd an deine Schwester?« Cara schüttelt den Kopf und steht dann auf. »Manchmal stehst du dir echt selbst im Weg. Ich komme damit klar, ich bin deine beste Freundin. Aber das ist nicht bei jedem so …«

»Hat irgendwer was zu dir gesagt?« Ich frage mich, ob sie wohl Robbie meint. »Etwa Robbie?«

»Nein. Dafür ist er dir viel zu treu ergeben. Aber das bedeutet nicht, dass er nicht manchmal angepisst ist, Alice. Und glaub ja keine Sekunde lang, dass die Sache mit Megan andere Mädchen davon abhält, ihre Krallen in ihn zu schlagen. Ich hab so was gehört von wegen, die Jagd auf ihn sei wieder eröffnet, weil du ihn ja so mies behandelst.«

Sie wartet meine Reaktion ab. Ich fühle rein gar nichts. »Danke für die Warnung, Cara.« Ich stehe auf. »Wenn wir jetzt nicht zu Geschichte gehen, können wir's auch gleich ganz sein lassen.«

Sie greift nach meiner Hand. »Verlass mich nicht, Alice. *Bitte.* Ich habe das Gefühl, als würdest du mir entgleiten.«

Ich starre sie an. »Sei nicht bescheuert, Cara. Ich hab schon genug am Hals, auch ohne dass du so einen theatralischen Quatsch von dir gibst.« Dann stürme ich aus dem Aufenthaltsraum, seltsam aufgedreht durch den Zucker. Sie hat recht, das weiß ich. Dass ich Robbie an irgend so eine aufdringliche Tussi aus der Stufe unter uns verlieren werde. Aber ich glaube, es macht mir nicht mehr genug aus, um es zu verhindern.

Irgendwie schaffe ich es, die Schule zu überstehen, das Getuschel zu ignorieren, und dann gehe ich nach Hause.

Der Himmel ist heute so grau, dass er direkt ins Straßenpflaster überzugehen scheint, und die feuchte Luft pappt mir das Haar in den Nacken. Ich sehne mich nach Farben, nach dem Blau und Gold von Soul Beach, nach Sonne und salzigen Meeresbrisen, die alles Ekelhafte, Klebrige davonwehen. Wenn das nicht tatsächlich der Himmel ist, dann ist es zumindest verdammt nah dran. Plötzlich bin ich genervt von Meggie. Was ist bitte schön so schlimm an ewiger Glückseligkeit?

Okay, allzu viel Gutes wird einem vielleicht auch irgendwann langweilig, aber wenn man die Wahl zwischen dem Fegefeuer und einem tropischen Paradies hätte, würden die meisten von uns wohl nicht lange überlegen. Typisch Meggie, immer was zu meckern.

Da, jetzt ist es heraus. Meggie konnte manchmal eine ziemliche Nörglerin sein.

Der Tod bügelt die Charakterschwächen der Leute aus. Meggie war schön und talentiert, großzügig und witzig. Niemand konnte ihrem Charme widerstehen. Das ist der Teil, über den wir reden dürfen. Aber sie konnte auch launisch sein. Und selbstsüchtig. Und herablassend. Manchmal sogar richtig lieblos. Sie war eben auch nur ein Mensch, aber jetzt, da sie tot ist, wird sie zur Heiligen hochstilisiert.

Mum hat sich nicht mit mir hingesetzt und gesagt: *Über Tote soll man nicht schlecht reden.* Das passierte ganz von allein. Erst jetzt, da ich sie wiederhabe, kann ich zugeben, wie nervtötend sie manchmal sein konnte, wenn sie ausnahmsweise mal nicht im Mittelpunkt stand.

Fühlt sie sich deswegen so unwohl am Soul Beach? Hier auf der Erde haben ihre Stimme und ihre Schönheit sie zu etwas Besonderem gemacht. Das war schon vor *Sing for Your Supper* so. Aber jetzt ist sie bloß ein hübsches Gesicht in einem Ozean von vielen. Und ich habe die anderen Kids am Strand jammern hören – am Soul Beach singt niemand schief.

Jetzt merkt sie mal, wie es ist, ich zu sein.

Nein, das ist nicht fair. Ich habe eine Zukunft und sie nicht. Ich kann überhaupt nicht nachvollziehen, wie sie sich fühlt. Aber ist es dann nicht die schiere Folter für sie, wenn ich zum Soul Beach komme? Meine Anwesenheit erinnert sie doch nur an ihr altes Leben. Vielleicht fragt sie sich sogar manchmal, warum es sie treffen musste und nicht mich. Gott weiß, ich habe mich das am Anfang oft genug selbst gefragt.

Vielleicht ist *das* ja der Grund, warum die Besucher irgendwann nicht mehr zum Soul Beach kommen. Nicht, weil es den Lebenden langweilig würde, mit den Toten rumzuhängen. Sondern weil ihnen irgendwann klar wird, dass die Toten nicht ständig an das erinnert werden wollen, was sie verloren haben.

30

»Du weißt, ich würde dich nie unter Druck setzen, Ali. Aber …«

Wir sitzen auf Robbies Bett. Nachdem er von ein paar Jungs aus seiner Schule die Neuigkeiten über Tim gehört hat, hat er mir eine SMS geschrieben und darauf bestanden, dass ich zu ihm komme. Aber irgendwie sind wir auf direktem Weg in *das* Gespräch hineingestolpert, das wir seit Monaten gemieden haben.

Aber … ihm ist klar, dass ich nicht mehr mit ganzem Herzen bei der Sache bin, und das muss seinem Ego einen ziemlichen Dämpfer verpassen.

Aber … wenn wir uns küssen, spüre ich, wie mein Körper dichtmacht, oder schlimmer noch, mir graut sogar davor. Das habe ich ihm natürlich nicht gesagt, aber er ist schließlich nicht blöd.

Aber … er weiß genau, wie ich früher auf ihn reagiert habe, und merkt, dass ich mich inzwischen sofort verkrampfe, wenn er mich berührt. Dann hört er auf und wir setzen uns wieder hin und tun so, als wäre nichts passiert. Als wir frisch zusammen waren, konnten wir über alles reden. Jetzt ist uns alles nur noch unangenehm.

»Willst du, dass wir Schluss machen?«, frage ich.

»Nein«, antwortet er und merkt wahrscheinlich gar nicht, dass er beim Leugnen nickt. »Ich weiß, das ist nicht das Wichtigste in einer Beziehung, aber du bist nun mal so hübsch und toll und ich will –« Er bricht ab. »Tut mir leid.«

Ich lege meine Hand auf seine. »Du musst dich nicht entschuldigen. Wir sind schließlich nicht fünfzig, oder? Wir sollten eigentlich Spaß haben.«

»Wir waren doch immer so ein super Paar.«

Waren. Ich sauge die Luft scharf ein, als mir klar wird, dass er in der Vergangenheitsform spricht. Mir einzureden, ich würde mich wer weiß wie erwachsen verhalten, wenn er Schluss machen will, ist eine Sache. Mich tatsächlich in dieser Situation zu befinden, eine ganz andere.

»Ich hab dich lieb, Robbie.«

Aber wenn ich ihn so lieb hätte, würde ich ihn auch wollen. Vielleicht bin ich ja nur noch verliebt in meine Erinnerungen an die Gefühle, die er in mir heraufbeschworen hat, damals, bevor alles den Bach runterging. Jetzt fühle ich gar nichts mehr. Nur noch, wenn ich am Soul Beach bin.

»Ich dich auch, Alice.«

Er ist den Tränen nah und seine unwiderstehlichen Lippen sind fest aufeinandergepresst vor Anstrengung, nicht zusammenzubrechen. Ich kann nicht zulassen, dass er weint. Ich weiß, was ich für ihn tun muss. Ich schließe die Augen.

»Aber nur weil wir uns noch mögen, heißt das nicht, dass es nicht vorbei ist, Robbie. Wir hätten uns schon vor Monaten getrennt, wenn ich dir nicht leidgetan hätte. Hey, ich bin ein großes Mädchen, ich komme schon klar. Spätestens, wenn wir mit der Uni angefangen hätten, wäre es sowieso zu Ende gewesen. So läuft das doch immer.«

Er starrt mich an, kann nicht glauben, was er da hört. Da sind wir schon zu zweit. Es überrascht mich, wie leicht es mir fällt, das Biest zu spielen.

»Denkst du das wirklich?«, fragt er schließlich.

Ich zucke mit den Schultern. »Ich habe zusehen müssen, wie meine Eltern angefangen haben, sich zu hassen, seit Meggie tot ist, aber die sind auch verheiratet. Sie müssen versuchen, alles wieder zu kitten. Wir nicht. Manchmal ist ein sauberer Bruch einfach das Beste.«

Robbie weiß nicht, was er sagen soll. Vielleicht ist er erleichtert. Nach ein paar Sekunden schwinge ich die Beine vom Bett und ziehe meine Schuhe wieder an.

Das hier ist alles *meine* Schuld, warum also warte ich immer noch darauf, dass *er* etwas sagt, was uns rettet? Aber er sieht mich noch nicht mal an. Ich beuge mich vor, um ihn zu küssen, weil es mir in dieser Situation das Richtige zu sein scheint, und aus Gewohnheit küsst er mich zurück, leidenschaftlich, bis ich zurückweiche.

»Nein.«

Ich gehe durch die Tür und die Treppe runter und drehe mich nicht mal um, als ich höre, wie Robbies Mutter aus der Küche kommt und fragt, ob ich Kaffee und ein Stück von ihrem selbst gebackenen Karottenkuchen möchte.

Jetzt bin ich wieder auf mich allein gestellt und die Dämmerung färbt die Straßen noch grauer als zuvor. Ich schließe die Augen und stelle mir sehnsüchtig die Wellen vor, die mich daran erinnern, dass das Leben aus mehr besteht als nur aus dieser beschissenen Realität.

Aber das, was ich höre, sind nicht die Wellen. Es ist Meggie.

»Florrie.«

Und im Geiste antworte ich ihr: Ich komme schon …

31

Der Oktober stinkt nach Feuer und verrottendem Laub.

Nach Friedhof.

Aber der Strand verströmt denselben unglaublichen Geruch wie immer, ein verführerischer Cocktail aus Ozon, Früchtepunsch und von Seewasser umspültem Bambus.

»Welche Jahreszeit haben wir, Florrie?«

Meine Schwester und ich sitzen ein Stück von der Bar entfernt unter einer Palme, die so riesig ist, dass uns der schattige Bereich darunter wie ein Geheimversteck erscheint. Mittlerweile komme ich zwei-, dreimal am Tag her: morgens und nachmittags, und dann mache ich am Abend noch mal einen ganz kurzen Abstecher, bevor ich ins Bett gehe.

Das gehört genauso zu meiner täglichen Routine wie Zähneputzen, macht aber mehr Spaß. Und was Meggie angeht: Sie wirkt viel zufriedener als am Anfang, viel mehr wie sie selbst. Ich denke schon, dass das irgendwie an mir liegt.

»Ähm, das weißt du wirklich nicht?«

Sie öffnet die Augen. »Sieh dich doch mal um. Das Wetter hier ist immer gleich, da verliert man schon mal den Überblick. Egal, Sam in der Bar sagt, das ist auch besser so. Die Gäste, die jeden Tag mit einem neuen Strich im Sand markieren, akzeptieren nie, was geschehen ist.«

»Es ist Herbst. Oktober.«

»Meine Lieblingszeit. Da steht Weihnachten schon fast vor der Tür: Ihr Kinderlein, kommet, oh kommet doch all!«

Noch so etwas, das sich verändert hat: Meggie singt wieder. Tatsächlich kann man sie kaum noch davon abhalten.

Ich sage ihr nicht, dass Weihnachten dieses Jahr unerträglich sein wird, ohne sie.

»Hey, Leute!«, ruft sie Javier und dem Rest der Gang freudig zu, die gerade vorbeischlendern. »Wisst ihr was? Der Sommer ist vorbei!«

Jetzt kommen sie auf uns zu und ich bemühe mich, ein Lächeln aufzusetzen. Mir ist es lieber, wenn ich mit Meggie allein sein kann; nicht nur, weil Javier anstrengend ist und Danny mich verunsichert und ich mich in Tritis Gegenwart fett fühle. Sondern auch, weil ich jetzt weiß, wie die beiden Jungs gestorben sind, und die Bilder einfach nicht mehr aus dem Kopf bekomme: die mit den Trümmern von Dannys Flugzeug übersäte Wüste und dieser liebenswerte, ernste Javier von dem Foto, dessen Leben mit einem Sturz vom Dach einfach vorbei war.

»Findet ihr den Winter nicht auch einfach toll?«, fragt Meggie, während sich die anderen auf unserer Decke niederlassen. Oje. Sieht aus, als wollten sie länger bleiben. »Die dunklen Abende in gemütlichen Pubs. Halloween. Bonfire Night.«

»Und Diwali«, ergänzt Triti. »Das Lichterfest.«

»Thanksgiving«, sagt Danny. »Das beste Essen im ganzen Jahr. Ah, ich weiß noch, was für einen Hunger ich da immer hatte, und dann stieg mir irgendwann der Duft von Mums Truthahnbraten in die Nase. Mann, war das lecker.«

Javier zuckt mit den Schultern. »Ach, ich bin mehr der Strandtyp. Winter ist doch Mist. Man hockt immer nur im Haus, im trauten Familienkreis – uäh. Nicht mein Ding.«

Ich denke an seine Lüge, er sei ein Einzelkind gewesen. Womit war er sonst noch unehrlich?

»Jetzt spiel nicht den Griesgram«, rügt meine Schwester. »Klar ist der Sommer schön, aber zu viel von irgendwas ist ja wohl nie gut, wie wir alle wissen.« Sie lacht und die anderen fallen mit ein. »Erzähl mal, Schwesterherz. Haben sie in den Läden schon die Weihnachtsdeko aufgehängt?« Ihr Gesicht glüht wie das eines kleinen Kindes, das zum millionsten Mal die Geschichte hören will, wie die Rentiere über dem Dach in der Luft warten, während der Weihnachtsmann die Geschenke durch den Schornstein fallen lässt.

»Na ja, die Werbung hat auf jeden Fall schon angefangen«, antworte ich. Eigentlich habe ich versucht, die ganzen Z-Promis weitgehend zu ignorieren, die den Fernsehbildschirm zugrinsen, als hätten sie einen ganzen Schlitten voller Gute-Laune-Pillen geschluckt. Wenn ich bei meinen Eltern im Wohnzimmer sitze – was momentan selten genug vorkommt, weil die beiden kaum zur selben Zeit zu Hause sind –, starren wir zu solchen Gelegenheiten immer auf den Boden, wie wir es sonst nur bei Sexszenen in Filmen getan haben. Zurzeit sind uns Bilder von Familienfesten sogar noch unangenehmer als Erwachsenenfilme.

Plötzlich fällt mir ein, dass Meggie, wenn sie noch am Leben wäre, wahrscheinlich selbst in einem von diesen Filmchen auftauchen würde. Diese fürchterliche Boygroup, die nach ihr den zweiten Platz gemacht hat, wirbt jedenfalls für Frühstücksflocken und ein neues Karaokespiel.

»Erzähl mir alles, los, los!«, fordert sie und sogar Javier sieht interessiert auf.

Also lüge ich drauflos. Ich erzähle ihnen, was sie hören wollen, zumindest glaube ich das: von Geschäften voller Kürbislaternen und Hexenhüte, von Wetterberichten, die jetzt schon weiße Weihnachten versprechen, von den Plänen, an Silvester das größte Feuerwerk zu zünden, das London je gesehen hat. In Wirklichkeit bekomme ich kaum etwas von der Außenwelt mit und denke auch nicht an die Zukunft, wenn ich es vermeiden kann.

»Ein Feuerwerk«, sagt Triti wehmütig. »Könnt ihr euch vorstellen, wie toll das hier aussähe? Wenn es sich nachts im Meer spiegelt? Das wäre so was von cool!«

»Oh ja, und wie. Wenn die Cocktails strömen und die Feuerwerkskörper explodieren, gehen bestimmt auch die Leute ab wie die Raketen und reißen sich die Klamotten vom Leib. Und schwupp, haben wir einen ganzen Strand voller Exhibitionisten beim Mitternachtsschwimmen«, höhnt Javier. *»Fantastisch.«*

Zum ersten Mal, seit ich hier bin, kann ich Javier nur zustimmen. Nach allem, was ich so mitgekriegt habe, brauchen die meisten Gäste keinen Vorwand, um ihre neuen makellosen Körper zu präsentieren.

Während die anderen anfangen, von früheren Wintern zu schwärmen, sehe ich auf die Uhr und bin froh, die späte Stunde – es ist schon nach zwölf – vorschieben zu können, um zu gehen. »Sorry, Leute. Ich muss ins Bett.«

Javier sieht gar nicht erst auf, aber Danny schon. »Schade, ich hätte eigentlich gern noch mehr über deine Pläne gehört«, sagt er. »Deine *wirklichen* Pläne.«

So, wie er mich ansieht, frage ich mich, ob er weiß, dass ich lüge, um hier wegzukommen, auch wenn meine eigene Schwester es nicht zu bemerken scheint.

»Tja, ich komme ja morgen wieder, wie immer.«

Meggie steht auf und schenkt mir das wärmste aller Lächeln – es ist sogar noch strahlender als das, das sich immer auf ihrem Gesicht ausbreitete, wenn sie bei *Sing for Your Supper* in die nächste Runde gewählt worden war. »Meine kleine Schwester«, sagt sie und seufzt. »Ich weiß überhaupt nicht, was ich ohne dich machen würde, Florrie.«

32

Es fällt mir immer schwerer, aufzustehen und zur Schule zu gehen, und nicht bloß, weil es jetzt morgens so dunkel ist.

Seit Robbie und ich uns getrennt haben, habe ich keinen Nerv mehr, mich zu schminken. Manchmal kämme ich mir noch nicht mal mehr die Haare. Am Soul Beach sehe ich sowieso immer umwerfend aus.

Noch ein Grund, warum es dort besser ist als überall anders.

Cara hat mich noch nicht in den Wind geschossen, auch wenn sie mir schon tausend Mal gesagt hat, dass *mein* neuer Schmuddellook schlecht für *ihr* Image ist, besonders jetzt, da sie es mit dem Cheerleader-Schick versucht. Manchmal versuche ich mich mit ihr über wichtige Sachen zu unterhalten – ob sie an ein Leben nach dem Tod glaubt oder an Parallelwelten –, aber sie seufzt immer nur und sagt: »Der Scherzkeks, der dir diese verdammten Soul-Beach-Mails geschickt hat, gehört echt verprügelt.« Und dann wechselt sie sehr angestrengt das Thema und fängt an, über Klamotten oder Musik oder Make-up zu reden: »Weißt du, der Kram, für den du dich früher mal interessiert hast, Alice. *Normale* Sachen.«

Als wäre Normalität etwas, was ich mir tatsächlich immer noch wünschen würde.

Nach dem Unterricht verlasse ich mit gesenktem Kopf die

Schule. Ich gehe lieber allein nach Hause, als zu tratschen oder über Jungs zu reden, und ganz bestimmt will ich nichts darüber hören, ob Robbie was mit einer anderen hat. Ich hasse solche Erinnerungen an mein altes Leben.

»Warte, Alice.«

Das ist Cara. Neben ihr geht ein großer dürrer Typ, der mir vage bekannt vorkommt. Ist das etwa ihr Neuer? Mittlerweile wechselt sie die Freunde in einem solchen Affentempo, dass ich mir nicht mal mehr die dazugehörigen Namen merken kann, auch wenn ich mir ihr zuliebe natürlich Mühe gebe. Sie kann schließlich nichts dafür, dass ihre beste Freundin am liebsten nur noch an einem virtuellen Strand rumgammeln würde.

Die beiden laufen jetzt neben mir her und halten mit mir Schritt, obwohl ich so schnell gehe wie nur möglich.

»Guck mal, wen ich getroffen hab«, sagt Cara. »Kennst du Lewis noch?«

Ohne langsamer zu werden, nicke ich dem Jungen zu. »Hi.« Ich winke. »Tut mir leid, aber ich hab's eilig.«

Jetzt erinnere ich mich tatsächlich. Das ist dieser nerdige Freund von Robbies Bruder. Reich wie ein Ölscheich, zumindest den Gerüchten zufolge, obwohl man das nie denken würde, wenn man ihn so vor sich sieht. Ausgelatschte Sneakers, No-Name-Jeans, spülwasserbraunes Haar, das hochsteht, als hätte er in die Steckdose gefasst. Buschige, ulkig aussehende Augenbrauen, zu einem ewig fragenden Ausdruck zusammengezogen. Er scheint sich alle Mühe zu geben, so unscheinbar wie möglich auszusehen. Na ja, vielleicht tut er das ja nur, um geldgeile Mädels von sich und seinem Bankkonto fernzuhalten.

Cara gerät langsam außer Atem – die abendlichen Trainingseinlagen mit dem süßen Fitnesscoach haben nicht lange angehalten –, aber sie scheint entschlossen, mich nicht entwischen zu lassen. »Bitte, Allie. Es ist schon ewig her, dass wir mal richtig miteinander gequatscht haben.«

Abrupt bleibe ich stehen. »Habt ihr mir etwa aufgelauert, oder was?«

Lewis blickt auf seine Uraltsneakers. Cara antwortet nicht.

»Das heißt dann wohl Ja.«

Cara zuckt mit den Schultern. »Du kannst es gern so nennen, wenn du willst. Ich würde es aber eher als Deine-Freunde-machen-sich-Sorgen-um-dich-und-wollen-dir-helfen beschreiben.«

Ich kann ihr nicht ins Gesicht sehen. Das ist also aus mir geworden? Die Art von Mensch, der seine beste Freundin beschuldigt, ihm aufgelauert zu haben, dabei will Cara mir doch nur zeigen, dass ich nicht allein bin.

Sie kann ja nicht wissen, dass ich in Wirklichkeit alles andere als allein bin.

Ich will mich gerade entschuldigen, als mir klar wird, warum Lewis hier ist. »Hat Robbie dich geschickt?«, frage ich ihn und trotz allem, was passiert ist, wird mir ein bisschen schwindelig bei dem Gedanken, dass ich meinem Ex noch so wichtig bin.

Lewis blickt kurz auf. Seine Augen sind unglaublich dunkel. Wie eine Kameralinse zeigen sie mir mein Spiegelbild und ich weiß nicht, ob mir das Mädchen gefällt, zu dem ich geworden bin.

»*Ich* hab Robbie gebeten, mit Lewis zu sprechen«, erklärt Cara. »Schließlich ist doch diese gefakte Website an allem schuld, oder etwa nicht? Dir ging es eigentlich ganz okay, bis du diese komischen Mails gekriegt hast, und jetzt kann man überhaupt nicht mehr mit dir reden.«

Als sie Soul Beach erwähnt, stockt mir kurz der Atem. Der gehört *mir*, er ist mein Geheimnis. Das Einzige, was mir hilft weiterzumachen. »Quatsch. Du hast ja keine Ahnung, was du da redest, Cara.« Ich wende mich ab.

»Alice, deine Freunde machen sich Sorgen um dich.« Das ist Lewis.

Ich seufze. Ich wünschte, die Leute würden mich einfach zum hoffnungslosen Fall erklären und aufgeben, das würde alles so viel leichter machen.

»Ich weiß ja nicht, was sie dir erzählt haben, Lewis, aber ich bin bloß ein ganz normales Mädchen mit einer toten Schwester und ich kann auch nichts dafür, wenn es meinen Freunden nicht schnell genug geht mit meiner Wiederherstellung. Komme ich dir wirklich so oberflächlich vor, dass ein paar beschissene E-Mails so viel Einfluss auf meine Gefühle haben könnten?«

Er kehrt die Handflächen nach oben, als wollte er sagen: Geht mich nichts an, ich tu hier nur jemandem einen Gefallen.

Komisch, ich hatte ihn irgendwie schlaksiger und uncooler in Erinnerung, aber jetzt wirkt er eigentlich ziemlich selbstbewusst.

»Ist ja nett, dass du hier den barmherzigen Samariter spielst, aber ich garantiere dir, ich brauche deine Hilfe nicht, genauso wenig wie die vom Papst oder von Barack Obama oder vom Sandmännchen. Ich brauche bloß Zeit, okay, und wenn meine Freunde inzwischen mit den Füßen scharren, dann ist das deren Problem, nicht meins, klar?«

Cara schüttelt den Kopf. Ganz sicher bin ich mir nicht, aber es sieht aus, als wäre sie kurz davor, in Tränen auszubrechen.

»Ist das klar, Cara?«

Als ich mich nun umdrehe und weggehe, ist es endgültig. Obwohl ich spüre, wie mir selbst die Tränen in die Augen steigen, und obwohl ich genau weiß, dass ich diesmal wirklich zu weit gegangen bin, rede ich mir ein, dass es so am besten ist. Na schön, sie ist meine Freundin und sie will mir nur helfen. Aber vielleicht ist es ja am besten *für sie*, wenn ich gemein zu ihr bin. Dann kann sie sich neue Freunde suchen.

Ich kann mir keine neue Schwester suchen. Meggie und der Strand müssen immer an erster Stelle stehen.

Als ich mich bei Soul Beach einlogge, begreife ich zuerst gar nicht, was ich sehe. Mein Bildschirm glüht kirschrosa, schneeweiß und sonnengelb auf, begleitet von donnerndem Lärm.

Im Sand stehen hundert oder mehr Gäste und deuten nach oben und ihr Geschwätz ist so laut, dass es beinahe die Wellen übertönt.

Ein Feuerwerk!

Tropische Blumen erblühen am Nachthimmel und verblassen nach einer Sekunde wieder. Wunderschön, aber allzu vergänglich. Da muss nicht erst einer von den Klugscheißer-Philosophen vom Strand kommen, um die Parallele zu erkennen.

Doch die Kids – und sie sehen jetzt wirklich aus wie kleine Kinder, in deren großen Augen sich die leuchtenden Farben spiegeln – sind zu begeistert für solche morbiden Gedanken. Der Himmel ist tief marineblau, als wäre er extra für diesen Anlass verdunkelt worden. Und warum auch nicht?

Am Soul Beach ist alles möglich.

Ich sehe mich um, suche nach Meggie, aber die Erste, die ich ein Stück entfernt entdecke, ist Triti. Während ich sie beobachte, explodiert am Himmel eine saphirblaue Rakete. Ihr Licht scheint

Triti zu durchleuchten wie Röntgenstrahlen; fast meine ich, jeden einzelnen ihrer Knochen erkennen zu können.

»Florrie! Hier drüben.«

Ich schlängele mich durch die Menge auf meine Schwester zu und weiche dabei den einzelnen Gästen aus. Auch wenn sie mich nicht sehen oder spüren können, käme es mir doch extrem unhöflich vor, einfach durch sie hindurchzulaufen, als existierten sie gar nicht.

Danny lächelt, als ich meine kleine Clique erreiche, dann aber sieht er wieder weg, ganz ohne seinen üblichen seelenerforschenden Blick. »Ich dachte schon, du verpasst die ganze Party.«

»Was gibt's denn zu feiern?«

Triti antwortet, ohne den Kopf zu bewegen; ihr Blick ist fest auf den Himmel gerichtet. »Irgendwoher wussten sie, dass das genau das war, was wir brauchten. Eine kleine Aufheiterung.«

Meggie sieht mich mit hochgezogenen Augenbrauen an, sagt jedoch nichts.

»Und, funktioniert's?«, frage ich Triti.

»Oh ja! Ich fühle mich so anders. So lebendig.« Sie kichert über ihren eigenen Witz. »Na ja, mehr oder weniger zumindest.«

Ich lache mit, aber mein Gehirn surrt auf Hochtouren. Das muss bedeuten, dass sie – wer immer *sie* sein mögen – jedes Gespräch am Strand belauschen. Da hätte ich auch schon drauf kommen können, nachdem sie mich gleich, als ich etwas Falsches gefragt habe, von der Homepage verbannt haben. Aber die Vorstellung, dass jedes unwichtige Schwätzchen, das ich mit Meggie führe, aufgenommen, beobachtet, analysiert wird … na ja, das macht mich ganz wahnsinnig.

Obwohl die Alternative, schätze ich mal, noch viel schlimmer wäre: Wenn die Seite nur ein Schwindel ist, dann weiß irgend so ein gruseliger Hacker alles, was ich online zu meiner Schwester gesagt habe.

Schnell verdränge ich den Gedanken. Das hier *kann* einfach kein Schwindel sein. Es fühlt sich echter an als das echte Leben.

»Hey, du Tagträumerin. Kommst du mit?« Meine Schwester streckt mir die Hand hin, als könnte ich sie tatsächlich ergreifen. »Uns wird's hier langsam zu voll.«

Javier legt die Fingerspitzen an Tritis Ellbogen und führt sie wie eine Blinde, weil sie immer noch stur hoch zum Himmel guckt. Wir gehen auf unsere Palme zu. Meggie, Javier und Danny setzen sich hin, aber Triti bleibt stehen, wie hypnotisiert.

Meggie beugt sich vor und flüstert mir zu: »Du würdest nur zu gern ihre Geschichte wissen, stimmt's, Florrie?«

Ich zucke leicht zusammen. »Aber ich darf nicht danach fragen.«

»Magersucht«, erklärt meine Schwester, immer noch flüsternd, auch wenn Triti so weggetreten wirkt, dass sie es wahrscheinlich auch dann nicht hören würde, wenn wir uns mit einem Megafon unterhielten.

Magersucht, das ergibt natürlich Sinn. Sie ist so dünn, beinahe durchscheinend. Und jetzt, im Licht des Feuerwerks, erkenne ich auch den zarten Flaum, der ihre Gliedmaßen bedeckt. Das habe ich vorher schon einmal gesehen, bei einem Mädchen aus der Schule, das nicht mehr essen wollte.

Bevor ich dieses Mädchen kannte, dachte ich immer, Magersüchtige wollten einfach nur im Mittelpunkt stehen, aber bei ihr war das Nicht-Essen so etwas wie ein schrecklicher Wettbewerb gegen sich selbst, einer, bei dem sie auch dann verlor, wenn sie ihn gewann. Erst, als sie von der Schule genommen wurde, habe ich begriffen, dass sie gar nicht beachtet werden wollte. Sie wollte unsichtbar sein.

»Wie tragisch«, sage ich. In Tritis Gesicht liegt nun so viel Freude, dass ich kaum glauben kann, dass sie sich absichtlich zu Tode gehungert hat. »Aber wenn sie nicht essen *wollte* … wenn sie freiwillig gestorben ist, was ist dann ungeklärt an ihrem Tod? Was macht sie hier?«

Meggie zuckt mit den Schultern. »Ich stelle hier nicht die Regeln auf, Schwesterherz.« Dann senkt sie die Stimme noch weiter. »Und wenn es so wäre, meinst du, dann würde ich hier noch rumhängen, egal, wie hübsch dieses verdammte Feuerwerk ist?«

Ich erstarre. »Ich dachte nur …« Ich halte inne. Es kommt mir einfach zu blöd vor, den Gedanken, sie hätte sich vielleicht ans Totsein gewöhnt, auszusprechen. Dass es ihr vielleicht mittlerweile sogar Spaß macht, hier mit mir rumzuhängen. »Dann bist du immer noch unglücklich?«

Jetzt ist ihr, glaube ich, klar geworden, was sie da gesagt hat, weil sie schnell das künstlichste aller künstlichen Lächeln aufsetzt und den Kopf schüttelt. »Nein, ach Quatsch, vergiss es. Ich kann gar nicht unglücklich sein, solange du bei mir bist, Florrie.«

Das glaube ich ihr nicht. »Gibt es irgendwas, das ich tun kann?«

»Du könntest …« Meggie zögert. »Ach nein, es ist nicht fair, dir so was aufzubürden.«

»Doch, bürde ruhig drauflos. Im Ernst. Was immer du brauchst.«

»Wie wäre es für dich, nach Greenwich zu fahren?«

Ich starre sie an. Wie wäre das für mich? Beängstigend, aber auch seltsam aufregend.

Es ist nicht so, als hätte ich nicht schon selbst darüber nachgedacht. Ich wünsche mir genauso verzweifelt Antworten, wie sie es tut. Auch wenn das bedeutet, dass ich mich selbst in Gefahr bringe. »Zu Tim?«

Sie nickt. »Ich weiß, das ist eine Riesenbitte, aber da ist so vieles, was noch offen ist, Florrie. Nicht nur was ihn angeht, sondern auch, was Sahara betrifft. Wir haben nicht mehr miteinander geredet, bevor …« Sie gerät ins Stocken. »Bevor ich gestorben bin. Schon seit einer ganzen Weile nicht. Ich will, dass sie weiß, wie wichtig sie mir war. Dass sie eine gute Freundin war. Und Tim. Er sollte wissen, dass ich ihn geliebt habe.«

»Obwohl er es gewesen sein könnte, der dich …« Jetzt gerate ich ins Stocken, denn die mögliche Verbannung vom Strand hängt wieder über mir wie ein Damoklesschwert und etwas Schlimmeres könnte ich mir nicht vorstellen.

»*Besonders* weil er es gewesen sein könnte. Wenn du zu ihm fahren würdest, könnte er dir vielleicht das eine oder andere sagen. Dinge, die zu …« Sie flüstert. »… einer Aufklärung führen.«

Einer Aufklärung.

Mir fällt wieder ein, was Danny gesagt hat, seine Theorie, dass die Gäste nur von hier wegkommen, wenn sich in der echten Welt etwas ändert.

»Aber vielleicht verliere ich dich dann wieder«, bricht es aus mir heraus, bevor ich mich zurückhalten kann. »Und den Strand. Alles, was wichtig ist.«

Meggie lächelt traurig. »Du wirst mich nie verlieren, Alice. Nicht mehr, nachdem wir so viel Zeit miteinander verbracht haben. Aber ich verstehe, wenn das zu viel verlangt ist. Ich hätte gar nichts sagen sollen, kümmere dich einfach nicht darum.«

»Nein. Ich mach's, versprochen.« Denn in Wahrheit, das begreife ich jetzt, habe ich immer gewusst, dass eine Art Showdown zwischen Tim und mir unvermeidlich sein würde. Ich muss in Erfahrung bringen, was wirklich passiert ist, und mein selbstsüchtiger Wunsch, meine Schwester dort zu halten, wo sie ist – wo ich sie sehen und mit ihr sprechen kann –, muss dahinter einfach zurückstehen.

Sie formt mit den Lippen lautlos »Danke« und klatscht dann in die Hände, sodass die anderen sich umsehen. »Tja, ihr Lieben, ich würde mal sagen, die Show ist so gut wie vorbei, also wie wär's, wenn wir vor der Sperrstunde noch auf ein Pint im guten alten Pub vorbeigucken?«

Die anderen lachen über ihren übertriebenen Londoner Akzent, stehen auf und machen sich auf den Weg Richtung Strandbar. Ich zögere noch.

Bin ich ein Feigling, weil ich nicht von allein zu Tim gegangen bin? Nein, das ist es nicht, vor körperlicher Gefahr habe ich keine Angst. Auf gewisse Weise wäre ich sogar fast erleichtert, wenn Tim mich angreifen würde, weil ich dann wenigstens mit Sicherheit wüsste, was für ein Mensch er wirklich ist. Und eine Antwort auf die Frage bekäme, die seit sieben Monaten alles andere überschattet: Wer hat meine Schwester getötet?

Während ich zusehe, wie Meggie sich immer weiter von mir entfernt und schließlich in der Bar verschwindet, ergreift mich plötzlich ein Gefühl von Verlust, und da wird mir klar, dass ich Tim aufsuchen muss, egal, wie sehr ich mich vor einem Leben ohne sie fürchte.

Wenn man jemanden liebt – wirklich liebt –, dann ist man bereit, seine eigenen Bedürfnisse für die des anderen zu opfern.

Es wird eine harte Prüfung werden. Ich hoffe nur, ich habe genug Kraft, um sie zu bestehen.

Ich drehe mich wieder zum Meer um und sehe, dass ich nicht allein hier bin. Triti ist auch noch da. Sie starrt in den Himmel hinauf, der von all dem Schwarzpulver eine seltsam rostfarbene Tönung angenommen hat.

Die anderen lachen und plaudern in der Bar. Das Feuerwerk scheint alle fröhlicher gestimmt zu haben. Mir ist nicht danach, mich zu ihnen zu gesellen, also sage ich Gute Nacht. Aber jetzt liege ich im Bett und es ist, als wären sie immer noch bei mir.

Ich denke an Triti und Danny und Javier. Aber vor allem an Meggie und Tim.

Und ich frage mich, ob ich es wirklich ertragen könnte, meine Schwester loszulassen …

33

Eigentlich bin ich keine Schulschwänzerin.

Und Cara ist es, trotz ihrer rebellischen Art und der frechen Widerworte, genauso wenig, also kann ich sie nicht bitten mitzukommen. Für eine Amateurin wie mich ist das Risiko aufzufliegen momentan ziemlich hoch: Die Lehrer haben mich wegen meiner verschlechterten Noten sowieso schon auf dem Kieker, dieser Gruseltyp Olav ist ganz heiß auf meine Neurosen und Mum plant mit Sicherheit schon wieder ein weiteres tiefschürfendes Gespräch über meine Zukunft. Als würde mich die auch nur die Bohne interessieren.

Trotzdem, ein paar Stunden Nachsitzen sind meine geringste Sorge, verglichen mit meinem Vorhaben, den Hauptverdächtigen im Mordfall meiner Schwester zu konfrontieren.

Darüber denke ich besser nicht zu genau nach.

Statt zur Schule zu gehen, schleiche ich mich durch die Seitengassen, in denen keine von Mums Freundinnen wohnen. Ich gehe nicht zur nächsten U-Bahn-Station, sondern eine Haltestelle weiter und steige erst dort in den Zug. Ich setze mich im vordersten Wagen gegen die Fahrtrichtung und verschanze mich hinter einer eselsohrigen Ausgabe der Metro. Als sonst niemand einsteigt, lasse ich die Zeitung sinken und sehe zu, wie draußen die Welt vorbeizieht. Es hat geregnet, was die Braun- und Grautöne der

Ziegelhäuser und Straßen nur noch deprimierender wirken lässt. Der Winter ist schon fast da und ich habe so das Gefühl, als würde es der längste meines Lebens werden.

Schon jetzt sehne ich mich nach dem Strand, obwohl ich vor zwei Stunden noch dort gewesen bin. Meggie habe ich irgendeine Geschichte aufgetischt, warum ich später vielleicht nicht kommen kann, anstatt mit meinem Ausflug nach Greenwich zu große Hoffnungen in ihr zu wecken. Im Moment kann ich mir nämlich nicht vorstellen, dass er anders enden wird als in einer Katastrophe.

Aber ich muss es trotzdem versuchen. Ich habe es Meggie versprochen. Außerdem ist sie nicht die Einzige, die Antworten braucht.

Als ich in den Minizug Richtung Cutty Sark steige, fange ich an zu zittern. Ich hatte eigentlich beschlossen, Tim nicht Bescheid zu sagen, dass ich komme, für den Fall, dass er dann untertauchen würde. Aber wie wird er reagieren, wenn ich plötzlich vor seiner Tür stehe? Selbst Cara, die nichts mehr liebt als ein bisschen Risiko, hätte wohl das eine oder andere dazu zu sagen, dass ich einem Mordverdächtigen einen Überraschungsbesuch abstatten will.

Scheiße.

Der Zug fädelt sich zwischen den Hochhäusern der Canary Wharf hindurch, eine Kulisse, die mir weniger real vorkommt als die Strandhütten am Soul Beach. Ich schminke mich noch schnell etwas stärker, um älter zu wirken.

Ich denke an das, was Caras blöder Extyp im Pub gesagt hat: Er hätte nie gedacht, dass Meggie *meine* Schwester sei. Ich muss lachen, denn wie viele Jahre lang bin ich jeden Morgen in der Hoffnung aufgewacht, meine Augenfarbe hätte sich über Nacht von

Taubengrau in Babyblau verwandelt oder mein Haar sich von selbst geglättet, sodass es wie ihres aussähe.

Heute bin ich zum ersten Mal froh darüber, unscheinbar zu sein.

»Eine Weißweinschorle, bitte.«

Der Barkeeper mustert mich abschätzend. Trotz des vielen Kajals und der Wimperntusche und dem ganzen Mist, den ich dieses Jahr durchgemacht habe, sehe ich immer noch aus wie ein Schulmädchen, das keine Ahnung von gar nichts hat – es sei denn, man rechnet Medienwissenschaft für die zehnte Klasse dazu.

Aber ich kann unmöglich die Einzige hier sein, die noch nicht alt genug zum Trinken ist und es trotzdem tut: Das hier ist der Pub, in dem Meggie und ich uns mit ihren Freunden getroffen haben, wenn ich sie besucht habe, und damals waren auch immer jede Menge Teenager aus der Schule um die Ecke hier. Ich bin hergekommen, weil ich noch nicht bereit bin, Tim gegenüberzutreten. Zuerst muss ich mir noch ein wenig in Erinnerung rufen, wie es zwischen ihm und Meggie war, und mich für das wappnen, was ich zu tun habe. Normalerweise trinke ich nie tagsüber, also reicht der Wein vielleicht aus, um mir genug Mut für mein verrücktes Vorhaben einzuflößen.

Schließlich zuckt der Barmann mit den Schultern und wendet mir den Rücken zu, um meinen Drink einzuschenken. Die Kohlensäure in der Schorle wird den Geschmack des Weins hoffentlich ein wenig dämpfen und so oder so schmeckt alles besser als diese Angst.

»Eis?«

Ich nicke. Er stellt das Glas vor mir ab und ich sehe die kleinen

Risse in den Eiswürfeln und die Feuchtigkeit, die von ihnen aufsteigt.

»Sag stopp«, fordert er mich auf, als er den Wein mit Wasser aus der Sodaflasche auffüllt. Ob er wohl auch an dem Abend hier gearbeitet hat, als meine Schwester starb?

»Stopp.«

»Dein erstes Semester?«

Ich starre ihn an. »Äh … genau. Entschuldigung, aber ich hab stopp gesagt!«

Hat er mich etwa erkannt?

Er sieht hinunter auf das überlaufende Glas. »Hoppla.« Er schiebt es näher zu mir. »Macht dann drei fünfzig. Ach was, sagen wir drei. Das Wasser da drin geb ich dir aus.«

Mein Mund klappt auf. »Oh. Danke.«

»Was studierst du denn?«

Ich schlucke. »Ähm. Medienwissenschaft.«

Er grinst. »Cool. Dann sehe ich dich wohl bald im Fernsehen, was?«

Oh Gott, er versucht mich anzubaggern. Und ich dachte, er mustert mich so, weil ich minderjährig bin oder weil er weiß, wer ich bin. Bis zu diesem Moment habe ich ihn noch gar nicht richtig angeguckt. Vielleicht zweiundzwanzig oder dreiundzwanzig. Helles Haar, offenes Gesicht. Sieht nett aus. Ich wette, er ist ziemlich witzig. Spielt sonntags Fußball. Mag Comedy und Stadion-Rock.

Bevor es passiert ist, hätte ich ihn vielleicht gar nicht übel gefunden. Auf jeden Fall wäre ich geschmeichelt gewesen – Barkeeper haben diese gewisse Selbstsicherheit und natürlich die Machtposition, die zumindest Cara unwiderstehlich findet. Aber jetzt gibt mir das alles nichts mehr.

»Nicht im Fernsehen, nein. Ich bin mehr so der Hinter-den-Kulissen-Typ.«

Ich nehme mein Glas und gehe hastig weg.

»Hey, Blondie!«, ruft er mir nach.

Ich suche nach einem Weg, ihm eine Abfuhr zu erteilen. Meggie hatte dafür immer einen guten Spruch auf Lager, der den Jungs klarmachte, dass sie keine Chance bei ihr hatten, aber sie trotzdem mit einem Lächeln im Gesicht zurückließ.

Mir fällt absolut nichts ein.

Ich drehe mich um.

»Du hast dein Wechselgeld vergessen.«

Ich nehme meinen Drink mit nach draußen. Die Bänke sind feucht von den vergangenen Regenschauern, aber hier an der Biegung der Themse scheint die Sonne heller als zu Hause. Ich sehe die schicken Türme der Wolkenkratzer auf der anderen Seite des Flusses und rechts den Millennium Dome. Das war Meggies Lieblingspub und sie war so gern in Greenwich. Es ist wirklich schön hier, aber die majestätischen Kalksteingebäude des Old Naval College und seine leuchtend grünen Rasenflächen scheinen nun irgendwie befleckt. Wie könnten sie es auch nicht sein?

Ich bin nicht allein hier draußen. Die meisten anderen Gäste sind männlich und rauchen: nicht nur Studenten, sondern auch Touristen und Büroangestellte. Das letzte Mal, als ich hier war, fand ich die Typen mit ihren Zigaretten sexy. Jetzt finde ich es nur noch dämlich, dass sie ihr Leben so vergeuden. Haben die denn keine Ahnung, was mit meiner Schwester passiert ist?

Die Studenten, die Touristen, der Barkeeper. Jeder von ihnen hätte Meggie töten können, oder nicht? Vielleicht bin ich auf dem besten Weg, einen Hass auf alle Männer zu entwickeln. Wenn man schon einem so sanften Exemplar wie Tim nicht mehr trauen kann …

Mir läuft ein Schauder über den Rücken.

Ein paar Typen mustern mich und ich wende mich schnell ab. Sie sehen nicht schlecht aus – Meggie hat immer gewitzelt, sie wäre bloß nach Greenwich gegangen, weil dort am Tag der offenen Tür die süßesten Jungs rumliefen –, aber ich bin an diesem Leben einfach nicht interessiert. Ich will nur die perfekte Schönheit des Soul Beach.

Dann schüttele ich den Kopf, wie ein Hund, der Wasser ins Ohr bekommen hat. Das ist doch Wahnsinn. Soul Beach ist nicht real.

Und zum ersten Mal wird mir klar: Der Strand hat mich verändert, genau wie Meggies Tod es getan hat. Je mehr Zeit ich dort verbringe, desto schlimmer könnte es werden.

Nein! Auf keinen Fall. Ich kann den Strand nicht aufgeben und das nicht nur wegen Meggie. Im Moment ist er alles, was mich noch auf den Beinen hält.

Ich trinke mein Glas aus. Jetzt fühle ich mich schon etwas wacher, dank der Kohlensäure oder des Weins oder beidem. Zeit zu gehen. Wenn ich nicht sofort losziehe und Tim suche, verliere ich komplett die Nerven. Ich stelle das Glas ab, krame meinen Übersichtsplan hervor und suche nach dem schnellsten Weg durch die Flure.

Wenn er überhaupt noch hier wohnt.

Wie blöd bin ich eigentlich? Ich habe das alles überhaupt nicht gründlich durchdacht. Wie groß ist wohl die Wahrscheinlichkeit, dass er immer noch im selben Wohnheim lebt, nur zwei Stockwerke von dem Ort entfernt, wo Meggie gestorben ist? Nach allem, was passiert ist? Und wenn nicht, was soll ich dann machen? An Türen hämmern, bis ich ihn finde? Und wenn es mir schließlich gelingt, habe ich nichts, womit ich mich verteidigen kann, außer einer Tasche voller Schulbücher.

Wieder überläuft mich ein Schauder. Das ist doch verrückt. Ich sollte gar nicht hier sein.

Da legt sich eine Hand auf meine Schulter. »Alice Forster? Was zum Teufel machst du denn hier?«

34

Vor Schreck schieße ich etwa einen Meter in die Luft, bevor mir klar wird, dass diese tiefe, grollende Stimme einem Mädchen gehört.

Ich drehe mich um. »Sahara!«

»Hallo, Alice«, erwidert sie, die Stimme erstickt von Trauer. »Ach, Alice.«

Sahara breitet die muskulösen Arme aus und drückt mich viel zu fest an ihre Brust. Sie ist eine von diesen megasportlichen Amazonen; wir haben immer rumgewitzelt, dass sie später mal als Meggies Bodyguard arbeiten könnte.

Im Moment aber strahlt sie etwas so Bedürftiges aus, dass ich das Gefühl habe, sie zu trösten und nicht andersrum.

Schließlich lässt sie mich los und in ihren erstaunlich langen Wimpern glitzern Tränen. »Oh Gott, Alice, als ich dich gerade gesehen habe, dachte ich, mir wäre ein Geist erschienen.« Sie blinzelt und zwei Tränen rollen über den Damm aus Wimpern und rinnen ihre leicht aknevernarbten Wangen hinunter.

»Aber ich sehe doch gar nicht aus wie sie, Sahara.«

»Doch, tust du, im Ernst.« Sie mustert mich genauer. »Okay, vielleicht auch nicht. Kann auch daran gelegen haben, wie du gesessen hast. Und vor allem, wo du gesessen hast. Du weißt doch, dass das ihr Platz ist, oder?«

Der unheilvolle Ton in ihrer Stimme irritiert mich. »Das ist doch der Lieblingspub von jedem hier, oder etwa nicht?«

»Nein, ich meine den Platz, auf dem du sitzt. Diese Bank. Sie hat immer genau da gesessen und dann hat sie sich auch so vorgebeugt wie du.«

»Ach, wirklich? Wahrscheinlich haben wir zusammen hier gesessen, als ich sie besucht hab – reine Gewohnheit also.« Meine Haut fühlt sich an, als würden eine Million Ameisen darüberwandern, denn ich erinnere mich genau, dass es an dem Abend meines Besuchs geschüttet hat wie aus Eimern und wir uns deshalb drinnen hingesetzt und von dort aus die Raucher beobachtet haben.

»Du trinkst?«, fragt sie und beäugt mein Glas. »Du bist doch erst sechzehn.«

Ich schnalze mit der Zunge. »Ach, und du hast wahrscheinlich nie einen Tropfen Alkohol angerührt, als du noch minderjährig warst, was, Sahara?«

Sie denkt darüber nach. »Nein, habe ich tatsächlich nicht. Ich war furchtbar brav.«

Das war ich auch, denke ich und sehe mich plötzlich mit ihren Augen: eine Sechzehnjährige, die allein auf einer Bank vor dem Pub sitzt und trinkt. »Tja, Menschen ändern sich.«

Sahara wirft mir einen seltsamen Blick zu und fragt dann: »Möchtest du dich nicht zu uns setzen?« Sie deutet mit dem Kinn in Richtung des Pubs, an dessen anderem Ende sich eine Gruppe Studenten auf den Sofas lümmelt. Warum sind sie mir nicht vorher aufgefallen? »Alle hier haben Meggie gekannt, wenn dir das hilft.«

Ich zögere.

»Na ja, Tim ist natürlich nicht dabei«, fügt sie hinzu.

Nein, denke ich, aber einer von ihnen kann mir sicher sagen, wo ich ihn finde.

Oder – und bei diesem Gedanken zittere ich – einer von ihnen ist Meggies Mörder.

35

»Okay.« Meine Stimme bebt, als ich einwillige.

Sahara nimmt mich beim Arm und zieht mich nach drinnen. »Guckt mal, wen ich draußen gefunden habe«, sagt sie und in ihrer Stimme liegt etwas so Besitzergreifendes, dass ich mir vorkomme wie ein preisgekrönter Pudel bei einer Hundeschau.

»Hi«, sage ich und winke unbeholfen.

»Komm, setz dich hierher«, bestimmt sie, klopft einladend auf ein kleines Zweiersofa und nimmt neben mir Platz. Viel zu dicht. »Kennst du noch die anderen? Lisa war mit Meggie in einer Seminargruppe.«

Ein Mädchen mit lockigem Haar winkt mir zu. Ist es eigentlich nur ein Mythos, dass Leute mit Locken unberechenbar sind? Sie sieht mir nicht unbedingt aus wie eine Mörderin.

»Simone und deine Schwester wollten eine Band gründen, weißt du noch, bevor die Fernsehgeschichte losging?«, erinnert mich Sahara.

Simone prostet mir zu. »Tut mir so leid.« Sie ist so winzig, dass sie kaum eine Fliege zerquetschen könnte, ganz zu schweigen davon, meine kräftige, gesunde Schwester zu ersticken.

»Und das ist Adrian, mein Freund.«

Er steht sogar auf und streckt mir die Hand hin, und als ich sie schüttele, legt er seine Linke über meine, genau wie der Pfarrer bei

Meggies Beerdigung. Sie fühlt sich warm an, beinahe tröstlich. »Ich kann es noch immer nicht fassen«, sagt er.

Ich schüttele den Kopf. »Ich auch nicht.«

Vorher ist er mir nie richtig aufgefallen, jetzt aber merke ich, dass er eins von diesen Gesichtern hat, die erst auf den zweiten Blick wirken. Hohe Wangenknochen, so blasse Haut, dass er Skandinavier sein könnte, und hellbraunes Haar, aus der Stirn gekämmt wie bei einem Kampfpiloten. Mir kommt der Gedanke, dass er zu gut aussehend ist für Sahara, doch ich verscheuche ihn schnell wieder. Schließlich stehe ich ja nicht auf ihn, aber er erscheint mir wie ein Gentleman.

Nein. Er nicht.

Einer nach dem anderen aus der Runde wird mir vorgestellt und ich versuche, sie alle einzuschätzen. Su-Lin, eine leicht schielende Chinesin, war gerade im Ausland, als der Mord geschah. Jules, der meine Schwester schon am Tag der offenen Tür an der Uni kennengelernt und sich sofort auf die Suche nach ihr gemacht hat, als sie beide ihr erstes Semester anfingen, ist viel zu lieb und spricht beinahe ehrfürchtig von ihr. Diesen Effekt hatte Meggie oft auf Menschen, sie fühlten sich von ihr angezogen wie Motten vom Licht.

Tim fehlt. Und noch jemand.

»Wo ist Zoe?«

Die anderen wenden den Blick ab. Sahara legt die Hand auf meine. »Sie … hat die Uni verlassen. Es war einfach zu viel. All diese Erinnerungen. Ich glaube, sie ist gerade auf Reisen oder so.«

Zoe hat die Leiche meiner Schwester gefunden. Sie hatte das Pech, nach der Party als Erste wieder zurück in das Miniapartment zu kommen, das die drei sich teilten, kam an Meggies Zimmertür vorbei, fand sie einen Spaltbreit offen vor und spähte hinein. Später erzählte sie der Presse, meine Schwester habe ausgesehen wie ein Engel, das Haar wie einen Heiligenschein um ihr rosiges Gesicht ausgebreitet. Die Polizei hat sie als Verdächtige ausgeschlossen, aber sie haben ja auch immer nur nach einem Mann gesucht …

Kann hinter ihrem Studienabbruch mehr stecken als ein Trauma?

Da fällt mir auf, dass niemand mehr redet oder mich ansieht. Alice, die Spielverderberin, hat wieder zugeschlagen. Verübeln kann ich es ihnen nicht, ich wüsste auch nicht, wie ich mit mir Small Talk machen sollte.

Adrian rettet die Situation, indem er demonstrativ auf seine Armbanduhr sieht. »Mist, ich verpasse meine Vorlesung.« Er steht auf und die anderen kommen ebenfalls hastig auf die Füße, kippen die Reste ihrer Getränke runter und murmeln noch mehr Beileidsworte, bevor sie den Pub verlassen. Ziemlich unwahrscheinlich allerdings, dass sie tatsächlich alle zur gleichen Zeit Vorlesung haben.

Nur Sahara bleibt zurück. Wir blicken den anderen nach, während sie zum Ausgang gehen, und sehen, wie sich ihre Körpersprache verändert. Sie machen Witze und rempeln einander an, bevor sie im hellen Licht verschwinden.

»Warum bist du hergekommen, Alice?«, drängt Sahara. »Sag es mir, bitte. Vielleicht kann ich ja helfen.«

Kann ich ihr trauen? Meggie und Sahara haben sich gleich am ersten Unitag kennengelernt, als sie für dasselbe Apartment im Wohnheim eingeteilt wurden. Man konnte kaum eins ihrer winzigen Zimmerchen betreten, ohne die jeweils andere darin zu finden. Ich weiß nicht, ob die Freundschaft gehalten hätte – mir war gar nicht klar gewesen, dass sie sich gestritten hatten, bevor Meggie starb. Auf jeden Fall fand meine Schwester Sahara oft ziemlich anhänglich und gefühlsselig, wobei Letzteres sicher auch nicht der schlechteste Zug an jemandem ist, den man als Vertrauensperson sieht.

»Ich wollte zu dir. Dir sagen, dass du meiner Schwester wirklich wichtig warst.«

Sahara lächelt. »Das wusste ich schon, aber danke.«

»Ich weiß, es tat ihr leid, dass ihr euch gestritten hattet.«

Ihr Gesichtsausdruck wandelt sich. »Was?«

»Ihr hattet doch Streit. Bevor sie gestorben ist. Aber sie hat es nicht so gemeint.«

»Zwischen uns war alles in Ordnung.« Sie schiebt die Unterlippe vor wie ein schmollendes Kind. »Wir hatten eben bloß beide viel um die Ohren.«

Was soll ich denn nun dazu sagen? Dass ich weiß, dass sie Ärger miteinander hatten, weil meine Schwester mich genau deswegen zu ihr geschickt hat? »Tja, auf jeden Fall bin ich mir sicher, sie hätte sich gewünscht, dass du sie in guter Erinnerung behältst.«

Sahara starrt mich an, beinahe feindselig. »Dafür bist du den ganzen Weg hier rausgekommen, um mir das zu sagen? Das hättest du doch auch bei der Beerdigung machen können.«

»Ja, schon.« Und dann wird mir klar: Wenn irgendwer weiß, wo Tim ist, dann sie. »Eigentlich wollte ich auch noch zu Tim.«

»Oh.« Erschrocken sieht sie mich an. »Weiß er Bescheid?«

Ich schüttele den Kopf. »Ich hatte Angst, dass er mich vielleicht nicht sehen will.«

»Ich glaube, Adrian wollte sich nachher mit ihm treffen.«

Ich blicke sie verwirrt an. »Ich wusste nicht, dass ihr zwei noch was mit ihm zu tun habt.«

Sie zuckt mit den Schultern. »Ich nicht, nur Adrian. Viel zu viel, wenn du mich fragst. Die beiden wohnen jetzt sogar zusammen, abseits vom Campus, was bedeutet, dass ich ihn nie zu Hause besuchen kann. Das ist das Einzige, worüber wir uns überhaupt streiten. Wir hätten uns beinahe schon getrennt deswegen.«

Noch so etwas, was Meggie immer gesagt hat: dass Sahara eine Art an sich habe, einem sofort ihre Probleme aufzuhalsen. Dass sie nie wisse, wann man besser den Mund hält.

Aber im Moment kommt mir diese Geschwätzigkeit vielleicht eher zugute. »Muss hart sein.«

»Mmh. Ja, weil ich denke, dass Tim es war, und Adrian denkt das nicht. Oder zumindest findet er, wir sollten keine voreiligen Schlüsse ziehen. Na ja, er hat leicht reden, er war ja auch nicht Meggies bester Freund. Er hat keine Albträume davon, ihre Leiche zu finden, so leblos und … aufgedunsen.«

Sahara bricht so heftig in Tränen aus, dass sich alles zu uns umdreht. Dabei war es ja noch nicht mal sie, die Meggie gefunden hat, obwohl sie nur ein paar Minuten nach Zoe in die Wohnung gekommen ist. Und dass sie angeblich ihre beste Freundin gewesen sein soll … Die Aussage macht mich einfach nur sauer. Es ist, als wollte sie behaupten, dass Meggie sie lieber hatte als mich.

Ich hätte ihr gar nichts erzählen sollen. In diesem Moment will ich einfach nur noch weg von ihr und auf eigene Faust versuchen, Tim zu finden. Wenn ich mich beeile, kann ich Adrian vielleicht noch einholen. »Ich muss jetzt los.«

Sahara hört beinahe so abrupt auf zu weinen, wie sie damit angefangen hat. Ich bereite schon mal ein paar Abschiedsfloskeln vor.

»Jetzt schon?«, fragt sie. »Und was ist mit Tim?«

»Vielleicht ist es doch keine so gute Idee, ihn zu besuchen«, lüge ich.

»Nein«, bestätigt sie finster. »Er könnte wütend werden.«

Mir ist, als hätte mir jemand einen Eiswürfel in den Kragen geschoben. »Wird er oft wütend?«

Sie zuckt mit den Schultern. »Das nicht, aber …« Dann schüttelt sie den Kopf. »Ach, vergiss es.«

»Das mit dem Vergessen ist nicht so einfach, Sahara.«

Ich warte noch ein paar Sekunden, dann stehe ich auf.

Sie streckt mir die Hand hin. »Geh nicht. Ich kann es dir zeigen, wenn das was hilft?« Ihre Stimme klingt gedämpft, aber eindringlich.

»Was zeigen?«

Sie blinzelt krampfhaft, dann beugt sie sich vor. Ihre Augen funkeln.

»Meggies Zimmer.«

36

Ich beiße die Zähne zusammen, denn ich will nicht, dass Sahara sie klappern sieht.

Es ist nicht so, als wäre ich noch nie dort gewesen. Ich habe sogar in diesem Zimmer geschlafen, als ich Meggie besucht habe, in ihrem Einzelbett, zwischen die Wand und meine kichernde Schwester gequetscht, während von der Straße der Lärm einer Schlägerei zwischen Betrunkenen zu uns heraufdrang.

Aber heute ist das etwas anderes.

»Wieso kommst du da rein?«

Stolz blitzt in ihren geweiteten braunen Augen auf. »Eigentlich darf das keiner. Aber Meggie hat mir einen Ersatzschlüssel gegeben, weil sie ihren andauernd vergessen hat.«

Sahara scheint mir das Zimmer unbedingt zeigen zu wollen. Aber will ich es überhaupt sehen?

Ich merke, dass ich nicke, und sie nimmt meine Hand und zieht mich mit sich, die Themse entlang und dann wieder über das Unigelände, vorbei an den ehrwürdigen Bildungstempeln bis zu den modernen Wohnheimen. Es ist immer noch Mittagspause – jetzt weiß ich definitiv, dass Adrian wegen seiner Vorlesung gelogen hat – und überall auf dem Campus lachen und flirten Studenten, was den Ernst unseres Vorhabens umso deutlicher hervortreten lässt.

Als wir im Aufzug zu Meggies Stockwerk hinauffahren, bin ich völlig außer Atem. Hier drin riecht es nach heiß gelaufenem Motor und an den Wänden hängen Poster für die letzte Strandparty des Semesters, mit Palmen und Hula-Mädchen darauf. Ich wünschte, ich könnte mich von hier weg zurück in mein Zimmer zaubern, zum Soul Beach.

Der Aufzug braucht ewig, um in die Gänge zu kommen, und während mein Atem sich langsam wieder beruhigt, mustere ich Sahara. Sie starrt auf die stählerne Tür, die Kiefer entschlossen aufeinandergepresst.

Als der Aufzug schließlich quietschend zum Stehen kommt, rastet auch in meinem Kopf etwas ein.

Kann Sahara meine Schwester getötet haben?

Mein Hirn scheint mit dreifacher Geschwindigkeit zu arbeiten. Der Streit vor dem Mord. Saharas seltsame Begeisterung darüber, mir das Zimmer zu zeigen. Die Tatsache, dass sie, wenige Minuten nachdem die Leiche gefunden wurde, am Tatort aufgetaucht ist …

»Ich will hier raus«, bringe ich flüsternd hervor.

»Gut, wir sind nämlich da.«

»Ja. Okay.«

Als wir aus der Kabine steigen, sehe ich mich vergeblich nach einer Überwachungskamera um. Obwohl ich genau weiß, dass es hier keine gibt, weil die Videospur meiner Schwester, die Dokumentation ihrer letzten Minuten, bereits drei Straßen von hier entfernt abreißt. Um die Privatsphäre der Studenten zu schützen, war die Uni ursprünglich dagegen, die Sicherheitsmaßnahmen zu verstärken, aber zumindest auf der Hauptstraße hat die Polizei mittlerweile bestimmt zusätzliche Kameras installiert.

Kameras, die nun vielleicht meine letzten Minuten zeigen werden.

»Alles in Ordnung? Wir können uns Zeit lassen, wenn du willst.« Sahara lächelt breit und zeigt ihre vorstehenden Zähne. War sie neidisch auf die unangestrengte Schönheit meiner Schwester? Oder auf ihren Erfolg?

Ich versuche, mich zu beruhigen. Das ist doch alles Quatsch. Der Killer war offensichtlich ein Mann. Der Meggie ganz für sich allein haben wollte. Tim oder …

Sahara hat meinen Arm genommen und schiebt mich ein paar mit Teppich ausgelegte Stufen hinauf. Die Holztür des Apartments ist immer noch dieselbe, aber die Glasscheibe darin ist von innen mit Papier verklebt, auf dem *Kein Zutritt* steht. »Sie mussten hier dichtmachen, weil die ganzen Erstis immer zum Gaffen hergekommen sind. Besonders spätnachts. Manche reden sich sogar ein, sie hätten deine Schwester singen gehört.«

»Also wohnt da drin jetzt niemand mehr?«

Ich versuche abzuschätzen, wie laut ich wohl schreien müsste, um von hier gehört zu werden.

»Nein. Die ganze Etage steht leer. Sie lassen sie dieses Jahr geschlossen, als Zeichen des Respekts. Oder um die Leichenfledderer abzuwimmeln.«

Leichenfledderer wie Sahara?

Sie geht noch mal zurück und drückt auf den Abwärts-Knopf des Aufzugs. »Damit keiner merkt, dass irgendwer im dritten Stock ist.« Dann sieht sie sich flüchtig um, und als sie sicher ist, dass niemand hier lauert, verschafft sie uns mit dem Schlüssel Einlass und drückt die schwere Tür hinter uns zu.

Die Luft im Flur ist stickig, so heiß wie in einem Krankenhaus und komplett ohne Sauerstoff. Wahrscheinlich könnte ich jetzt noch nicht mal tief genug einatmen, um zu schreien, selbst wenn ich wollte.

Aber ich will auch gar nicht. Das wäre verrückt. Sahara hat Meggie mit Sicherheit genauso wenig ermordet wie Tim. Sie sind nur Studenten. Zuschauer.

»Irgendwas ist hier anders«, sage ich und bin überrascht, wie hoch meine Stimme klingt. Dann sehe ich auf den grauen Beton unter meinen Füßen. »Was ist denn mit dem Teppich passiert?«

»Der ist bei der Spurensicherung«, erklärt Sahara. »Krieg keinen Schreck, die haben ziemlich viel mitgenommen.«

Sie steckt den Schlüssel in die Tür von Zimmer A und stößt sie auf. »Nach dir. Wenn du willst.«

Oh Gott, warum habe ich mich bloß von ihr hierherschleppen lassen? Ich will nicht, dass sie hinter mir steht. Sie könnte …

Ich spüre einen harten Schubs im Kreuz und stolpere gegen die Tür, die nun ganz aufschwingt. »Aua.«

»'tschuldige, Alice. Manchmal merke ich einfach nicht, wie viel Kraft ich habe.«

Meggies Zimmer ist komplett ausgeräumt.

Es ist kein Zimmer mehr, sondern eine Zelle – der Boden aus demselben harten grauen Beton wie im Flur, die Wände schmutzig beige, mit helleren Flecken dort, wo ihre Möbel standen und die Pinnwand hing. Wie Geister. Alles Weiche ist fort – die Vorhänge, das Bett, der Teppich. Als ich die Tür zu der winzig kleinen Nasszelle öffne, über die alle Studenten jammern, weil man darin nicht duschen kann, ohne die Klopapierrolle komplett zu durchweichen, sind die Toilette, das Waschbecken und die Plastikwände der Dusche entfernt worden.

Aber es ist nicht die Kargheit dieses Ortes, die mich so trifft. Es ist das Gefühl, das der Raum mir vermittelt.

»Du kannst es auch spüren, stimmt's, Alice?«

Ich fahre herum. Saharas Blick bohrt sich förmlich in mich, obwohl sie zumindest keine Axt oder ein Kissen oder so in der Hand hat und auch ihre Tasche nicht genug Platz dafür bietet.

Ich schüttele den Kopf. »Was?«

»Wie eine Aura, oder?«

»Nein«, lüge ich. Ihr gegenüber will ich gar nichts zugeben. Selbst wenn sie nichts mit dem Mord an meiner Schwester zu tun hat, scheint sie irgendeine seltsame Art von Befriedigung aus Meggies Tod zu ziehen.

Das Schlimme ist nur, dass Sahara recht hat. Der Raum hat wirklich so etwas wie eine Aura, auch wenn Meggie sich über diesen Eso-Quatsch-Ausdruck kaputtgelacht hätte. Irgendetwas Böses ist in diesem Raum oder zumindest eine tiefe Dunkelheit, trotz der Sonnenstrahlen, die durch das verschlossene Fenster hereinströmen.

Selbst wenn ich nicht wüsste, dass meine Schwester an diesem Ort gestorben ist, könnte ich die vollkommene Abwesenheit von allem, was gut und schön ist, spüren. Aber liegt es an diesem Raum oder an Sahara? Ich versuche, das Gefühl zu deuten, einen Hinweis auf das zu finden, was geschehen ist. Wer es getan hat.

Ich höre Wellen. Die Wellen des Soul Beach. Mittlerweile ist das Geräusch fast beruhigend, weil es immer da ist, sobald ich die alltäglichen Geräusche des wahren Lebens ausblende. Aber ich könnte schwören, über dem Rauschen und Gurgeln des Meerwassers Gelächter zu hören. Ist es Meggie? Nein, dafür klingt es zu grausam. Es muss jemand anderes sein.

»Alice?«

Ich falle, falle durch die Dunkelheit, und obwohl ich verzweifelt versuche, die Augen zu öffnen, ist es, als hätte jemand mein Gesicht mit irgendetwas bedeckt und würde mir dieses Etwas nun fest auf Mund und Nase pressen, sodass ich keine Luft mehr bekomme. Alles ist dunkel und ich schmecke und rieche nur Schwärze, den feuchten, lehmigen Gestank von Erde auf meinem Gesicht und in meinem Haar und …

»Tut mir leid, aber ich muss das machen.«

Plötzlich spüre ich einen Schmerz an der Wange, so heftig, dass ich die Augen aufreiße. Die Dunkelheit und das höhnische Gelächter sind verschwunden und alles, was ich sehe, ist Sahara, die Hand halb erhoben und mit einem entschuldigenden Ausdruck auf dem Gesicht.

»Du hast mich geschlagen!«

»Ist ja nicht so, als würde mir das Spaß machen!«, zischt sie. »Aber du warst mit einem Mal so komisch und bist hin und her geschwankt und dann hast du angefangen, dir das Gesicht zu zerkratzen …«

Ich sehe auf meine Finger hinunter, sie sind gekrümmt wie Krallen. Fast erwarte ich, Erde unter den Nägeln zu sehen.

»Was war los, Alice? Hast du gespürt, was mit Meggie passiert ist?« Sie klingt eher neugierig als besorgt. Plötzlich erscheint mir meine Vorstellung von ihr als Mörderin nur noch absurd.

Ich schüttele den Kopf. »Nein, natürlich nicht. Das war nur der Weißwein.«

Die Enttäuschung in ihrem Blick regt mich so auf, dass ich ihr am liebsten auch eine Ohrfeige verpassen würde. Jetzt fühle ich mich zwar in Sicherheit, aber ich bin unglaublich wütend auf sie, genauso wie auf mich selbst, weil ich mitgekommen bin und mich so habe gehen lassen.

»Ich will hier weg, Sahara. Aber nicht, bevor du diesen verdammten Schlüssel losgeworden bist. Es ist nicht richtig, dass du den hast. Außerdem könntest du so Beweise zerstören, die sie vielleicht noch nicht gefunden haben.«

Sie drückt den Schlüssel besitzergreifend an ihre Brust. »Nein.«

»Wenn du ihn mir nicht gibst, sage ich es der Univerwaltung.«

Sahara blickt mich finster an. »Das würdest du nicht machen.«

»Und ob. Das tut dir mit Sicherheit nicht gut. Wie oft schleichst du dich hierher?«

Sie zuckt mit den Schultern. »Einmal die Woche vielleicht. Ich rede mit Meggie.«

Ich halte ihr die Hand hin. Mit einem Mal fühle ich mich viel älter als sie. »Sie ist tot, Sahara. Sie kann dich nicht mehr hören.« Die Finger meiner anderen Hand halte ich hinter dem Rücken gekreuzt.

»Du bist gemein. Und außerdem machst du einen Fehler«, sagt sie, doch ihre Hand schiebt sich trotzdem auf meine zu und lässt schließlich den Schlüssel hineinfallen. »Du musst hinter uns abschließen. Sonst merken sie, dass jemand hier war.«

Als wir uns zum Gehen wenden, werfe ich einen letzten Blick zurück in den Raum und spüre erneut die Dunkelheit auf mich einstürzen. »Niemand sollte hierher zurückkommen, Sahara. Niemand.«

Danach tue ich so, als bräuchte ich dringend einen Kaffee, und natürlich bietet Sahara an, mich zu begleiten, aber ich zische nur: »Allein«, und sie kapiert es endlich. Ich warte ab, bis ich sie durch das Tor zur Uni verschwinden sehe.

Ich sollte versuchen, Tim zu finden, aber wo fange ich am besten an? Ich könnte hier rumhängen und auf Adrian warten und ihm dann zu ihrer gemeinsamen Wohnung folgen. Oder mich in den alternativen Cafés rumdrücken, die Tim immer so gemocht hat. Aber die Chancen, dass einer dieser Pläne funktioniert, sind mehr als gering, und außerdem muss ich bald nach Hause, sonst will Mum wissen, wo ich war. Derzeit behält sie mich ziemlich genau im Auge und ich habe ihre Nachsicht schon bis zum Limit ausgereizt.

»Ich komme noch mal zurück, Meggie, versprochen. Ich werde ihn finden«, flüstere ich, beschämt über meine Schwäche. Doch jetzt, nachdem die Entscheidung getroffen ist, weiß ich, dass es die richtige war. Für meine Begegnung mit Tim muss ich gut vorbereitet sein und meine fünf Sinne unter Kontrolle haben und im Moment ist mein Kopf einfach zu voll mit Geistern und Ängsten, als dass ich die Antworten aus ihm herauskriegen könnte, die ich brauche. Stattdessen spaziere ich zur Themse hinunter. Der Schlüssel fühlt sich kalt an, so als würde er die warme Haut in meiner Handfläche abtöten. Die Wolken haben sich komplett aufgelöst und das Wasser ist still wie ein Spiegel und reflektiert die Wärme der Sonne.

Ich lehne mich über das Geländer und halte den Schlüssel über den Fluss. Jetzt muss ich nur noch loslassen.

Aber irgendetwas hat sich verändert. Ich wirbele herum, überzeugt davon, dass jemand hinter mir steht, doch nur ein paar Touristen sind in der Nähe, die trotz des Windes Eis essen. Verstecken kann man sich auch hier nirgends, dennoch werde ich das Gefühl nicht los, beobachtet zu werden.

»Geh weg«, flüstere ich. »Wer immer du bist.«

Das Gefühl verflüchtigt sich so schnell, wie es gekommen ist. Ich sehe erneut nach unten. Obwohl das Flusswasser sich kein bisschen zu bewegen scheint, höre ich wieder Wellen, diesmal aber klingt ihr Rauschen sanfter, beruhigender.

Ich will die Hand gerade öffnen, als ich ein Flüstern höre.

»Noch nicht, Schwesterherz. Warte noch. Die richtige Zeit wird kommen.«

Ohne dass ich groß darüber nachdenke, schließt sich meine Faust wieder um den Schlüssel und das eisige Metall lässt mich erschaudern.

37

Erschöpft und niedergeschlagen steige ich wieder in den Zug. Den ganzen Heimweg über bemühe ich mich, nicht einzunicken, aber mein Kopf sinkt immer wieder nach vorn und die kurzen Augenblicke, bevor ich wieder aufschrecke, sind erfüllt von grotesken Bildern: Meggies rotes geschwollenes Gesicht, Dannys unversehrter, aber lebloser Körper in einem Schleudersitz mitten in der Wüste, Tritis Schädel, deutlich sichtbar unter ihrer Haut, die blassblau wie Luftpostpapier wirkt.

Ich hätte nicht hinfahren sollen.

Und doch gibt mir der Schlüssel in meiner Tasche das Gefühl, etwas erreicht zu haben. Ich weiß nur noch nicht, was.

Ich renne vom Bahnhof nach Hause – jetzt hat es auch keinen Sinn mehr, wieder zur Schule zu gehen. Ich will nur noch zurück an den Strand, wo meine toten Freunde ewig schön und lebendig sind. Ich will ihr Lachen hören, sie lächeln sehen.

Doch als ich in unsere Straße einbiege, sehe ich einen Mann auf unserer Gartenmauer sitzen. Das muss ein Journalist sein. Schön, das passt mir eigentlich ganz gut. Nichts könnte mich jetzt mehr aufheitern als die Gelegenheit, einem dieser aufdringlichen Reporter mal ordentlich die Meinung zu sagen.

Erst, als der Kerl mich ansieht, wird mir klar, dass es Lewis ist.

»Stalkst du mich jetzt, oder was?«

Er steht auf. Oder sollte ich sagen, klappt sich auseinander? Er ist sogar noch größer, als ich ihn in Erinnerung hatte.

»Ich mag ja ein Nerd sein, aber ich bin noch lange kein Perverser, der junge Mädchen belästigt.«

Trotz oder vielleicht gerade nach allem, was heute passiert ist, bringt mich das zum Lächeln, aber ich bemühe mich um ein strenges Gesicht. »Und was willst du dann hier?«

»Ich habe Robbie versprochen, es noch mal zu versuchen.«

»Wenn du meinst, du hast Superkräfte, bitte.«

Er lächelt. »Tja, manche behaupten das tatsächlich. Aber leider nicht unbedingt die Frauen. Er macht sich halt Sorgen um dich.«

»Ja, genau. So viele Sorgen, dass er mich abserviert hat.«

Jetzt sieht er mich an, wenn auch nur von der Seite. »Bei ihm klang es eigentlich mehr so, als hättest du ihm da keine große Wahl gelassen.«

Stimmt das?

»Wie lange wartest du denn schon hier? Die Nachbarn sind ganz schön angepisst, weil hier ständig so viele Leute rumhängen, die nicht ins hübsche Siedlungsidyll passen. Zuerst die Polizei. Dann die Presse. Und jetzt du. Wenn du nicht aufpasst, kriegst du gleich eine einstweilige Verfügung verpasst.«

»Ungefähr 'ne Stunde. Dachte mir, ich erwische dich, wenn du von der Schule nach Hause kommst. Aber wie's aussieht, bist du ein bisschen spät dran …« Lewis wirft mir einen vielsagenden Blick zu. Er weiß, dass ich blaugemacht habe. Was weiß er sonst noch? »Ich könnte jetzt ein Glas Wasser oder so gebrauchen.«

Seufzend schließe ich die Haustür auf und rufe »Mum?«, aber es kommt keine Antwort. Ich sehe Lewis an und lasse die Tür gerade lange genug offen stehen, dass er reinkommen kann.

Er folgt mir in die Küche, wo ich ein Glas vom Abtropfbrett nehme und es mit lauwarmem Wasser aus dem Hahn fülle. Er nimmt es entgegen, trinkt aber nicht.

»Also, was genau war letzte Woche an ›Ich brauche deine Hilfe nicht‹ so schwer zu verstehen?«

Lewis zieht die Stirn kraus. »Gar nichts. Ich hab dir bloß nicht geglaubt.«

»Oh.«

Er zieht sich einen Barhocker heran und setzt sich an den Küchentresen. Hier im Haus wirkt er sogar noch größer, noch selbstsicherer. »Ich habe deine Schwester gekannt. Flüchtig jedenfalls.«

»Na und? Halb Großbritannien denkt, es hätte meine Schwester gekannt.«

»Gutes Argument. Aber weißt du, wir waren in derselben Stufe, unsere Freundeskreise haben sich überschnitten. Wie bei einem Kreisdiagramm.«

»Wow, du hast wirklich nicht übertrieben, als du gesagt hast, du wärst ein Nerd, was? Also wart ihr befreundet?«

»Nein, das eigentlich nicht. Ich hab sie eher aus der Ferne angehimmelt, wie die meisten Typen hier. Sie hat ihr Leben, so kurz es auch war, in vollen Zügen genossen. Zu sehen, wie du dich aus deinem zurückziehst und dich von deinen Freunden abwendest, hätte sie schrecklich gefunden.«

Da kann man mal sehen, wie gut du dich auskennst, denke ich. Meggie und ich wissen genau, was wirklich wichtig ist: die Beziehung zwischen uns Schwestern. »Tu ich doch gar nicht.«

»Robbie findet das schon. Und Cara auch. Zwei zu eins also. Nerds wie ich wissen, dass Zahlen niemals lügen.«

Mein Gott, ist der hartnäckig. »Mal angenommen, es geht mir tatsächlich nicht so gut, was meinst du denn dagegen unternehmen zu können? Willst du Meggie vielleicht von den Toten erwecken?«

»Cara hat mir erzählt, dass das schon jemand anderes gemacht hat.«

Ich starre ihn an. Ich wünschte, ich hätte Cara nie irgendwas erzählt; ich darf auf keinen Fall riskieren, dass jemand der Wahrheit zu nahe kommt. Im besten Fall hält Lewis mich einfach bloß für eine Irre, die Stimmen hört oder so. Aber im schlimmsten Fall könnte er mich ernst nehmen.

»Ich habe eine blöde Scherz-Mail bekommen. Das war's.«

»Nur eine?« Er weiß, dass ich lüge.

»Okay, ein paar. Und als sie kamen, war ich gerade ziemlich fertig wegen der Beerdigung, deswegen hab ich ein, zwei Tage lang wirklich geglaubt, sie wären echt, okay? Was aber natürlich totaler Blödsinn ist. Ich bin doch schon dabei, das Ganze zu verarbeiten, aber nun mal in meinem eigenen Tempo. Die anderen müssen einfach ein bisschen mehr Geduld mit mir haben.«

Lewis sieht mich an, ein Teil seines Gesichts ist hinter seinem dunklen Haar verborgen. Ich kann nicht sagen, ob er wirklich so schüchtern ist oder ob er nur eine Show abzieht.

»Was?«, frage ich, als er nichts sagt.

»Ich bin mir nicht sicher, ob ich dir glauben soll, Alice. Aber wenn du alleine damit klarkommen willst, geht es mich wohl nichts an. Wenn du meinst, dass du das kannst …«

Kann ich es? Die Alternative wäre, jemand anderem zu vertrauen, so wie ich es heute Nachmittag bei der neurotischen Sahara versucht habe, aber das war ja nun kein allzu großer Erfolg.

Ein Schauder läuft mir über den Rücken. »Kann ich«, sage ich. »Aber danke, dass du fragst.«

Er sieht aus, als wollte er noch etwas sagen, dann aber steht er auf. »Schon okay. Danke für das Wasser.« Das immer noch unberührt auf der Arbeitsplatte steht. »Du musst mich nicht zur Tür bringen.«

Ich warte, bis ich sie hinter ihm zuschlagen höre. Endlich allein. Ich hatte erwartet, erleichtert zu sein, in Wirklichkeit aber bin ich immer noch nervös. Mum kommt bald nach Hause, deswegen muss ich schnell nach oben, außer Sichtweite, weil ich sie nicht darüber anlügen will, wie es heute in der Schule war. Vielleicht fühle ich mich ja nach einer Dusche ein kleines bisschen besser.

Als ich in den Flur gehe, sehe ich sofort die Visitenkarte auf der kleinen Konsole. Erst denke ich, sie ist von einem Taxiunternehmen, doch als ich sie in die Hand nehme, fühlt sich das Papier für so etwas zu dick an. Ich sehe den Namen *Lewis Tomlinson* und eine Handynummer, chromfarben eingestanzt vor einem dunkelblauen, leicht angerauten Hintergrund. Teuer.

Ich drehe das Kärtchen um. *Ruf mich an, jederzeit. Ich weiß, ich könnte dir helfen. L.*

Ja, klar. Ich stecke mir die Karte in die Tasche. Anrufen werde ich ihn auf keinen Fall, aber ich muss die Karte irgendwo außerhalb des Hauses loswerden, denn das Letzte, was ich jetzt gebrauchen kann, ist, dass Mum sie im Müll findet – sie durchsucht immer mal wieder die Abfalleimer, um über Dads grauenhafte Ess- und Trinkgewohnheiten im Bilde zu bleiben – und ein Verhör darüber anfängt, warum irgend so ein fremder Computernerd meint, mir helfen zu müssen.

Bis zu jenem Abend habe ich nie die Kontrolle verloren.

Und seitdem auch nie wieder. Nicht der kleinste Hinweis darauf, dass es erneut passieren könnte. Bis heute.

Es war Meggie, die mich das erste Mal dazu getrieben hat, also ist es wahrscheinlich keine allzu große Überraschung, dass ihre Schwester dieses Gefühl wieder in mir wachruft. Die Ähnlichkeit zwischen den Schwestern ist zwar nicht offensichtlich, aber Gene sind eben so viel mehr als nur dieselbe Stupsnase oder Kinnlinie.

Sie zu sehen war so erfrischend. Womöglich ist sie sogar noch reizvoller als ihre Schwester, denn die kleine Alice hat keine Ahnung von ihrer Macht. Ihrer Aufgewecktheit. Ihrem Potenzial …

Aber ich werde nicht zulassen, dass das alles mich übermannt, nicht wie beim letzten Mal. Der Genuss ist so flüchtig und die Konsequenzen, das Versteckspiel, so ermüdend. Also darf ich die Kontrolle nicht verlieren. Ich muss aus meinen Fehlern lernen.

So ist es besser für alle. Ganz besonders für Alice Forster.

38

Am Strand riecht es so stark nach Rauch, dass ich erst mal nachsehe, ob sich mein Laptop überhitzt hat.

Nein. Nur wieder eine Halluzination.

Über dem Meer liegt eine Art Dunst, den ich zunächst der Hitze zuschreiben will, aber dann sehe ich, dass er eine gelbliche Tönung hat.

Das erste bekannte Gesicht, das mir auf dem Weg zu Meggies Palme begegnet, ist Tritis. Sie sitzt stocksteif im Sand und ignoriert alles um sich herum. Ich überlege, ob sie vielleicht Yoga macht, aber dann bemerke ich die Tränen, die ihr die Wangen hinunterrinnen.

»Triti! Was ist passiert?«

Sie starrt weiter vor sich hin. »Nichts.«

»Das sieht aber nicht aus wie nichts. Soll ich einen von den anderen holen gehen?«

Sie wirft mir einen gehetzten Blick zu. »Nein! Nein, die habe ich mit meinen Problemen sowieso schon zu Tode gelangweilt.«

Ich setze mich neben sie in den Sand. »Aber mich noch nicht.«

Ihre Hände liegen ineinandergekrampft in ihrem Schoß. »Es ist nichts.«

»Hey, hat deine Schallplatte einen Sprung, oder was?«, frage ich lächelnd.

Sie sieht mich mit ihren großen braunen Augen ausdruckslos an. »Hier. Das alles. Dasselbe Nichts, jeden einzelnen Tag, in alle Ewigkeit. Ich ertrage es einfach nicht mehr.«

Ich blicke in den Sand hinunter, versuche verzweifelt, dem Nichts eine positive Seite abzugewinnen. Der Rauchgeruch wird immer stärker und ich begreife, was der Ursprung ist: Schwarzpulver. »Aber es ist doch gar nicht immer dasselbe, Triti. Was ist denn mit dem Feuerwerk? So glücklich habe ich dich noch nie gesehen.«

»Ja, ganz genau.« Sie speit die Worte geradezu aus. »Hin und wieder mal ein paar Raketen. Toll! Vielleicht kriegen wir ja zu Weihnachten sogar einen Truthahn, wenn wir nur laut genug danach schreien.« Sie starrt rauf in den Himmel, als befände sich dort die Macht über das alles.

Ich würde ihr so gern Fragen über ihre Vergangenheit stellen, aber ich wage es nicht, aus Angst, von der Homepage verbannt zu werden. Meine Schwester steht nun mal an erster Stelle, obwohl ich am liebsten selbst in Tränen ausbrechen würde, wenn ich Triti so sehe.

Schließlich sage ich: »Meggie hat es mir erzählt. Das, was mit dir passiert ist.«

»Tja, hier hat eben jeder seine ganz persönliche Tragödie. Meine ist auch nicht schlimmer oder weniger schlimm als die von allen andern. Nur, dass ich mir das selbst angetan habe, stimmt's? Ich habe überhaupt kein Recht, hier rumzujammern.«

»Aber irgendwas hat dich doch dazu getrieben, Triti. So was tut man nur, wenn man sehr verzweifelt ist.«

Bin ich zu weit gegangen? Beinahe rechne ich damit, dass der Strand in der nächsten Sekunde verschwindet.

Triti lacht sarkastisch. »Verzweifelt? Oder nur so egoistisch, dass man daran verzweifeln könnte? Ich bin kein Opfer, außer vielleicht das meiner eigenen Eitelkeit. Oder Blödheit.«

»Aber so simpel kann es doch nicht sein. Vielleicht würde es dir ja helfen, mit ein paar von den anderen Leuten hier darüber zu reden, denen dasselbe passiert ist?«

»Anderen Magersüchtigen? Die sind mir noch nicht begegnet.«

»Aber wenn du hier bist, muss es doch noch andere geben! Oder vielleicht Selbstmörder?«

Sie zuckt mit den Schultern. »Ja, die gibt es schon. Aber nicht so viele, wie ich anfangs gedacht habe. Nur weil man sich selbst um die Ecke bringt, kriegt man noch lange keinen Platz in der Ewigkeit, aber ich hab bis jetzt noch nicht raus, was der X-Faktor ist, der einem ein Ticket ins Paradies einbringt.« Es tut weh, die Bitterkeit in ihrer Stimme zu hören.

»Ich habe mich gefragt, ob es vielleicht etwas mit Berühmtheit zu tun hat? Oder zumindest Bekanntheit.«

»Ich bin nicht berühmt. Warum sollte irgendwer von mir gehört haben? Streberhafte Inderin stirbt an Magersucht. Bei uns an der Schule war Magersucht fast so verbreitet wie Akne. Damit wäre man wohl kaum in die Schlagzeilen gekommen.«

Ich will ihr sagen, dass man das aber sollte, dass ihre Geschichte einfach furchtbar ist. Aber mir ist klar, dass das zu vereinfacht, zu klischeehaft wäre.

Sie stößt einen erstickten Laut aus, ein unterdrücktes Schluchzen.

Wenn ich ihr doch nur helfen könnte.

Dannys Worte fallen mir wieder ein: *Hier kommt man nur weg, wenn das, weswegen man hier gelandet ist, aufgeklärt wird. Drüben in der wirklichen Welt.*

Und wenn ich versuche, die Umstände um Tritis Tod aufzuklären? Und rausfinde, indem ich die Theorie überprüfe, ob ich dasselbe auch für meine Schwester tun kann?

»Triti. Wenn es einen Weg hier raus gäbe, würdest du ihn dann nehmen?«

Das Schluchzen hört auf. »Sofort«, flüstert sie.

»Bitte mach dir keine große Hoffnungen oder so, aber vielleicht gibt es wirklich etwas, das ich versuchen kann. Wenn du dir ganz sicher bist. Ich glaube nämlich nicht, dass du dann noch umkehren könntest.«

»Oh, Alice.«

Zu spät wird mir klar, dass sie mir um den Hals fallen will, und wir beide sehen entsetzt zu, wie ihre Hand ins Leere greift und mit einem schmerzhaften Klatschen auf dem Sand aufkommt.

»Ich hab's vergessen«, sagt Triti und ihre Stimme klingt so klein und verzweifelt, dass sich eine tiefe Leere in mir auftut. »Aber glaub mir, ich war mir noch nie in meinem Leben so sicher.« Sie bringt ein angestrengtes Lächeln zustande. »Oder in meinem Leben nach dem Tod.«

Vielleicht bin ich ja verrückt, ihr so ein Angebot zu machen – zu glauben, dass eine Sechzehnjährige überhaupt irgendetwas ändern könnte –, aber ich weiß, dass ich sie nicht so weiterleiden lassen kann. »Es gibt keine Garantie, Triti, ich könnte auch total falschliegen. Dann passiert gar nichts. Aber ich werde es versuchen, das verspreche ich dir.«

»Danke.« Sie nickt und schließt die Augen und wirkt plötzlich sehr weit weg, obwohl wir immer noch direkt nebeneinandersitzen. Wahrscheinlich sollte ich sie um mehr Informationen bitten, doch die Angst, vom Strand verbannt zu werden, ist allgegenwärtig. Und wenn ich nicht mehr wiederkommen darf, kann ich weder Triti noch Meggie noch mir selbst helfen. Ich muss die Sache langsam angehen.

Ich stemme mich vom Sand hoch, um nach den anderen Ausschau zu halten. Sie warten bestimmt schon auf mich. Doch als ich mich auf den Weg Richtung Steg mache, wünsche ich mir, ich könnte mir einfach mal einen Abend freinehmen.

Nach diesen wenigen Minuten mit Triti kommt mir hier alles anders vor. Trostloser. Ich werde meine gesamten Schauspielkünste aufbieten müssen, um zu lachen und zu scherzen, als wäre Soul Beach ein einziges Paradies.

39

Meine Cousine Laurel ist sturzbetrunken, aber niemand stört sich daran. So ist das nun mal, wenn man einundzwanzig wird. Hier in der realen Welt ist eine Party keine echte Party, wenn man sich noch daran erinnern kann.

Ihre jüngere Schwester Stacie tritt neben mich. »Langsam sieht sie echt aus wie eine Barbie«, schnaubt sie und nickt in Richtung Laurel.

Angesichts Stacies künstlicher Bräune, künstlicher Fingernägel und, ganz neu, künstlicher Brüste, die sie von ihrem Stiefvater zum achtzehnten Geburtstag bekommen hat, liegt in dieser Aussage eine gewisse Ironie.

»Hauptsache, sie hat Spaß.« Oben auf der Bühne wankt Laurel auf ihren silbernen High Heels vor und zurück. Ich würde nicht darauf wetten, dass sie noch lange aufrecht bleibt.

Stacie und Laurel sind die Töchter von Dads Schwester – die etwas prollige Seite der Familie –, doch obwohl wir unterschiedlicher nicht sein könnten, sind Meggie und ich immer gut mit ihnen ausgekommen.

»Wo hast du denn sexy Robbie gelassen?«, erkundigt sich Stacie.

Ich zucke mit den Schultern. »Keine Ahnung. Wir haben Schluss gemacht.«

Sie reißt die Augen auf. »Ist nicht dein Ernst! So einen darfst du doch nicht entwischen lassen.«

Ganz offensichtlich ist sie der Meinung, dass Robbie viel zu heiß für mich war und ich nie wieder so einen tollen Typen abkriegen werde. »Im Moment sind einfach andere Sachen in meinem Leben wichtiger.«

»Ja, ich weiß, aber … Alice, du brauchst nur den richtigen Kerl, der dir hilft, das alles zu vergessen. Einer, bei dem du an nichts anderes mehr denken kannst, wenn du mit ihm zusammen bist, noch nicht mal an Meggie. Je schneller du so einen findest, desto besser.«

Bei Stacies Begeisterung für alles Künstliche ist ihr Vertrauen in die wahre Liebe eine ziemliche Überraschung.

»Ist das so bei dir und David?«, will ich wissen.

Ein seltsam benebelter Ausdruck tritt in ihre Augen, sie wirkt regelrecht bekifft. »Bevor ich David kennengelernt habe, war ich nur ein halber Mensch. Erst jetzt fühle ich mich richtig vollständig. Ich kann es gar nicht erwarten, dass er aus Kabul zurückkommt. Ich habe das Gefühl, er will mir vielleicht einen Heiratsantrag machen.«

David ist Soldat – Stacie war schon immer davon überzeugt, dass sie eines Tages einen Mann in Uniform heiraten würde.

»Siehst du, und so war es mit Robbie nie«, erkläre ich. »Natürlich war er lieb und nett und total süß, aber –«

»War es nie so, dass du jeden Witz, den er gemacht hat, für den lustigsten auf der ganzen Welt gehalten hast?«

»Doch, schon. Am Anfang.«

»Okay. Und hat die Welt stillgestanden, wenn du mit ihm zusammen warst?«

»Nein.«

»Hast du nie davon geträumt, wie eure Kinder wohl aussehen würden? Gewusst, dass du so ziemlich alles andere aufgeben würdest, nur um mit ihm zusammen zu sein?«

Ich lache ein bisschen in mich hinein. Das klingt ja wie aus einem schwülstigen Liebesfilm.

»Nein.«

»Warst du außer dir vor Eifersucht, wenn du beobachtet hast, dass ein anderes Mädchen mit ihm redet?«

»Na ja, ein bisschen genervt vielleicht.«

»Wolltest du ihr nicht die Augen auskratzen oder eine reinhauen?«

Ich muss schmunzeln. »Nein.« Aber ein Teil von mir ist tatsächlich ein bisschen eifersüchtig, dass das Leben für Stacie so schön schwarz-weiß ist.

Sie legt mir die Hand auf die Schulter. »Dann okay. Wenn er nicht der Richtige war, ist es egal, wie süß er ist.«

»Glaubst du wirklich, dass jeder Mensch einen Seelenverwandten hat? Nur den einen, ohne Kompromisse?«

»Klar.«

»Aber Leute verändern sich doch, oder? Ich weiß zumindest, dass ich eine völlig andere Alice bin als vor Meggies Tod.«

»Der Richtige wird dich trotzdem lieben, auch wenn du dich veränderst.«

»Es kommt mir einfach ein bisschen willkürlich vor, zu glauben, dass es nur den Einen gibt. Was, wenn wir uns nie begegnen?«

»Jetzt klingst du schon wie meine Mum. Sei nicht so zynisch, Alice, das können Jungs gar nicht leiden. Wenn du ihn findest, wirst du schon verstehen, was ich meine. Versprochen. Dann sagst du: Verdammte Kacke, Stacie hatte total recht.« Und sie lächelt mich so weise an, als wäre sie zehn Jahre älter als ich und nicht bloß dreizehn Monate.

»Danke.« Ich sage ihr nicht, was ich denke: dass ich den Richtigen überhaupt nicht mehr finden will, weil einem alles so sinnlos vorkommt, wenn man weiß, dass außer dem Strand nichts für immer ist. Und dass diese Ewigkeit etwas ist, das ich noch nicht mal meinem ärgsten Feind wünschen würde.

Manchmal will ich es den Leuten einfach erzählen, sie vor dem warnen, was vor ihnen liegt, damit sie das Beste aus dem Augenblick machen.

»Nur, Alice, sei mir nicht böse, aber ich glaube, du würdest ihn früher finden, wenn du mal was mit deinen Haaren anstellen würdest und zusiehst, dass du ein bisschen Farbe ins Gesicht kriegst. Ich meine, wir wissen alle, was du durchgemacht hast, und wir machen uns auch echt Sorgen, aber du bist so was von blass.«

»Wir haben Ende Oktober, Stacie. Natürlich bin ich blass.«

»Na und? Schon mal was von Selbstbräuner gehört? Mein Gott, ich wette, du willst im Winter auch von Wachs nichts wissen, oder?« Sie wirft einen entsetzten Blick auf meine Jeans, als fürchte sie, dass sich darunter ein regelrechter Dschungel aus Haaren verbirgt. »Es ist halt nur so, man kann nie wissen, wann man dem Richtigen begegnet. Oder wo. Also muss man immer super aussehen, nur für den Fall. Du wirst mir noch dankbar für diesen Rat sein, Alice.« Und mit diesen Worten vollführt Stacie eine elegante Drehung, die sie selbst bei *Let's Dance* eine Runde weiter gebracht hätte, und stürmt gerade noch rechtzeitig auf die Bühne, um ihre große Schwester vor einem Sturz auf die darunterliegende Tanzfläche zu bewahren.

40

Nach all dem Kitsch der Geburtstagsparty kann ich am Strand regelrecht aufatmen. Irgendwie wirken sogar die Gäste natürlicher und außerdem macht mich hier keiner blöd an, weil ich nicht orange oder enthaart genug bin.

»Hey, Alice, schön dich zu sehen.« Danny sitzt unter unserer Palme und spielt Solitär. Sein Lächeln ist so breit, dass es sogar für einen Moment die schreckliche Sehnsucht in seinen Augen überstrahlt. Aber nur für einen Moment.

»Na, schwer beschäftigt?« Ich setze mich hin, mit dem Rücken zum Wasser.

»Klar, ist der reinste Stress hier.« Sein Lächeln versiegt und eine Sekunde lang sehe ich nichts als Verzweiflung. Geht es allen hier so, hinter ihrem Grinsen und den Witzen?

Ich drehe mich nun doch zum Strand um, wo die hübschen Mädchen und Jungs einander im flachen Wasser nass spritzen. Es ist ein wunderschöner Tag. Ich meine, hier ist natürlich jeder Tag wunderschön, aber heute leuchtet der Himmel ganz besonders unerträglich blau und die Meeresbrise bietet genau die richtige Menge Linderung angesichts der Hitze.

Die Meeresbrise? Wie in aller Welt kann ich die spüren, wenn ich doch hier in meinem stickigen, beheizten Zimmer meilenweit entfernt von der See sitze?

»Kann ich dich was fragen, Danny?«

»Klar.«

»Es geht um Triti.« Er nickt mir aufmunternd zu, also rede ich weiter. »Am Wochenende habe ich mich mit ihr unterhalten, bevor ich euch andere gefunden habe. Sie wirkte so … hoffnungslos.« Er sammelt die Karten auf, die ausgebreitet auf dem blau karierten Strandtuch liegen. »Wir haben alle versucht, ihr gut zuzureden. Zuerst Javier, dann Meggie. Dann ich. Ich bin immer die allerletzte Option.« Er lacht. »Nicht gerade ein Experte im Aufheitern.«

»Und, was ist dabei rausgekommen?«

Er mischt die Karten neu. »Javier hat's mit ein paar Witzen probiert. Meggie hat die guten Seiten am Paradies aufgezählt. Ich war einfach ehrlich. Habe ihr gesagt, dass wir alle mal einen schlechten Tag haben, genau wie früher, als wir noch am Leben waren. Dass wir unter unseren superscharfen Körpern und den Klamotten, die nie gebügelt werden müssen, immer noch genau dieselben Menschen sind.«

»Glaubst du das wirklich?«

Er sieht zu mir auf. »Na sicher. Was immer wir verdammt noch mal auch sind, Engel jedenfalls nicht. Um das zu wissen, muss man ja nur mal Javier ein paar Minuten zuhören.«

Ich lächele. »Stimmt. Er hat wirklich nichts Engelhaftes an sich.«

»Ich bin auch nicht netter. Du brauchst nur ein bisschen an der Oberfläche zu kratzen und schon kommt ein Snob zum Vorschein. Ich bin in einer Familie aufgewachsen, die sich stets für besser als alle anderen gehalten hat. Aber seit ich hier bin, fällt es mir wirklich schwer, mich den Sportleridioten und den Männermodels und Bikinigirls gegenüber nicht allzu herablassend zu verhalten.«

Sein Tonfall verunsichert mich. »Mir gegenüber auch?«

Er sieht mich mit festem Blick an. »Nein, Alice. Du bist anders.«

Seine Direktheit lässt mich erröten. Ich sehe weg. »Bin ich das? Ich meine, abgesehen davon, dass ich im Bikini nicht so knackig aussehe, wo liegt der Unterschied?« Doch als ich den Kopf wieder hebe, sieht Danny mich immer noch an.

»Musst du das wirklich fragen?«

»Sonst hätte ich es doch nicht gerade getan, oder?«

»Es hat nichts mit Bikinis zu tun.« Er mischt die Karten noch einmal durch. »Abgesehen von allem anderen bist du am Leben.«

»Ach so. Das.« Ich lache. »Tut mir leid.«

»Nein, nicht nur das ...« Danny scheint über etwas nachzudenken. Er schüttelt den Kopf. »Ach, reden wir lieber wieder über Triti, okay? Das ist viel einfacher. Ihr geht's einfach gerade nicht so gut. Überleg doch mal. Als ihr das Leben zu viel wurde, aus welchem Grund auch immer, hat sie beschlossen, immer und immer weiter zu schrumpfen, bis sie einfach nicht mehr da war.«

Wie kann er die Entscheidung, sich zu Tode zu hungern, so beschreiben, als wäre das nichts Wilderes, als seine Leistungskurse auszuwählen?

»Was für eine Art von Beschluss soll das denn sein? Was ist mit ihrer Familie?«

Danny runzelt die Stirn. »Vielleicht war es ja gerade ihre Familie, die sie irgendwie dazu getrieben hat. Wer weiß? Ich will nur sagen, hier gibt es nichts als vollkommen unwichtige Entscheidungen. Was für ein T-Shirt man heute anzieht. Ob man unter dieser oder jener Palme abhängt. Verdammt, noch nicht mal das Thema Essen verlangt einem eine wirkliche Entscheidung ab, wenn man niemals Hunger hat. Triti sitzt hier fest. Wir alle wissen, dass sie das akzeptieren muss, aber das macht es auch nicht leichter.«

»Und wenn sie es niemals akzeptiert? Wenn sie das einfach nicht kann?«

»Ich habe diesen Ort nicht entworfen, Alice. Wenn es so wäre, dann hätte ich mit Sicherheit eine Game-Over-Option eingebaut, für die Leute, die es nicht mehr aushalten. Okay, dann wären irgendwann nur noch die Sportleridioten und Bikinigirls übrig, weil jeder mit einem IQ, der größer ist als sein Brustumfang, früher oder später den Ausweg wählen würde. Und zurück bleibt ein Paradies für Trottel …«

»Das war jetzt wirklich herablassend, Danny.«

»Daran sieht man nur, wie entspannt ich in deiner Gegenwart bin, Baby.«

Seltsam, wie gut ich mich fühle, wenn ich so was von ihm höre. Aber ich verscheuche den Gedanken schnell. »Baby?«, frage ich spöttisch.

»So nenne ich alle Mädchen.«

»Sag mal, flirtest du etwa mit mir, Daniel?«

Die Karten, die er gerade gemischt hat, fliegen ihm explosionsartig aus den Händen und segeln zu Boden. Er hält den Kopf gesenkt, während er sie wieder aufsammelt. »Das würde ich doch nie wagen. Na ja, was Triti angeht, mit dem Feuerwerk haben sie einen ganz dummen Fehler gemacht. Sie haben ihr das Gefühl gegeben, sie könnte irgendwas kontrollieren. Das ist schlecht für alle hier. Es … stört den Ablauf. Darum ist das Wetter heute auch so gut, denke ich.«

»Genau, im Gegensatz zu all den anderen Tagen, an denen die

Sonne scheint«, erwidere ich und tue so, als hätte ich es nicht selbst bemerkt.

Er beugt sich vor. »Nein. Heute ist es anders«, flüstert er. »Das ist so eine Sache, die mir aufgefallen ist. Die benutzen das Wetter hier. Wenn alle unruhig sind, lassen sie es so heiß werden, dass es uns einen Dämpfer verpasst. Und jetzt überhäufen sie uns mit Glückseligkeit.«

»Sie?«

Er schüttelt den Kopf. »Sie? Gott? Deine eigene kranke Fantasie? Wer weiß das schon? Aber hey, Alice, wenn das alles nur deine kranke Fantasie ist, könntest du dir nicht mal ein, zwei Computerspiele für mich vorstellen? *Grand Theft Auto* fehlt mir nämlich ganz schön.«

Ich lache. Sein Humor sorgt dafür, dass es mir gleich besser geht. Wenn ich bei Meggie bin, fühle ich mich verantwortlich für sie, besonders seit ich beschlossen habe, ihr zu helfen oder es zumindest zu versuchen. Aber mit Danny ist es, als würde er sich um mich kümmern.

»Ich fürchte, da kann ich nicht viel machen. Aber … na ja, du kennst ja deine Theorie. Dass man in der echten Welt etwas unternehmen kann, das hier etwas bewirkt?«

Danny hört auf zu lachen. »Mmh?«

»Ich glaube, es ist an der Zeit, dass ich die mal überprüfe. Vielleicht kann ich Triti ja wirklich helfen.« Ich rede nicht weiter, für den Fall, dass es Unglück bringt oder ich von der Seite verbannt werde.

»Weißt du was, Alice? Wenn du das ernst meinst, dann macht dich das sogar noch besonderer. Ich glaube, du bist so ziemlich der einzige Mensch, der Triti aus der Ewigkeit retten kann.«

41

Ich kämpfe darum, meine Augen offen zu halten, aber zum Schlafen bin ich trotzdem zu aufgeregt. Ich muss nachsehen, was ich über Triti herausfinden kann. Und nach dem, was Danny gesagt hat, fühle ich mich, als wäre ich wichtig. Wie etwas Besonderes. Zum ersten Mal seit Ewigkeiten – vielleicht auch zum ersten Mal in meinem ganzen Leben – kann ich vielleicht tatsächlich etwas bewirken.

Ich ziehe meinen Laptop auf die Bettdecke. Meine Nachttischlampe ist aus, damit Dad kein Licht unter der Tür hindurchscheinen sieht, wenn er um zwei Uhr zu seiner allnächtlichen Wanderung durchs Haus aufbricht. Im Licht des Bildschirms surfe ich durchs Internet.

Google verrät mir, dass Triti ein Hindu-Name ist, der *besonderer Moment* oder *Wunsch* bedeuten kann. Aber als ich der Suche *Magersucht* hinzufüge oder *Schülerin London*, erscheint nichts. Ich kann doch nicht jetzt schon aufgeben, besonders nach dem, was Danny gesagt hat: Ich sei der einzige Mensch, der …

Vielleicht befinde ich mich ja auf der ganz falschen Fährte. Triti hat selbst gesagt, sie sei ein Niemand gewesen, aber was hält die Gäste eigentlich davon ab, Geschichten zu erfinden, sich eine völlig neue Identität zuzulegen, wenn sie am Strand ankommen? Tote Menschen können schließlich immer noch lügen und betrügen.

Wie hat Danny es noch ausgedrückt? *Was immer wir auch sind, Engel jedenfalls nicht.*

Mir schwirrt der Kopf. Der Mensch, über dessen Todesumstände ich am meisten weiß, ist Danny, also sehe ich mir die Nachrichtenmeldung über seine Beerdigung noch einmal an, falls ich beim ersten Mal irgendeinen Hinweis darauf verpasst habe, warum er am Soul Beach gelandet sein könnte.

Nichts zu machen: Da sind nur dieselben schluchzenden Klassenkameraden und derselbe respektvoll flüsternde Reporter und dieselben riesengroßen Fotos eines gut aussehenden, fröhlichen Danny Cross, der der Kamera sein millionenschweres Lächeln präsentiert.

Doch dann sehe ich unter *Ähnliche Berichte* einen neuen Eintrag.

Neuigkeiten im Fall Cross: Video aufgetaucht!

Ich klicke darauf. Die Seite lädt einen Moment, dann keuche ich auf.

Danny beim Grillen. Mit einem Mädchen.

»Dieses exklusive Video des Erben von Cross Enterprises, Danny Cross, zeigt zum ersten Mal, wie sehr der schreckliche Verlust nicht nur seine Familie trifft, sondern auch die vielen jungen Menschen, die Amerikas neuen Stern am Himmel der Geschäftswelt geliebt haben.«

Die Reporterin scheint sehr zufrieden mit ihrer *Enthüllung*, auch wenn es sich bloß um ein Handyvideo mit schlechter Auflösung und ruckeligem Bild handelt.

Danny hat den Arm um ein zierliches Mädchen mit kastanienbraunem Haar gelegt. Ist es das Mädchen von der Beerdigung? In dem Film war sie zu weit weg, um es mit Sicherheit sagen zu können.

»Küss sie, Dan. Ein Kuss für die Kamera!«, instruiert ihn der Typ mit dem Handy.

Danny zögert zuerst, aber dann beugt er sich vor und gibt dem Mädchen einen ganz kurzen, sanften Kuss auf den Mund.

»Diese Bilder, die nur Wochen vor dem Flugzeugabsturz aufgenommen wurden, bei dem der achtzehnjährige Daniel und der Pilot seines Vaters ums Leben kamen, zeigen einen selbstbewussten, glücklichen jungen Mann. Aber war es gerade dieses Selbstbewusstsein, das ihm zum Verhängnis wurde?«

Die Handykamera schwenkt von Danny zu ein paar anderen, nicht toten und nicht reichen Jugendlichen und der Bericht wechselt zu Bildern der verstreuten Wrackteile des Flugzeugs. Beim Aufprall hat sich die Maschine mit der Schnauze in den gelben Wüstensand gegraben, sodass das Heck emporragt wie eine verlassene Wippe.

Es folgt ein Interview mit einem Ermittler, der erklärt, die Zerstörung sei so heftig, dass sich vermutlich nie herausfinden lasse, was wirklich geschehen sei, aber es gebe Zeugen, die berichteten, Danny habe schon vor dem Abflug das Steuer übernommen.

Dann kann sich die Reporterin vor Aufregung kaum noch halten. »Und XCT Live News ist im Besitz eines weiteren exklusiven Fotos, das diese Berichte bestätigt.«

Ein Foto. Danny im Cockpit des Flugzeugs seines Vaters, das größer ist, als ich erwartet hatte: Die Luftaufnahmen des Wracks konnten die Dimensionen nicht vermitteln. Das Bild wurde von jemandem aufgenommen, der vor dem Flugzeug stand, und auf dem Platz neben Danny ist ein bulliger Mann mit einem zu breiten Lächeln zu sehen, der den Arm besitzergreifend über die Lehne des Pilotensitzes gelegt hat.

Irgendetwas an diesem ganzen Bericht verstört mich. Es ist dasselbe Gefühl wie damals, als das alles anfing und ich nicht aufhören konnte, auf Meggies erste E-Mail zu starren, ohne jedoch zu erkennen, dass die Zeit, zu der sie abgeschickt wurde, ihrem Todesdatum entsprach.

»Dieses Foto, aufgenommen am Nachmittag des verhängnisvollen letzten Fluges, erweckt den Anschein, dass Danny bereits vor dem Start beschlossen hatte, das Flugzeug seines Vaters zu steuern. Mit schrecklichen Konsequenzen für den Piloten, ihn selbst, seine Familie und, wer weiß, vielleicht sogar ganz Amerika?«

Zu den letzten Worten der Reporterin, einem übertrieben dramatischen Flüstern, das selbst Sahara nicht so perfekt hingekriegt hätte, wird noch einmal das Handyvideo gezeigt.

Ist es das Foto, das mir solches Unbehagen einflößt? Oder etwas anderes?

Die Meldung endet und ich klicke noch mal auf *Anfang*, diesmal aber schalte ich den Ton aus, nicht nur, weil ich der hysterischen Reporterin mittlerweile am liebsten den Hals umdrehen würde, sondern auch, um mich besser auf die Bilder konzentrieren zu können, falls mir irgendetwas entgangen ist.

Und als ich mir den Bericht noch einmal ansehe, wird mir klar, was mich so irritiert hat: *sie*. Das zierliche braunhaarige Mädchen – die Art, wie sie ihren zarten kleinen Arm um seine Taille gelegt hat, den Blick anhimmelnd auf ihren steinreichen Hauptgewinn gerichtet.

Da ist absolut nichts zwischen den beiden. Jeder Idiot kann das sehen. Diese dämliche Reporterin bläst die Geschichte nur maßlos auf.

Als Danny das Minimädchen küsst, verschwindet meine Wut

und wird durch ein anderes Gefühl ersetzt – das Gefühl zu fallen. War es so für Danny, als er zu Boden trudelte? Oder …

Bei der letzten Aufnahme, die in dem Moment einfriert, als seine Lippen auf ihre treffen, fällt mir wieder ein, was Stacie auf Laurels Party zu mir gesagt hat, und endlich ist mir alles klar. Wie kann ein Mädchen, das so gut in der Schule ist wie ich, im wahren Leben bloß so dämlich sein? Es ist gar nicht die Videoaufnahme. Es ist auch keine unheilvolle Vorahnung oder sonst ein mysteriöser Hinweis.

Es ist, schlicht und ergreifend, Eifersucht.

42

Mit einem Knall klappe ich den Laptop zu.

Stacies schmalzige Fragen rauschen mir in den Ohren, lauter, als die Wellen des Soul Beach es waren.

Hat die Welt stillgestanden, wenn du mit ihm zusammen warst?

Tut sie das? Die reale Welt bedeutet mir gar nichts, wenn ich am Soul Beach bin, aber bis jetzt dachte ich immer, das läge an dem Wiedersehen mit Meggie.

Könnte es sein, dass Danny der zweite Grund ist, aus dem es mich immer wieder dorthin zieht? Und wenn ja, was sagt das dann über mich aus?

Hast du nie davon geträumt, wie eure Kinder wohl aussehen würden?

Nein. Das wäre ja wohl mehr als seltsam.

Gewusst, dass du so ziemlich alles andere aufgeben würdest, nur um mit ihm zusammen zu sein?

Wenn ich mit Danny zusammen sein wollte, dann müsste ich gleich mein ganzes Leben aufgeben. So bescheuert bin ich nun auch wieder nicht.

Und doch, wie oft hatte ich in letzter Zeit den Gedanken, dass Soul Beach der einzige Ort ist, an dem ich sein will? Obwohl mir der Gedanke, was das bedeuten würde, von Anfang an eine Heidenangst eingejagt hat.

Warst du außer dir vor Eifersucht, wenn du beobachtet hast, dass ein anderes Mädchen mit ihm redet? Wolltest du ihr nicht die Augen auskratzen oder eine reinhauen?

Tja, dazu ein klares Ja. Also: zweimal Ja, einmal Vielleicht und einmal Nein. Stacie würde sagen, dass das auf keinen Fall ausreicht, um sich sicher zu sein.

Und ich? Ich liege hier im Dunkeln und denke an Danny und ich weiß, dass meine Gefühle, wenn ich mit ihm zusammen bin, eine Million Mal stärker sind als jemals mit Robbie.

Nein, streichen wir das. Es ist einfach ein völlig anderes Gefühl.

Mist. Sieht aus, als wäre ich gerade dabei, mich in einen Toten zu verlieben.

43

Am nächsten Morgen kommt mir das alles lächerlich vor: Natürlich bin ich nicht in Danny verliebt. Ich bin nur einsam und traurig und vielleicht hat das die Art peinliche Schwärmerei hervorgerufen, von der ich eigentlich angenommen hatte, seit der achten Klasse kuriert zu sein.

Trotzdem ist mir nicht nach meinem üblichen Strandspaziergang vor dem Frühstück zumute und so mache ich mich früher als sonst auf den Weg zur Schule. Es fällt niemandem auf. Dad ist schon unterwegs ins Büro – vermutlich, weil er da ungestört schlafen kann – und Mum führt irgendetwas im Schilde. Sie summt die ganze Zeit vor sich hin, das ist nie ein gutes Zeichen.

Als ich das Schultor erreiche, klingelt mein Handy. *Nummer unterdrückt.* Ich will schon die Mailbox rangehen lassen, als mir der panische Gedanke kommt, es könnte Meggie sein, die vor lauter Sorge, weil ich nicht am Strand aufgetaucht bin, von irgendeiner Art Soul-Beach-Nottelefon anruft.

»Alice? Bist du das?«

Eine Männerstimme. Und nicht falsch verbunden, sondern ein Mann, der meinen Namen kennt. Die vier Wörter fühlen sich an wie ein Tritt in die Rippen. Ich klappe beinahe zusammen.

»Wer ist da?«, flüstere ich, sobald ich wieder Luft bekomme.

Nervöses Lachen am anderen Ende. Ich will gerade auflegen, als der Mann sagt: »Ich bin's, Adrian. Saharas Freund. Weißt du noch, aus dem Pub?«

Meine Angst verwandelt sich in Ärger. »Ja, natürlich. Aber hättest du mir nicht eine SMS schreiben können? Ich hab schon genug am Hals, auch ohne dass ich mir über unbekannte Anrufer Sorgen machen muss.«

»Tut mir wirklich leid, dass ich mich so aus heiterem Himmel bei dir melde«, sagt er und es klingt, als meinte er es ernst, weshalb sich mein Herzschlag ein bisschen beruhigt. »Und ja, ich weiß, dass dir das hier wahrscheinlich ziemlichen Stress bereitet, aber ich habe jemandem ein Versprechen gegeben, das dir vielleicht auch helfen könnte.«

»Wie denn?« Ich bin skeptisch, obwohl er wirklich ehrlich klingt.

»Sahara hat mir erzählt, dass du eigentlich in Greenwich warst, weil du zu Tim wolltest?«

Muss diese dumme Kuh sich denn überall einmischen? »Das hätte sie dir gar nicht erzählen sollen.«

Die Augenblicke in Meggies Zimmer stürzen wieder auf mich ein: die Dunkelheit, die Panik. Ich will nie wieder dort hin, nie wieder mit Sahara reden. Aber wenn ich es nicht tue, werde ich niemals erfahren …

»Hör zu, du hast ja recht, vielleicht hätte sie es mir nicht sagen dürfen.« Seine Stimme klingt immer noch ganz ruhig. »Und, na ja, wahrscheinlich war es auch nicht ganz richtig von mir, es Tim gegenüber zu erwähnen, aber ich habe ewig lange darüber nachgedacht und am Ende habe ich es eben doch getan. Und … also, er will mit dir reden.«

Ich stolpere rückwärts, bis ich die Schulmauer in meinem Rücken spüre. Mit einem Mal ist sie das Einzige, was mir noch solide vorkommt. Was hat meine Schwester gesagt? *Er könnte dir vielleicht das eine oder andere sagen.*

»Tim? Wann? Ich kann sofort kommen.« Bevor er es sich anders überlegt.

»Langsam, Alice. So einfach ist es leider nicht. Er ist sich ziemlich sicher, dass die Polizei ihn beschattet.«

»*Was?*«

Ellie aus meinem Medienwissenschaftskurs kommt vorbei und lächelt mir zu. Mir wird klar, wie normal ich ausnahmsweise wirken muss. Wie Hunderte andere Mädchen, die noch schnell mit einem Jungen telefonieren, bevor sie zum Unterricht flitzen.

»Ich weiß nicht, ob es stimmt oder ob er nur paranoid ist, aber seit sie ihn nach dem Verhör wieder freigelassen haben, verfolgen ihn ein paar Männer, sagt er zumindest. Außerdem parkt da immer so ein Auto vor unserem Haus. Um ehrlich zu sein, mich macht es auch ziemlich nervös.«

Es ist eine absurde Vorstellung: Detektive, die Tim von der Bibliothek zum Supermarkt an der Ecke und von dort zu dem schmierigen Café folgen, das er Starbucks immer vorgezogen hat. Die müssen sich doch zu Tode langweilen. Es sei denn, ich habe mich in ihm getäuscht und in Wirklichkeit foltert er den ganzen Tag lang Tauben und bereitet sich auf den nächsten Mord vor.

»Mein Gott.«

»Das muss gerade ein ziemlicher Schock sein, nach allem, was du durchgemacht hast.« Seine Stimme klingt so freundlich.

»Ein bisschen schon, ja.« Mir fällt wieder ein, was Sahara gesagt hat – dass die beiden sich wegen Tim streiten. »Glaubst du, dass er es getan hat, Adrian?«

Pause.

Um mich herum huschen die letzten Schüler ins Gebäude, unter dem wachsamen Blick der stellvertretenden Direktorin, die immer besonders scharf auf ein paar neue Namen für ihre Zuspätkommerliste ist, damit sie den Betreffenden eine Woche Schulhofdienst aufbrummen kann.

Adrian seufzt. »Ich würde sagen, ich bin zu neunundneunzig Prozent davon überzeugt, dass er unschuldig ist, sonst würde ich wohl kaum noch mit ihm zusammenwohnen wollen.« Er versucht zu lachen. »Da war ich allerdings auch der Einzige. Aber die Vorteile sind, dass er gut kocht und immer schön das Klo putzt. Putzen Mörder vielleicht das Klo?«

Ich ringe mir ein Lachen ab, frage mich aber insgeheim, wie Tim damit klarkommt, plötzlich so berüchtigt zu sein. Er hat nie gern im Mittelpunkt gestanden. »Und was ist mit dem einen Prozent? Dem Teil von dir, der sich nicht so sicher ist?«

»Die Sache ist die, Alice. Seit deine Schwester gestorben ist, bin ich mir bei nichts und niemandem mehr hundertprozentig sicher. Auch bei guten Freunden nicht.«

»Ich weiß genau, wie das ist.«

»Das kann ich mir vorstellen. Also, habe ich das Richtige getan? Das Letzte, was ich will, ist, dir noch mehr Kummer zu bereiten.«

»Ja, ja, auf jeden Fall. Danke. Ich will ihn definitiv sehen, also wie gehen wir jetzt weiter vor?«

»Er muss schauen, wann er sich sicher fühlt. Ich schicke dir dann eine SMS; er glaubt nämlich, dass sie auch sein Telefon anzapfen.«

»Dürfen die so was denn überhaupt?«

»Ich schätze mal, alles ist in Ordnung, solange sie meinen, dass es dabei hilft, Meggies Mörder zu fassen.«

Ich nicke gedankenverloren. »Kann sein. Dann meldet er sich bald, ja?«

»Ich rede mit ihm. Ich glaube, er hat ganz schön Bammel davor, dich zu treffen.«

»Vielen Dank, Adrian, dass du das für mich machst. Sag ihm … sag ihm, ich will nur die Wahrheit wissen.«

»Das wollen wir doch alle, Alice. Bis dann.«

Er legt auf und ich starre auf mein Handy, bis ich ein missbilligendes Schnauben höre und sehe, wie die stellvertretende Direktorin auf mich zukommt. »Nur weil du jetzt in der Oberstufe bist, heißt das noch lange nicht, dass du vom Schulhofdienst ausgeschlossen bist, Alice. Ich zähle bis drei, dann bist du drin. Eins …«

Ich sause durch das Tor, auch wenn mir der Schulhofdienst oder ein Eintrag ins Klassenbuch herzlich egal sind. Als ich vor Mr Bryants Klasse ankomme, warten alle anderen auch noch auf dem Flur, weil er anscheinend selbst spät dran ist.

Ellie stellt sich neben mich. »Na, hast du Samstag schon was vor?«

Ich starre sie ungläubig an. Außer Cara will niemand mehr etwas mit mir unternehmen und selbst sie ist kurz davor aufzugeben. Wahrscheinlich ist am Samstag irgendwo so eine blöde Facebook-Party, zu der sie mich einladen wollen, quasi als Sozialfall. Oder als Freakshow.

»Ich mache mir ’nen ruhigen Abend zu Hause, wie immer«, antworte ich und bete, dass Mr Bryant bald auftaucht. Als er es endlich tut, stoße ich einen erleichterten Seufzer aus, während er beim Kramen nach dem Schlüssel einen Stapel Papier fallen lässt.

Die anderen glotzen mich an, als wäre ich eine Außerirdische.

Nur, weil ich keine Lust habe, mich mit ihnen zu besaufen und dann die Annäherungsversuche unbeholfener Typen von der Jungenschule oder der verschwitzten großen Brüder meiner Klassenkameradinnen abwehren zu müssen.

Ich finde wirklich nicht, dass *ich* hier der Freak bin.

44

Als ich nach Hause komme, parken zwei dunkle Kombis in unserer Auffahrt. Wahrscheinlich hat Mum mal wieder ein paar von ihren Trauerkameraden eingeladen.

Ich ziehe meine Schuhe schon draußen im Windfang aus, in der Hoffnung, mich unbemerkt reinschleichen zu können, aber noch bevor ich dazu komme, den Schlüssel ins Schloss zu stecken, reißt meine Mutter mit einem derart manischen Grinsen die Tür auf, dass sie entweder irgendwelche Gute-Laune-Pillen eingeworfen haben muss oder vorhat, mich zu irgendwas zu überreden, das ich nicht will.

»Schätzchen! Wie war's in der Schule? Ich bin so froh, dass du rechtzeitig wieder da bist, hier sind nämlich ein paar Leute, die sich gern mit dir unterhalten würden.« Sie deutet in Richtung Wohnzimmer und ich sehe einen geisterhaften Schein durch den Türspalt dringen.

Verdammt, was ist denn jetzt los? Hat sie Olav für einen Haufen Okkultisten sitzen gelassen? Halten die da drin etwa eine Séance ab?

»Na los, Alice, es beißt dich schon niemand.«

Ich trete ins Zimmer und werde sofort geblendet von drei riesigen Scheinwerfern auf Stativen, die alle auf Dads Sessel gerichtet sind. Neben dem Sessel steht ein Tischchen mit drei von Mums liebsten Meggie-Fotos, sorgfältig arrangiert. Auch eine Tasse Tee sehe ich, obwohl Mum nie welchen trinkt.

Dann erst fallen mir die Leute auf: ein Mann hinter einer großen Videokamera, ein weiterer mit Kopfhörern und zwei Frauen. Die eine hält ein Klemmbrett in der Hand und die andere hat den typischen Ausdruck übertriebenen Mitgefühls im Gesicht, den ich in den letzten Monaten viel zu oft gesehen habe.

»Hallo, Alice. Wie geht es dir?«, fragt Miss Mega-Mitgefühl ach so rücksichtsvoll.

Ich beäuge sie argwöhnisch. »Was wird das denn hier?«

Mum tritt hinter mich. »Eine Hommage für Meggie. Diesen Samstag fängt die neue Staffel von *Sing for your Supper* an und dafür wollen sie hier etwas aufnehmen.«

Diesen Samstag. Das muss Ellie gemeint haben – keine Party.

»Ja«, bestätigt Mitgefühls-Mausi. »Wir finden, es wäre einfach nicht richtig, nicht kurz auf Meggies unglaublichen Beitrag zum Erfolg der letzten Staffel einzugehen. Und ihre Millionen von Fans erwarten sicherlich auch etwas.«

Tja, ihre Millionen von Fans können eurer Einschaltquote ja auch nicht unbedingt schaden, was?, denke ich. Aber anstatt es auszusprechen, drehe ich mich einfach nur weg. »Vielen Dank für das Angebot, aber ich möchte das nicht.«

Ich will das Wohnzimmer verlassen, doch Mum tritt mir in den Weg.

»Ich glaube aber, deine Schwester hätte es sich so gewünscht, Alice.«

»Woher willst du das wissen?« Am liebsten hätte ich ihr gesagt, dass ich kurz nach oben gehen und meine Schwester fragen könnte, aber zum Glück halte ich den Mund. Ich will sie fragen, warum auf dem Tisch drei Bilder von Meggie stehen, aber ich auf keinem davon zu sehen bin, doch auch das verkneife ich mir. Und dann kommt mir noch etwas anderes in den Sinn. »Wo ist Dad? Macht der etwa dabei mit?«

Mum blickt zur Seite.

»Du hast es ihm noch nicht mal gesagt, stimmt's?«, wird mir klar. »Also ehrlich, diese Familie …«

Endlich lässt sie mich vorbei und ich renne nach oben. Es gibt nur einen Ort, an dem ich mich normal fühle – und erwünscht.

Der Himmel hat dasselbe atemberaubende Blau wie immer und das Rauschen der Wellen beruhigt mich sofort. Es ist weniger als vierundzwanzig Stunden her, dass ich hier gewesen bin, aber es kommt mir vor wie Wochen. Ich habe das alles so sehr vermisst.

Dann fällt mir wieder ein, warum ich heute Morgen nicht hergekommen bin, und ich werde rot. Ob Danny überhaupt gemerkt hat, dass ich nicht am Strand war?

»Hey, Florrie. Hier bin ich.«

Viel zu laut tönt die Stimme meiner Schwester durchs Zimmer und ich ramme hastig den Kopfhörerstecker in den Laptop, damit sie niemand hört. Keine Ahnung, wie ich das einer Filmcrew und meiner Mutter erklären würde.

Meggie steht mit verschränkten Armen hinter mir. »Du bist spät dran.«

»Im Ernst?« Ich will ihr das mit der Fernsehsendung nicht erzählen. Wie ich Meggie kenne, würde sie mir wahrscheinlich noch ganz genau aufschreiben, was ich sagen soll, und darauf bestehen, dass sie nur Clips aus den letzten paar Shows zeigen, wo sie mithilfe der Atkins-Diät bereits das halbe Kilo verloren hatte, das ihrer Meinung nach in den Runden davor so furchtbar aufgefallen war. »Ich dachte, ihr hättet hier keine Uhren.«

Sie zuckt mit den Schultern. »Ich kann die Zeit an den Schatten ablesen. Wie eine Schamanin. Egal, ich muss mit dir reden. Allein. Gehen wir eine Runde spazieren?«

Ich nicke. Was kommt denn jetzt? Vielleicht will sie mir sagen, dass sie weiß, wie tierisch ich in Danny verknallt bin, und dass ich den armen Jungen gefälligst in Ruhe lassen soll, weil ich mich so nur zum Affen mache. Wenn es um meine Gefühle für jemanden geht, bin ich selbst leider meist die Letzte, bei der der Groschen fällt.

Wir gehen immer weiter, bis sich das ewige Geplapper am Strand zu einem Flüstern senkt und sich vor uns nur noch leerer Sand erstreckt. Hier wirkt der Soul Beach irgendwie weniger echt, so als hätte der Schöpfer dieses Orts am Ende keine Ideen oder keine Zeit mehr gehabt und die Farben und Formen nur noch grob skizziert. Als ich nach unten sehe, sind keine einzelnen Sandkörnchen mehr zu erkennen, und der Schaum auf den Wellen stockt immer wieder und wirkt pixelig, wie ein Videospiel, das auf einem alten Computer nicht richtig läuft.

»Das dürfte reichen«, sagt Meggie. Sie setzt sich unter eine verschwommene Palme und ich nehme neben ihr Platz.

»Worum geht's denn?« Vielleicht ist es ja gar nicht Danny. Vielleicht will sie nur wissen, ob ich schon in Greenwich war und Tim ein Geständnis entlocken konnte.

Sie seufzt. »Um Triti. Ihr geht's echt mies.«

»Triti?« Ich denke an das letzte Mal, als ich sie gesehen habe, so unglaublich einsam inmitten all der Fröhlichkeit. »Was ist passiert?«

»Sie macht andauernd … solche Sachen. Wie mit dem Kopf voran vom großen Felsen springen, auch wenn sie natürlich nie ertrinkt. Sie hat sogar versucht, sich die Pulsadern aufzuschneiden. Ich meine, es blutet zwar, aber die Haut verheilt innerhalb von Sekunden, und trotzdem tut sie es immer wieder, als würde sie es irgendwann schaffen, wenn sie es nur oft genug probiert.«

Das Geräusch der Wellen klingt plötzlich wie ein hastig schlagender Puls. »Aber das wird sie doch nicht, oder?«

Meggie erschaudert. »Nein. Aber das Problem ist, dass sie damit andere Leute völlig fertigmacht. Diejenigen, die wirklich ertrunken sind, die sich wirklich die Pulsadern aufgeschnitten haben. Es ist, als würde sie ihnen immer wieder vorspielen, was sie sich angetan haben. Das ist einfach nicht fair.«

Ich höre die Wut in ihrer Stimme. Ist sie wütend auf die arme Triti oder eher frustriert, weil sie genau weiß, dass sie im selben Boot sitzt?

»Ich weiß, Meggie.«

Sie starrt mich an und ihre Augen sind blauer und realer als alles andere am Strand. »Du kannst ihr helfen.«

Ich nicke. »Das will ich ja. Wirklich.« Aber wieso sollte ausgerechnet ich das können, wenn mich schon eine dämliche Schwärmerei in eine stammelnde Idiotin verwandelt? Ich traue mir doch nicht mal zu, einer alten Frau über die Straße zu helfen, von diesem ganzen Kram, bei dem es um Leben und Tod geht, mal ganz zu schweigen.

Und doch ist es, wie Danny gesagt hat: Möglicherweise bin ich die Einzige, die überhaupt eine Chance hat.

»Na ja, könntest du dann vielleicht versuchen, dich ein bisschen zu beeilen, Florrie? Das hier ist echt wichtig. Sie muss weg von diesem verdammten Strand, nicht nur um ihret-, sondern auch um unseretwillen.« Sie hat denselben Kommandoton drauf wie damals, als sie mir befohlen hat, mit dem Nägelkauen aufzuhören, weil kein Junge sich für ein Mädchen interessiert, das dauernd an sich rumnagt.

»Ich bin dran«, sage ich, fest entschlossen, sofort mit dem Fall weiterzumachen, wenn ich mich vom Strand auslogge. Schließlich würde auch meine Schwester davon profitieren, wenn ich Triti helfe. »Ich hab versucht, sie im Internet zu finden, aber da gab's nichts. Es ist, als hätte sie gar nicht existiert.« Einen Moment lang wirkt es, als wollte Meggie mir eine weitere Standpauke halten. Dann aber passiert etwas viel Schlimmeres: Sie läuft rot an, so dunkel wie vergossenes Blut, vom Haaransatz bis zur Brust. Sogar ihre Augen verfärben sich purpurn.

Wie beim letzten Mal.

»Meggie? Meggie, was ist los?«

Und dann – es kann nur ein paar Sekunden gedauert haben, obwohl es mir vorkommt wie Stunden – blinzelt sie und die Farbe verblasst wieder, bis nur noch ihre übliche makellose Bräune und der schwache Versuch eines Lächelns übrig sind.

»Entschuldige, Florrie. Ich hatte gerade das Gefühl …«

»Lebendig begraben zu werden?«

Sie starrt mich an und nickt schließlich. »Ich … bitte sag so was nicht. Ich will nicht darüber nachdenken.«

»Tut mir leid.«

»Nein, nein, du kannst ja nichts dafür. Ich bin nur … egal, wir haben über Triti geredet. Ich vertraue dir, Schwesterherz. Du schaffst das schon. Also bitte, versuch es weiter. Tu es für sie. Und für uns alle.«

Ich verfluche mich selbst, weil ich mich von unwichtigen Dingen habe ablenken lassen, als ich zum ersten Mal in meinem Leben etwas Bedeutendes hätte bewirken können. »Ich tue alles, was ich kann, Meggie. Das verspreche ich dir.«

Jetzt muss ich mir nur noch überlegen, wo ich damit anfangen soll.

45

Mit meiner Anfrage, ob er mir bei meinen Studien helfen könne, habe ich Mr Bryant vermutlich den Tag gerettet.

»Recherche ist eins der heimlichen Vergnügen im Leben, Alice. Worum geht's denn bei deinem Projekt?«

Ich habe lange darüber nachgedacht: Wenn ich ihm erzähle, dass ich etwas über ein Mädchen herausfinden will, das sich zu Tode gehungert hat, lande ich in der Olavotherapie, bevor ich auch nur »Todessehnsucht« sagen kann, das ist sicher. Aber wenn ich das hier richtig anpacke, wird sich meine neue positivere Einstellung binnen einer Millisekunde im Lehrerzimmer herumsprechen.

»Um Berühmtheit und Körperideale«, antworte ich.

»Berühmtheit und Körperideale. Klingt hochinteressant. Ich habe zufällig einen alten Studienfreund, der ein kleines, aber sehr gut ausgestattetes Zeitungsarchiv betreut.« Er schreibt mir eine E-Mail-Adresse und eine Telefonnummer auf.

Als ich mich zum Gehen wende, lächelt er vor sich hin wie eine moderne Mary Poppins.

Am Freitag muss ich nach der Schule direkt zu dem Archiv fahren, weil es bereits um fünf Uhr schließt. Die Fahrt dauert eine Stunde, also ist es schon ganz schön dunkel, als ich das gedrungene Gebäude zwei Straßen hinter der U-Bahn-Station erreiche.

Mr Bryants alter Kumpel ist alles andere als zuvorkommend. »Du hast vierzig Minuten«, sagt er und führt mich in einen niedrigen, fensterlosen Raum mit fünf Apparaten, die aussehen wie diese alten Autorennspiele zum Reinsetzen, wie es sie früher immer in Spielhallen gab.

»Mikrofiche-Lesegeräte«, erläutert er, als er meine Reaktion sieht. »Man muss nur den Mikrofilm einlegen, das Licht einschalten und schon steht einem die Welt offen.«

»Ich hatte eigentlich mit Zeitungen gerechnet.«

»Zeitungen vergilben und zerfallen irgendwann zu Staub. Mikrofilm hält ewig. Also, um welche Publikation und welchen Veröffentlichungszeitraum geht es?«

»Ähm … ja, also, ich untersuche das Thema Körperideale, insbesondere Magersucht. Ich, äh, bin durch einen bestimmten Fall darauf gekommen – vor ungefähr anderthalb Jahren hat sich ein indisches Mädchen zu Tode gehungert. Irgendwo in London.«

»Irgendwo in London?« Er runzelt die Stirn. »Vor ungefähr anderthalb Jahren? Du weißt schon, dass es in der Stadt über dreißig reguläre Zeitungen gibt und dann noch mal genauso viele Gratisblätter? Da bist du auf der Suche nach der Nadel im Heuhaufen.«

»Kann ich es denn bitte trotzdem probieren?«

Der Archivar seufzt. »Wenn's denn sein muss. Okay, wo wollen wir anfangen? Norden, Süden, Osten oder Westen?«

»Äh.« Ich rate blind drauflos. »Norden.«

»Bitte sehr. Du hast noch fünfunddreißig Minuten.«

Nach einer halben Stunde verstehe ich schon besser, warum der Archivar so ein griesgrämiger Paragrafenreiter ist.

Bis jetzt habe ich gerade mal zwei Monate der North London

Gazette durchgesehen, aber trotz der deprimierend hohen Anzahl toter Teenager darin haben Motorradunfälle und der verlorene Kampf gegen Leukämie eben nichts Ungeklärtes an sich. Von so vielen Todesfällen zu lesen ist verstörend: Wo gehen diese jungen Leute hin? An einen anderen Strand oder ist die Belohnung für ihre geordneten Todesumstände ein himmlischer, ewiger Schlaf?

Konzentrier dich, Alice. Wenn ich in dem Tempo weitermache, sitze ich Weihnachten noch hier und selbst dann besteht die Gefahr, dass ich Triti einfach nicht finde.

»So, Feierabend«, sagt Mr Sonnenschein. »Soll ich notieren, wie weit du gekommen bist, oder hast du genug?«

Ich blicke auf meine Füße. »Es ist doch schwieriger, als ich dachte.«

»Hmm. Ja. Ich habe mein Leben lang in Archiven gearbeitet und es tut mir in der Seele weh, dir das hier vorzuschlagen, aber: Hast du's schon mal mit Google versucht?«

Als ich nach Hause komme, unterbrechen Mum und Dad ihren Streit für ungefähr zwanzig Sekunden, um mich zu begrüßen und mir zu sagen, dass in der Küche Essen vom Inder für mich steht, nur um dann gleich zum Für und Wider dieser verdammten Fernseh-Hommage zurückzukehren.

Mein Curry ist kalt, aber ich habe sowieso keinen Hunger.

Ich nehme mein Cinderella-Schmuckkästchen und setze mich damit aufs Bett. Darin bewahre ich die Sachen auf, die mir am wichtigsten sind: das flauschige, hässliche Schlüsselanhängerpüppchen, das meine Mutter als kleines Mädchen hatte, das Medaillon mit einer Locke meines Babyhaars. Meggies goldenen Ring. Dazwischen liegt ein neuerer Schatz auf dem abgewetzten rosa Samt: der Schlüssel zu Meggies Zimmer. Ich nehme ihn heraus und lege ihn auf meine Handfläche.

Unzählige Fragen schwirren durch meinen Kopf: Wer hat Meggie getötet, warum ist Triti am Strand, bin ich in Danny verliebt? Und wenn ja, bedeutet das, dass ich jetzt komplett durchgeknallt bin?

Zuerst hat sich der Schlüssel eiskalt angefühlt, jetzt aber ist er heiß. Glühend heiß.

So heiß, dass ich ihn fallen lasse und anschließend den Teppich danach absuchen muss. Ich taste unter dem Bett herum, aber ich finde ihn nicht. Schließlich legen sich meine Finger um etwas anderes. Etwas, von dem ich sicher war, es weggeworfen zu haben.

Lewis' Visitenkarte mit ihrer teuren, leicht samtigen Textur und der auf die Rückseite gekritzelten Nachricht.

Ruf mich an, jederzeit. Ich weiß, ich könnte dir helfen. L.

Ach ja, meinst du, du Nerd? Tja, vielleicht bist du tatsächlich meine letzte Hoffnung.

Appetit ist so ein trivial klingendes Wort und doch bestimmt es unser gesamtes Leben.

Hunger ist besser. Nur weil Meggie nicht mehr hier ist, bedeutet das nicht, dass ich mich nicht mehr nach ihr verzehre.

Vielleicht habe ich überstürzt gehandelt, aber damals hatte ich das Gefühl, keine Alternative zu haben.

In letzter Zeit kommt mir immer öfter der Gedanke, dass es einen Weg geben könnte, wieder glücklich zu werden. Vielleicht war Alice von Anfang an die bessere Schwester.

Intelligenter. Loyaler … Empfänglicher.

Nach einer Zeit des Fastens ist mein Appetit schließlich zurückgekehrt. Wenn es mir diesmal gelingt, ihn zu zähmen, meine extremsten Bedürfnisse zu beherrschen, dann kann ich den Höhepunkt des Mahls vielleicht umso mehr genießen.

46

Lewis könnte wenigstens so tun, als wäre er überrascht, als ich ihn anrufe.

»Hast du es dir anders überlegt, Alice? Dachte ich's mir doch.«

»Tja, so berechenbar bin ich also?«

»Na ja, so wie ich das sehe, hast du keine andere Wahl.«

»Genau, ich würde mich nicht melden, wenn ich nicht am Rande der Verzweiflung wäre.«

»Also sind wir wohl so was wie ein Traumpaar, denn ich helfe dir schließlich nur, um einem Kumpel einen Gefallen zu tun.«

»Na, dann ist ja wohl alles klar, Lewis.«

»Wie Kloßbrühe, Alice.«

Er kommt am Nachmittag zu mir, bevor im Fernsehen die Hommage für Meggie gesendet wird. Ich schätze mal, sein Kalender ist nicht gerade vollgepackt mit sozialen Verpflichtungen.

Mum ist so begeistert darüber, mich mit einem Jungen zu sehen – was für sie wahrscheinlich meine Rückkehr zur Normalität oder so was symbolisiert –, dass sie uns allein in mein Zimmer gehen lässt und uns sogar zwei Sorten teure belgische Schokoladenkekse mitgibt.

Ich setze mich aufs Bett und er nimmt mit meinem rosa Schreibtischstuhl vorlieb, auch wenn der viel zu klein für ihn ist.

Ich weiß nicht, was ich sagen soll. Er hat sich etwas schicker gemacht als sonst, wahrscheinlich meiner Eltern wegen: Er trägt eine sauberere Ausführung derselben Sneakers wie beim letzten Mal und hat sogar versucht, sein wild zu Berge stehendes Haar ein wenig zu glätten. Scheint, als wäre ihm genauso unbehaglich zumute wie mir. Sicher ist er nicht oft in irgendwelchen Mädchenzimmern zu Gast. Ach, vermutlich interessiert er sich sowieso für nichts, auf dem man nicht *World of Warcraft* spielen kann.

»Nettes Teil«, sagt er und nickt in Richtung meines Laptops. »Der hat 'ne richtig gute Grafikkarte. Hätte dich nicht für eine Gamerin gehalten.«

Tja, du weißt eben nicht alles, mein Bester. Ich liebe die virtuellen Welten, in denen ich mich rumtreibe, sogar so sehr, dass ich mich in einen Typen verknallt habe, der überhaupt nicht existieren kann. »Ich hab ihn bloß wegen der Glitzertastatur genommen«, erkläre ich.

Was gelogen ist. In Wahrheit habe ich mich nach gründlicher Recherche für dieses Modell entschieden, weil ich eben manchmal auch ein ganz schöner Nerd sein kann, aber das werde ich ihm bestimmt nicht auf die Nase binden.

Er zieht die Augenbrauen hoch, als wollte er sagen: *Mädchen wie du sollten solche Laptops gar nicht besitzen dürfen.* Aber dann bemerkt er stattdessen: »Wenn du die Stirn runzelst, siehst du deiner Schwester ziemlich ähnlich.«

Die Atmosphäre im Raum verändert sich schlagartig. Es stimmt – Mum sagt das auch immer, oder zumindest hat sie das früher. Aber wenn es Lewis auch auffällt, muss er mehr Zeit mit Meggie verbracht haben, als er zugegeben hat. »Du hast doch gesagt, du hättest sie kaum gekannt.«

»*Gekannt* habe ich sie auch nicht so gut. Aber die Gegend hier ist ja mehr wie ein Dorf als wie das richtige London, man läuft sich ständig über den Weg. Wir waren in derselben Stufe, auch wenn wir auf unterschiedliche Schulen gegangen sind. Sie ist mit ein paar Freunden von meinen Freunden ausgegangen. Und sie war hübsch. Ich meine, ich weiß, dass du mich für einen totalen Obernerd hältst, Alice, aber selbst Typen wie mir fallen hübsche Mädchen auf. Wir sprechen sie dann nur nicht an.«

Ich sehe zu Boden, beschämt darüber, dass er meine Vorurteile erraten hat. Er hat es nicht verdient, so herablassend behandelt zu werden, immerhin versucht er doch nur zu helfen. »Ich halte dich nicht für einen *totalen* Obernerd«, sage ich.

Er lächelt. »Na, das ist doch schon mal besser als nichts. Wollen wir dann loslegen? Cara sagt, du hast E-Mails von irgendwelchen Stalkern bekommen. Die behaupten, sie wüssten, wo deine Schwester ist, und sich sogar für sie ausgeben. Stimmt das?« Er zieht sein iPhone aus der Tasche – das allerneuste Modell; ich dachte, das gäbe es noch gar nicht zu kaufen – und nimmt damit unser Gespräch auf. So viel zum Nicht-nerdig-Sein.

»Ach, die haben schon wieder damit aufgehört. Das waren nur ein paar Irre.«

Er nickt, aber sein Blick bleibt skeptisch. »Davon laufen ja jede Menge rum. Ist wahrscheinlich auch nicht sonderlich überraschend, dass ein paar von denen von deiner Schwester besessen waren. Ich hab da so eine Theorie, warum sie so gut bei den Nerds und Losern ankam. Klar sah sie ganz gut aus, aber nicht wie ein Supermodel, sondern mehr wie das Mädchen von nebenan. Außerdem war sie ja mit diesem Tim zusammen und da hat so ziemlich jedes arme Schwein im Land gedacht: Wenn der bei so einer landen kann, dann krieg ich vielleicht auch irgendwann mal 'ne hübsche Freundin ab.«

Hast du das auch gedacht, Lewis?, will ich am liebsten fragen, aber das wäre wohl nicht besonders nett. »Ja, aber das mit den E-Mails hat aufgehört, wie gesagt.« Und doch blicke ich auf die Uhr und denke daran, dass in zwei Stunden die Fernsehsendung anfängt. Okay, das wühlt Meggies Fans sicher wieder ziemlich auf, aber die können doch nicht hinter Soul Beach stecken, oder?

Oder?

Manchmal wirbeln in meinem Hirn so viele Gedanken herum, dass ich keinen einzigen klaren fassen kann. Ich könnte schreien vor Frustration. Wird das alles jemals einen Sinn ergeben?

»Na schön, Alice, wenn du diese Mails nicht mehr kriegst, was willst du dann von mir?«

Ich bin eine erbärmliche Lügnerin. So mies, dass Meggie sogar ein paarmal versucht hat, mich darin zu trainieren. Sie nannte das *einen grundlegenden Teil deiner Ausbildung, besonders in Bezug auf Jungs*, und erklärte mir, dass es vor allem um überzeugende Detailarbeit geht und darum, demjenigen, den man belügt, in die Augen zu sehen. Darum, dass man sich seine Geschichte sorgfältig zurechtlegt und so nah an der Wahrheit bleibt wie möglich. Ich dachte, sie hätte immer nur bei unwichtigen Sachen gelogen – warum sie zu spät nach Hause kam oder irgendwelche Aufgaben für die Uni nicht gemacht hatte.

Aber was, wenn ihr ganzes Leben aus Lügen bestanden hat? Kann sie sich irgendwie in Schwierigkeiten gebracht haben, die letztendlich sogar zu ihrem Mord führten? Ein verrückter Gedanke, vielleicht, aber ist er verrückter als die Vorstellung, dass Tim sie getötet hat?

»Alice?«

»Entschuldige, tut mir leid. Ich kann mich manchmal nur schwer konzentrieren, seit …« Ich zucke verlegen mit den Schultern und Lewis nickt, sagt aber nichts. »Tja, also, wie es aussieht, hat Cara recht: Ich komme einfach nicht darüber hinweg, was mit Meggie passiert ist. Auf diese Frage finde ich einfach keine Antwort. Na ja, eigentlich ist es mehr als eine Frage. Ein Rätsel. Entschuldige, das hört sich jetzt an wie bei CSI.«

»Die Polizei hat doch diesen Typen festgenommen, oder? Ihren Freund?«

»Ja, aber …« Ich zucke mit den Schultern. »Das kommt mir irgendwie zu offensichtlich vor.«

»Manchmal sind die Dinge deshalb offensichtlich, weil sie wahr sind. Wenn ich den Leuten bei einem Computerproblem helfen soll, dann habe ich normalerweise schon gleich nach dem Telefongespräch eine Ahnung, was nicht stimmt, lange bevor ich überhaupt auf das System zugreife. Und in neunundneunzig Fällen von hundert liege ich mit meiner Ahnung goldrichtig.«

»Aber da bleibt noch der eine von hundert …«

Er lächelt. »Ja, das sind immer die biestigsten. Damit verdiene ich dann richtig Geld.«

»Es ist nur so«, sage ich und atme tief durch, bevor ich anfange zu lügen. »Es geht gar nicht nur um Meggie. Ich muss auch immer über andere tote Leute nachdenken. Leute in meinem Alter.« Ich sehe ihn an.

»In *unserem* Alter, meinst du wohl?«, fragt Lewis. Ich habe das Gefühl, dass er mich auf den Arm nimmt. »Für dich wirke ich wahrscheinlich wie ein grauhaariger Knacker, Alice, aber ich bin genauso alt wie deine Schwester.«

»Ja, klar.« Vermutlich war ich wirklich ein bisschen abweisend, schließlich will er doch nur helfen. »Es könnte sein, dass es … na ja, vielleicht zu einer Art Besessenheit geworden ist. Wenn ich schon nicht in Ordnung bringen kann, was mit meiner Schwester geschehen ist, dann will ich zumindest wissen, warum andere Jugendliche sterben mussten. Leute, von denen ich im Internet gelesen habe. Oder in der Zeitung. Ich weiß, das klingt bescheuert, aber ich kann einfach nicht aufhören, an sie zu denken.«

Man muss wissen, wann man aufhören muss. Das war noch so eine goldene Regel des Lügens von Meggie. Wenn man es zu breit auswalzt, verstrickt man sich irgendwann in seiner eigenen Geschichte. Also höre ich auf.

Ich warte ab. Klang das überhaupt plausibel? Ich habe ewig nach einem Grund gesucht, der Lewis dazu bringen würde, mir zu helfen. Und was die Glaubwürdigkeit angeht, ist die wohl immer noch millionenmal höher, als wenn ich ihm von einem sozialen Netzwerk für tote Teenies erzählen würde.

Er grübelt darüber nach. Guckt mich an. Guckt auf sein iPhone. Hat er da vielleicht eine Lügendetektor-App drauf oder so was? »Hm, Alice, ich muss sagen, das ist schon ein bisschen seltsam.«

»Ja, meine Schwester hat auch immer gesagt, ich wäre ein kleiner Freak.« Das ist sogar die Wahrheit, aber sie hat es immer liebevoll gemeint.

Er lacht. »Na dann, willkommen im Club. Die anonymen Freaks …«

Und in dem Moment, nach einem kurzen Blick, den wir wechseln, weiß ich, dass er mir die Story abkauft und mir helfen will.

»Okay, Miss Freak, was genau kann ich denn für dich tun?«

47

Lewis verlässt mich mit mehr als vagen Informationen über Triti. Doch dass er so wenige Anhaltspunkte hat, scheint ihn eher zu motivieren als zu frustrieren. Als ich mich bei ihm dafür entschuldige, sagt er nur: »Wayne interessiert's?«, und geht.

Ich wünschte, ich könnte mitkommen. Stattdessen mache ich mich bereit für die nächste Tortur: die Fernsehsendung.

Dad hat gedroht, heute Abend auszugehen, bis er meinen flehenden Blick auffing, der besagte: Ich brauche dich hier.

Und jetzt sitzen wir im Wohnzimmer und warten auf den großen Augenblick und auf die Pizza, die wir bestellt haben (Imbissessen an zwei Abenden hintereinander! Das hätte Mum früher nie zugelassen). Die ganze Situation hat etwas gruselig Vertrautes und dann fällt mir auch ein, warum. Genau so war es letztes Jahr um diese Zeit, bis hin zu unserer Pizzabestellung: Quattro Formaggi für Mum, Diavolo für Dad und Mediterrana für mich. Der Typ am Telefon wollte mir auch noch, basierend auf unseren früheren Bestellungen, eine Pizza Caprese andrehen.

Aber die war für Meggie gewesen.

Tim hatte damals, an diesem Abend, keine Umstände machen wollen und gesagt, er würde einfach Knoblauchbrot nehmen und vielleicht mal ein Stück von unseren Pizzen probieren, falls jemand nicht mehr mochte.

Wir waren natürlich am Vorabend bei der Aufzeichnung dabei gewesen, daher wussten wir, wie die Sendung enden würde. Trotzdem warteten wir nervös darauf, wie Meggie wohl auf dem Bildschirm aussehen würde. Wir fanden sie selbstverständlich wunderbar, sie war von allen Kandidaten mit Abstand die beste, aber sahen alle anderen das genauso?

Meggie war zur Übertragungsparty eingeladen gewesen, aber lieber bei uns geblieben. Das war, bevor die vielen Premieren- und Release-Partys ihr total den Kopf verdrehten und wir sie nicht mehr so oft sahen. Na ja, aber wer kann es ihr schon verübeln, dass sie die Aufmerksamkeit genossen hat? Schließlich hatte sie davon immer geträumt.

Mein Dad fängt meinen Blick auf. »Sie sollte hier sein, bei uns, nicht?«

Ich warte darauf, dass meine Mum ihn anblafft, stattdessen aber nimmt sie den Ölzweig, als der Dads Aussage gemeint war. Sie nickt. »Vielleicht ist sie das ja auch. Manchmal fühle ich ihre Gegenwart, so als könnte sie es spüren, wenn wir sie brauchen.«

Dazu sage ich nichts, obwohl die Vorstellung von Meggie als supersüßem, superkitschigem Schutzengel nicht weiter von der Wirklichkeit entfernt sein könnte.

»Und jetzt auf ITV: der Beginn der dritten Staffel von *Sing for Your Supper*. Bleiben Sie dran für den ersten Vorgeschmack auf die Stars von morgen.«

Der Jingle des Sponsors erklingt und auf dem Bildschirm ist eine glückliche Familie in einem Wohnzimmer zu sehen, das unserem nicht unähnlich ist. Jedes Familienmitglied hat ein Tablett mit Essen vor sich: Der Teenie-Junge Würstchen mit Kartoffelpüree, das Mädchen ein unnatürlich buntes Pfannengericht, der Vater einen dunkelbraunen Eintopf und die Mutter scheint angesichts ihres schreiend orangefarbenen Chicken tikka masala kurz vor dem Orgasmus zu stehen.

»Dinner Deluxe präsentiert Ihnen *Sing for Your Supper*. Dinner Deluxe – der Hit für jeden Geschmack!«

Dann verschwindet die Familie mit ihren ekstatischen Grimassen, Musik ertönt und der Titel der Show erscheint. Ich erstarre. Diese übertrieben showmäßigen Klänge haben einmal so viel bedeutet. Sie verhießen, dass Meggie wirklich zu einem Star werden konnte, so wie es ihr vorbestimmt war.

Ich sehe zu meinen Eltern hinüber. Dad hat Mums Hand ergriffen und sie klammert sich an seine.

Ich frage mich, ob Tim wohl auch zusieht. Oder der Mörder. Oder ob sie ein und derselbe Mensch sind.

Die Schrift auf dem Bildschirm verblasst und das Studio erscheint: Alles ist in Rot, Schwarz und Silber gehalten, wie in einem potthässlichen Nachtclub. Die beiden Moderatoren – sie ein ehemaliges Model, er ein Schauspieler mittleren Alters, der früher Shakespeare-Rollen gespielt hat, bevor er sich stattdessen für Ruhm und Reichtum entschied – grinsen strahlend und lesen laut und mit übertriebenen Lippenbewegungen vom Teleprompter ab, als redeten sie mit einem Tauben. Aber vielleicht kann man auch nur noch so reden, wenn man derart stark aufgespritzte Lippen hat wie die beiden.

Sie rattern den üblichen Quatsch über Talent, Träume und Tagliatelle herunter. Das ist nämlich das Alleinstellungsmerkmal dieser bescheuerten Sendung: Sie verbindet zwei Dinge, auf die die Zuschauer gleichermaßen wild sind: Talent- und Kochshows. Jede Woche kochen die Teilnehmer füreinander, essen zusammen und bauen Beziehungen auf, die dann durch ihren Ehrgeiz zu gewinnen bis zum Äußersten auf die Probe gestellt werden.

Das Ganze ist natürlich ein totaler Fake. Meggie hat uns erzählt, dass die Kandidaten in dem Haus kein Wort miteinander gesprochen haben, sobald die Kameras nicht mehr liefen, und dass nach den Kochsequenzen mindestens ein oder zwei der Teilnehmer sofort aufs Klo verschwanden, um ihr Essen wieder loszuwerden, bevor sich auch nur eine einzige Kalorie an ihren Hüften ansiedeln konnte. In der Sendung waren Essstörungen natürlich nie Thema, aber hinter den Kulissen waren sie überaus präsent. Mädchen wie Jungen hatten eine Heidenpanik vor jedem Zentimeter zu viel, der auf dem Bildschirm zu sehen sein und so ihre Chancen auf den Sieg zunichtemachen könnte. Selbst Meggie hatte zum Ende der Staffel hin eine Diät angefangen, weil sie einfach immer paranoider wegen ihrer Figur wurde.

Und schon muss ich wieder an Triti denken.

Es folgt ein Kameraschwenk über die Teilnehmer der diesjährigen Staffel – fünfzig Sänger und Gruppen insgesamt. Sogar jetzt schon ist leicht zu erkennen, wer nur dabei ist, damit die Leute etwas zu lachen haben, und wer das brutale K.-o.-System, nach dem auch am Ende der ersten Sendung ausgesiebt wird, tatsächlich übersteht. Die Hälfte dieser Kandidaten wird heute Abend mit geplatzten Träumen nach Hause gehen. Vielleicht sind ja in Wirklichkeit sie die Glücklichen, denn mir scheint, als würde in dieser Sendung jeder Person außer einer einzigen das Herz gebrochen, und das nur zu unserer Unterhaltung. Und manchen, so wie Meggie, könnte es noch viel schlechter ergehen.

Großaufnahme der beiden Moderatoren. Oje, ernste Gesichter. Es geht los …

»Natürlich ist dies für uns ein überaus glücklicher Moment, weil wir auf Ihre Bildschirme zurückkehren dürfen, aber in diesem Jahr wird diese Freude überschattet von einem sehr traurigen Ereignis«, sagt der Schauspieler. »Oh ja.« Das Model nickt aufrichtig, wobei ihre Brüste in dem engen Kleid auf- und abhüpfen. »Ich weiß, dass jeder, der diese Sendung genauso liebt wie wir, heute Abend an eine unserer talentiertesten und beliebtesten Kandidatinnen denken wird. Das Mädchen, das unsere Herzen mit den ersten Tönen, die es sang, erobert hat. Das Mädchen, das in Großbritannien und auf der ganzen Welt als die Nachtigall bekannt wurde.«

Das Orchester spielt leise Musik: die ersten Akkorde von *Amazing Grace*. Es folgt ein Einspieler von Meggie aus jener ersten Show, aber sie haben irgendetwas mit dem Video angestellt, sodass es leicht verblasst und an den Rändern verschwommen wirkt. Sie sieht so frisch und perfekt aus wie immer – Lewis hat totalen Blödsinn geredet, als er meinte, sie hätte allenfalls ganz gut ausgesehen –, aber der Effekt lässt sie wie einen Star der Zwanziger- oder Dreißigerjahre wirken. Wie eine Ikone.

»Meggie Forster war ein einzigartiges Talent«, deklamiert der Schauspieler in demselben Ton, den er auch als Hamlet benutzt haben muss. »Und sie ist viel zu jung von uns gegangen. Wir werden während der gesamten Staffel an sie denken, aber ganz besonders heute Abend wollen wir uns gemeinsam an sie erinnern. Danke, Meggie, für alles, was du uns und unseren Zuschauern geschenkt hast.«

Oh ja, denke ich. Dir hat sie jedenfalls eine ordentliche Gehaltserhöhung geschenkt. Die erste Staffel war nämlich die totale Pleite. Erst als die Zeitungen in der zweiten Staffel anfingen, von der

Nachtigall zu schwärmen, schalteten die Leute ein, von Australien bis Zimbabwe.

»Verständlicherweise sahen sich Meggies Eltern und ihre Schwester nicht in der Lage, heute Abend hier bei uns im Publikum zu sitzen«, sagt das Model und setzt einen so angestrengt mitfühlenden Blick auf, dass ihr fast die Augen aus den Höhlen springen.

»Die haben tatsächlich gefragt?«, schnaubt Dad und Mum nickt, die Augenbrauen hochgezogen.

»Aber Meggies Mutter, Beatrice, hat sich bereit erklärt, mit uns über die sechs Monate zu sprechen, die vergangen sind, seit sie ihre Tochter verloren hat, und darüber, wie sehr es ihr in ihrer Trauer hilft zu wissen, dass sich Millionen Menschen an Meggie erinnern.«

Mum bekommt denselben weichen Effekt verpasst wie Meggie. Vielleicht liegt es aber auch daran, dass sie zugenommen hat. Jedenfalls sieht sie mehr wie Meggies Schwester aus, als das Bild größer wird und sie in dem Sessel zeigt, auf dem ich mich gerade zusammengerollt habe.

»Schon in den ersten Wochen ihres Lebens«, erzählt Mum, »hatte ich so ein Gefühl, dass irgendwann einmal Millionen von Menschen mein kleines Mädchen kennen würden …«

Am Ende des Einspielers – der geschmackvoller geworden ist, als ich dachte, auch wenn es schon verdammt daneben war, wie die Boygroup, die auf dem zweiten Platz gelandet ist, zwischendurch für ihr neues Album geworben hat – liest der Schauspieler noch die Telefonnummer der Organisation Crimestoppers vor.

Als die Kamera in einen anderen Bereich des Studios schwenkt, wo das Model nun die Teilnehmer interviewt, schaltet Dad den Fernseher auf stumm. »Tja, das war's also.«

»Ich weiß, du wolltest nicht, dass ich da mitmache, Glen, aber wer weiß, wozu es gut sein könnte? Vielleicht bekommt ja jemand ein schlechtes Gewissen und geht zur Polizei«, erklärt Mum.

Und wir wissen alle, welchen Jemand sie da im Sinn hat.

»So furchtbar war es wirklich nicht«, räumt Dad ein. »Was meinst du, Alice?«

»Hätte schlimmer sein können«, bestätige ich. Ich warte darauf, endlich in mein Zimmer und zum Strand gehen zu können, wo meine Schwester in der Gegenwart existiert und nicht nur in einer tragischen Vergangenheit.

Schweigend sitzen wir da. Ich weiß nicht, was in den Köpfen meiner Eltern vorgeht. Vielleicht will ich es auch gar nicht wissen. Was, wenn sie denken, dass die falsche Tochter gestorben ist?

Plötzlich steht Dad auf. »Die Pizza. Die haben gar keine Pizza gebracht. Ich ruf da mal an und mach denen Dampf.«

Ich will sagen, dass ich keinen Hunger mehr habe, aber er ist schon verschwunden.

»Ich gehe schon mal ins Bett, Mum.«

Sie steht auf und breitet die Arme aus. »Ich habe doch das Richtige getan, oder, Alice? Es ist so schwer zu sagen, was richtig und was falsch ist.«

Ich umarme sie und flüstere: »Natürlich, Mum. Du hast das großartig gemacht.« Dann mache ich mich los und gehe nach oben.

Ich habe vier neue SMS.

Cara schreibt: *Halt durch, Süße. Lust auf einen Drink mit Felipe und mir später? Kannst du sicher brauchen.*

Robbie schreibt: *Hoffe, dir geht's gut. Hab dich immer noch lieb, als Kumpel natürlich. Denke an dich, xx*

Die nächste Nachricht stammt von einer Nummer, die ich nicht erkenne, dann aber fällt mir ein, dass ich vergessen habe, Adrians Nummer zu speichern: *Tim ist völlig fertig heute Abend. Er meldet sich bald, versprochen. Hab's mir auch angeguckt und kann immer noch nicht glauben, dass sie nicht mehr da ist. Sie wird immer eine Legende bleiben. Tut mir so leid, A x*

Die letzte ist von Lewis: *ICH HAB SIE. Triti, meine ich. Sag Bescheid, wenn du Zeit zum Reden hast.*

Kein Mitgefühl. Keine Trauer. Er hat wahrscheinlich nicht mal daran gedacht, dass heute die Sendung lief.

Aber seine Nachricht ist die einzige, auf die ich gewartet habe, und die einzige, auf die ich sofort antworte.

48

»Sie ist in einem Krankenhaus in Camden gestorben«, sagt Lewis, als wir uns im Pub treffen.

Oh Gott. Triti existiert wirklich. *Hat* existiert.

Einen Moment lang kann ich gar nichts sagen. Wieder ein Beweis dafür, dass Soul Beach echt ist. Trotz allem, was ich über Danny herausgefunden habe, mache ich mir manchmal immer noch Sorgen, dass sich da jemand nur einen ziemlich ausgeklügelten Scherz erlaubt. Oder dass meine Vorstellungskraft vollkommen willkürliche Ereignisse aus den Tiefen meines Hirns hervorkramt, von denen ich vielleicht mal gelesen habe oder über die im Fernsehen berichtet wurde, und ich jetzt völlig den Verstand verliere.

Aber dass ich über Triti etwas gelesen habe, ist *sehr* unwahrscheinlich. Und damit hat Lewis bewiesen, dass ich nicht verrückt bin. Und mich so zu seinem größten Fan gemacht.

Endlich finde ich meine Stimme wieder. »Bist du auch ganz sicher, dass sie es ist?«

»Hundertprozentig. Ich habe sie über die Sterbeurkunden im System des Einwohnermeldeamts gefunden. Definitiver geht's nicht.«

»Ist das denn öffentlich zugänglich?«

Lewis lächelt. »Das nun nicht gerade. Aber die Sicherheitsvorkehrungen auf deren Spiegelserver sind unglaublich mies. Ich bin in weniger als einer Minute durch die Verschlüsselung durchgekommen.«

Er wühlt in seiner Messenger Bag.

Mir fällt das Gucci-Emblem ins Auge. »Ist das 'ne echte? Die kosten doch vierhundert Pfund, oder?«

Lewis runzelt die Stirn. »Die Marke ist mir egal, so oberflächlich bin ich nicht. Ist nur einfach so, dass das Ding wirklich mehr aushält als die No-Name-Teile.«

Zufällig weiß ich allerdings, dass die Tasche aus der aktuellen Saison ist – Cara hofft nämlich, dass ihre Mum ihr so eine zu Weihnachten kauft, wenn sie nur heftig genug mit dem Zaunpfahl winkt –, und darum frage ich mich, wie er jetzt schon wissen will, dass die Tasche länger halten wird als eine billigere. Aber die Zettel, die er herausgeholt hat, lenken mich zu sehr ab. Ich will danach greifen.

»Moment, Moment!« Es scheint, als wollte er seinen Triumph so lange auskosten wie möglich. »Das Seltsamste ist, dass in der Autopsie ein indisches Mädchen namens Triti Pillai beschrieben wird, sechzehn Jahre alt und ernsthaft unterernährt. Sie zeigt alle üblichen Zeichen einer Essstörung, darunter am auffälligsten die Säureschäden an ihren Zähnen.«

»Kapier ich nicht. Was hat das denn mit einer Essstörung zu tun?«

»Magensäure ist ein bösartiges Zeug. Wenn man andauernd kotzen geht, faulen einem irgendwann die Zähne weg.«

»Oh.« Ich denke an Tritis strahlend weiße Zähne und ihr schüchternes Lächeln. »Ist ja grauenhaft. Aber was ist daran seltsam?«

Endlich reicht er mir das Dokument und deutet auf den untersten Absatz.

Ich lese laut vor. »Todesursache: Myokardinfarkt, vermutlich ausgelöst durch unentdeckten kardialen Defekt genetischen Ursprungs.«

»Im Klartext: Herzinfarkt. Also im Grunde eine natürliche Ursache. Die behaupten, ihr Herz hätte einfach wegen einer ererbten Schwäche schlappgemacht. Da wird mit keinem Wort erwähnt, dass die Magersucht oder Bulimie den Körper daran gehindert haben könnte, mit dieser Schwäche klarzukommen. Ich bin ja kein Experte, aber ist doch schon merkwürdig. Warum haben sie das als Todesursache angegeben, wenn sie sich doch ganz offensichtlich zu Tode gehungert hat? Alles, was mir dazu einfällt, ist, dass die Ärzte behauptet haben, sie sei eines natürlichen Todes gestorben, damit die Familie in Ruhe trauern konnte. Das heißt, ihre Leute waren entweder sehr überzeugend oder sehr einflussreich.«

Bei Meggies Untersuchung war die Presse überall. Binnen Sekunden war das Ganze vorbei, vertagt, bis der Mörder gefasst würde. Dad ist allein hingegangen und die Fotos, die sie dort von ihm gemacht haben, sind das Schrecklichste, was ich je gesehen habe. Er sieht aus wie ein Geist.

»Aber das ist doch gut, oder?«, sage ich zu Lewis.

»Na ja, so gut eben irgendwas sein kann, wenn einem die Tochter wegstirbt. Aber noch seltsamer ist, dass du überhaupt davon erfahren hast. Es ist ja nie darüber berichtet worden, weder in den Zeitungen noch im Fernsehen. Ich hab überall gesucht. Offiziell war sie nur ein Teenager, der eines natürlichen Todes gestorben ist. Nichts Außergewöhnliches. Also, wie hast du davon gehört?« Er wartet darauf, dass ich etwas sage.

»Vielleicht … vielleicht hat es in einer Zeitung gestanden, die keine Webseite hat?«, schlage ich zaghaft vor.

Lewis lächelt nicht. »Oder vielleicht hast du mir nicht alles gesagt?« Wieder wartet er und starrt mich an, als wäre ich eine besonders hartnäckige Festplatte.

Tja, starren kann ich auch. Auf keinen Fall werde ich ihm erzählen, woher ich das mit Triti weiß. Ich erwidere seinen Blick so eindringlich, dass die Leute vom Nachbartisch, wenn sie uns denn beobachten würden, glauben müssten, wir wären entweder ineinander verliebt oder würden uns abgrundtief hassen.

Mir ist noch nie aufgefallen, wie ähnlich diese beiden Gefühle von außen aussehen.

Er blinzelt zuerst. »Egal, das ist sowieso nur die halbe Story. Wenn du die ganze haben willst …« Er dreht die Zettel um und dort ist, in seiner wirren Handschrift, eine Adresse in Camden notiert. »Na, Lust auf einen Tagesausflug in die Slums von Nord-London?«

49

Ich wollte allein fahren, aber das hat Lewis nicht zugelassen.

»Ist ein raues Pflaster da oben«, erklärte er. »Irgendwie fühle ich mich für dich verantwortlich.«

Wir nehmen die U-Bahn und unterwegs denke ich darüber nach, was wohl hinter Tritis Tod steckt. Eine drohende Zwangsheirat? Misshandlung durch die Eltern? Ich stelle mir eine Wohnung im obersten Stockwerk eines trostlosen Hochhauses vor, einen Ort, an dem selbst ein Selbstmord auf Raten erstrebenswerter erscheint als ein langes Leben, in dem einen nichts als dasselbe Grau-in-Grau erwartet.

Dann sind wir da. Tritis Straße ist ungefähr hundertmal schicker als die, in der ich wohne: solide Doppelhäuser mit jeder Menge deutscher Autos in den frisch markierten Parkbuchten davor.

»Jetzt kannst du mich wohl auch allein weitermachen lassen, Lewis. Wie ein Getto sieht das hier ja nicht gerade aus.« Ich greife in meine Handtasche und ziehe fünf Pfund heraus. »Hier, hol dir doch irgendwo einen Kaffee. Ich rufe dich an, wenn ich mit ihnen geredet habe.«

Falls ich überhaupt so weit komme.

»Steck das weg, du Scherzkeks. Wie viele Wochen musstest du dafür dein Taschengeld sparen? Ich brauche dein Geld nicht. So viel verdiene ich innerhalb von zehn Minuten, während ich einfach nur hier stehe. Außerdem würde ich dann doch ganz gern wissen, wofür ich eigentlich riskiert habe, in den Knast zu wandern.«

»In den Knast?«

»Na ja, sich in die Datenbanken der Regierung einzuhacken, ist alles andere als legal, Alice. Aber was soll's, jedenfalls bin ich gespannt, wie du vorhast, diese Leute zu bequatschen.«

Ich sage ihm nicht, dass er da nicht der Einzige ist. Ich habe keine Ahnung, wie ich das anstellen soll.

Tritis Haus wirkt sehr gepflegt, mit Töpfen voller herbstlicher Pflanzen, die wie Wächter auf den Stufen vor der geschmackvollen graugrünen Eingangstür stehen. Ich kann nicht durch die Fenster sehen, weil die Jalousien heruntergelassen sind, diese aber sind cremefarben und haben eine raue Textur, wie handgeschöpftes Papier. Alles hier wirkt so erlesen. Mir wird klar, dass ich etwas Bollywood-Mäßigeres erwartet hatte, ein Zuhause passend zu einem Mädchen mit einer Vorliebe für Feuerwerk und Glitzerohrringe.

Ich hole tief Luft und klingele. Vielleicht hätte ich mir mehr Zeit zum Vorbereiten nehmen sollen. Aber heute ist Sonntag und damit unsere beste Gelegenheit, Tritis Familie zu Hause zu erwischen.

Außerdem fürchte ich, dass sie nicht mehr lange durchhalten wird. Als ich Meggie gestern am Strand besucht habe, konnte ich Triti im Hintergrund weinen und schreien hören. Ein paar von den anderen redeten schon davon, ihr einen Knebel zu verpassen, nur um mal eine Weile Ruhe zu haben.

»Keiner da«, sage ich, hin- und hergerissen zwischen dem

Wunsch abzuhauen, bevor doch noch jemand kommt, und der Gewissheit, dass dies hier im Augenblick das Einzige in meinem Leben ist, was wirklich zählt.

»Ich kann hören, dass jemand im Haus ist«, erwidert Lewis. »Mensch, Alice, jetzt kneif doch nicht im letzten Moment. Ich hab bestimmt nicht meinen Sonntag geopfert, um gleich an der ersten Hürde zu scheitern. Versuch's noch mal.«

Verdammt, hat der Kerl einen Kommandoton am Leib.

Aber leider hat er recht. Was soll ich Meggie und Danny erzählen, wenn ich jetzt gehe? Und wie kann ich mich weiterhin im Spiegel ansehen, wenn ich diese Gelegenheit verschenke, Triti zu helfen und dem Geheimnis von Soul Beach auf die Spur zu kommen? Das hier ist definitiv nicht der richtige Zeitpunkt für schwache Nerven.

Ich drücke abermals fest auf die Klingel und diesmal hören wir sie laut und deutlich durchs Haus schallen, unmöglich zu ignorieren.

Durch die Glaseinsätze in der Tür sehe ich eine Bewegung. Eine schlanke Gestalt nähert sich mit demselben raschen, aber fließenden Gang, wie ich ihn von Triti kenne, und bevor ich noch mal Luft holen kann, geht die Tür auf.

»Ja, bitte?«

Kein Zweifel, wir haben das richtige Haus erwischt. Das kann nur Tritis Bruder sein. Er hat ein schmales, beinahe katzenhaftes Gesicht. Und obwohl er sonntäglich lässig gekleidet ist – Jeans und ein knittriges T-Shirt –, wirkt er unheimlich elegant.

»Ich möchte nicht stören –«, setze ich an.

»Nicht schon wieder«, unterbricht er mich mit einem Stöhnen. »Ich habe doch schon beim letzten Mal gesagt, wir sind nicht interessiert an ewiger Erlösung, okay? Und außerdem klingt es auch so, als würde die Verdammnis viel mehr Spaß machen.« Seine Stimme klingt vornehmer als die seiner Schwester, aber auch spitzer.

»Wir wollen dich nicht bekehren oder so was«, sagt Lewis und legt die Hand an die Tür, sodass der Junge sie uns nicht vor der Nase zuknallen kann.

Ich trete vor. »Es geht um deine Schwester. Triti. Triti Pillai, das ist doch richtig, oder? Sie ist … sie war eine Freundin von mir.« Da sind sie wieder, Meggies goldene Regeln des Lügens. Dieser Teil meiner Geschichte entspricht beinahe der Wahrheit, aber der nächste tut es nicht. »Wir kannten uns aus der Schule.«

Argwöhnisch sieht er mich an. »Du bist jünger als sie.«

»Triti war zwei Stufen über mir«, sage ich. »Und immer nett zu mir.«

Er runzelt die Stirn und mustert mich. »Du warst aber nicht bei der Gedenkfeier.«

»Nein, ich wäre gern gekommen, aber ich war … im Urlaub. Bitte, können wir vielleicht kurz reinkommen?«

»Aber du warst definitiv nicht bei ihr auf der Schule«, sagt Tritis Bruder zu Lewis.

»Ich bin Alice' Freund«, erwidert er und ich unterdrücke ein Schnauben. »Wir halten dich auch nicht lange auf, versprochen.«

Der Junge zögert, öffnet die Tür jedoch ein Stück weiter. »Okay. Aber wirklich nur kurz, meine Eltern kommen bald zurück und ich will nicht, dass Mum sich wieder aufregt.«

Lewis macht heimlich eine Daumen-hoch-Geste, als wir das Haus betreten, das nach Vanille-Lufterfrischer riecht. Wir folgen Tritis Bruder durch den breiten Flur in einen Wintergarten auf der Rückseite des Hauses. Es ist kühl und schummrig und die Oktoberwolken hängen so tief, dass ich das Gefühl habe, ich könnte den Finger ausstrecken und ein Loch hineinstechen. Er bedeutet uns, uns zu setzen. Die Rattanmöbel quietschen unter unserem Gewicht.

»Lewis«, stellt Lewis sich vor und gibt dem Jungen die Hand.

»Rafi.«

»Ich bin Alice.«

»Ja. Hat er ja schon gesagt.« In Rafis Augen liegt genauso viel Misstrauen wie in Tritis und das kann ich ihm auch kaum übel nehmen. »Was willst du hier? Warum kramst du die Geschichte nach so langer Zeit wieder hervor?«

»Ich …« Oh Gott, das Ganze war eine schreckliche Idee. Ich will einfach nur hier weg, denn von allen Leuten sollte ich doch wohl am besten verstehen, wie entsetzlich es ist, eine Schwester zu verlieren. Wahrscheinlich hatte er gerade, ein Jahr danach, endlich einigermaßen damit abgeschlossen und jetzt tauche ich hier auf, mit meinen Lügen, und zerre alles wieder ans Tageslicht.

Aber ich tue es ja für *sie*. Das darf ich nicht vergessen. Wenn ich herausfinde, warum Triti am Strand ist, kommt sie vielleicht von dort weg. Und danach vielleicht meine Schwester …

Lewis stößt mich mit dem Ellbogen an.

»Ich bin gekommen, weil ich Angst habe, dass mit mir dasselbe geschieht wie mit Triti.«

Rafi mustert mich kurz von oben bis unten. Gott sei Dank habe ich seit Soul Beach nicht viel Appetit gehabt – vorher hätte mir die Geschichte mit der Magersucht kein Mensch abgenommen.

»Du hast also einen Herzfehler, oder was?« Seine Stimme klingt höhnisch.

»Das war nicht der einzige Grund, dass sie gestorben ist. Oder, Rafi?«

Sein Gesicht wirkt plötzlich verschlossen. Er erinnert mich so sehr an seine Schwester. Nur, dass er für mich irgendwie sogar noch wichtiger ist: Immerhin ist er der erste Mensch, der mir definitiv die Existenz von Soul Beach beweist.

»Der Arzt hat gesagt, es waren natürliche Ursachen. So wollen wir sie im Gedächtnis behalten.«

»Aber warum ist sie ursprünglich ins Krankenhaus eingeliefert worden, Rafi?«, fragt Lewis, gerade als ich aufgeben will.

Eine Ewigkeit lang sagt niemand von uns etwas, dann aber sehe ich, dass Rafi Tränen in die Augen treten. Ich weiß genau, wie er sich fühlt. Ich wünschte, ich könnte ihm von Soul Beach erzählen, aber selbst wenn er mir glauben würde, wäre es für ihn wohl kaum tröstlich zu erfahren, dass seine Schwester heute genauso sehr leidet, wie sie es zu Lebzeiten getan hat.

»Sie war erst ganz am Ende dort. Als es sowieso schon fast vorbei war. Davor … na ja, du wirst das ja selbst am besten wissen, aber im Internat lässt sich so was leicht geheim halten. Und an einer reinen Mädchenschule ist das ja sowieso ziemlich verbreitet. Essen verstecken. Essen klauen. Ich glaube, sie hat überhaupt erst damit angefangen, um mit den anderen mitzuhalten.«

»Hmm«, sage ich. Im Internat. Das wusste ich nicht, aber irgendwie habe ich das Gefühl, es könnte wichtig sein.

»Als sie im Sommer, kurz bevor sie sechzehn wurde, nach Hause kam, war sie auf einmal total verändert. Dünner natürlich, aber auch distanzierter. Mum ist es auch aufgefallen, nur Dad nicht. Na ja, ganz am Ende dann schon. Vorher war sie einfach eine typische kleine Schwester, wisst ihr?«, fragt Rafi, scheint jedoch keine

Antwort zu erwarten. Es wirkt eher, als wären es gar nicht mehr wir, mit denen er spricht. Geistesabwesend starrt er hinaus in den herbstlich öden Garten. »Aber in dem Sommer hat sie auf gar nichts reagiert, was ich gesagt oder gemacht habe. Ich hätte sie kneifen können und sie hätte keinen Mucks von sich gegeben.« Plötzlich scheint ihm wieder einzufallen, dass wir hier sind. »Hab ich natürlich nicht. Sie gekniffen, meine ich. Klar konnte ich sie zwischendurch auch mal nicht ausstehen, aber ich habe sie geliebt. Tja, Geschwister eben, ihr wisst schon.«

Ich nicke. Ja, ich weiß, wie das ist. »Also glaubst du, es lag an der Schule, dass Triti sich so verändert hat?«

Rafi vergräbt das Gesicht in den Händen. »Hör zu, wir waren eine glückliche Familie. Vielleicht ein bisschen langweilig, aber glücklich. Ich merke doch, wie uns die Leute jetzt angucken. Mum und Dad werden nirgends mehr zum Essen eingeladen. Dabei wissen nur die wenigsten davon. Stellt euch mal vor, wie es gewesen wäre, wenn es in den Zeitungen gestanden hätte: *Tochter von indischem Geschäftsmann hungert sich zu Tode*. Die hätten doch alle das Schlimmste angenommen.«

»Wie meinst du das?«

»Das Übliche eben. Dass sie zu so einer komischen arrangierten Ehe gezwungen werden sollte oder dass Dad und ich sie zu unserer Haussklavin machen wollten, statt sie die Schule fertig machen zu lassen und so weiter.«

Ich werde rot. So etwas in der Art hatte ich ja auch vermutet. »Verstehe.«

»Also, ist es da ein Wunder, dass wir das alles lieber unter Verschluss halten wollten? Für Triti spielt es schließlich jetzt keine Rolle mehr.«

Genau da könntest du falschliegen, denke ich. Vielleicht war es gerade die Tatsache, dass niemand sich mit dem auseinandersetzen wollte, was wirklich mit ihr passiert ist, und aus diesem Grund ist Triti am Strand gelandet. »Hat sie denn nie erzählt, was passiert ist? Was sich an der Schule verändert hat?«

»Hat sie dir was erzählt?«

Ich wende den Kopf ab. »Nicht direkt.«

Sein Gesicht nimmt einen harten Ausdruck an. »Tja, dann weiß ich, wie schon gesagt, nicht, was du hier überhaupt willst. Und jetzt hätte ich gern, dass ihr beide geht, bevor meine Eltern zurückkommen.«

Lewis berührt meine Hand. »Wir sollten wirklich gehen, Alice.«

Ich stehe auf. Das war nicht alles, da bin ich mir sicher. Aber ich folge ihnen trotzdem durch den Flur und dort fällt mir eine Reihe von Fotos an der Wand auf. Alle ganz normal: Triti und Rafi in unterschiedlichen Schuluniformen oder bei Kostümpartys, im Urlaub in Frankreich und Spanien und einmal auch an einem exotischen Strand, der ein wenig an Soul Beach erinnert. Bei einem Feuerwerk. Ganz normale Alltagsfreuden. Triti ist kein Hungerhaken, aber das unterstreicht ihre Hübschheit nur noch mehr. Und sie hat eine große Oberweite, aber längst nicht so extrem wie am Strand.

Es gibt keine Bilder von ihr, auf denen sie über fünfzehn ist.

»Ihr seht glücklich aus. Auf den Fotos«, sage ich zu Rafi, der uns bereits die Tür aufhält.

Er denkt darüber nach. »Waren wir auch. Vielleicht dachte Triti ja, sie würde damit nur sich selbst verletzen, aber sie ist nicht mehr hier. Wir sind diejenigen, die den Schmerz noch immer ertragen müssen.«

»Tut mir leid, dass ich das alles wieder an die Oberfläche gebracht habe, Rafi«, sage ich im Gehen.

»Tja, na ja, ich weiß auch nicht, es war irgendwie ganz schön, mal über sie zu reden. Das tun wir nie. Ich wünschte nur, ich wüsste, warum du gekommen bist. Hoffentlich hast du erfahren, was du wissen wolltest.«

Am liebsten würde ich seine Hand drücken, ihm sagen, dass ich genau weiß, wie es ihm geht. Aber ich gehe nur die Eingangsstufen hinunter und er sieht uns nach, bis wir um die Ecke verschwunden sind. Zwischen Lewis und mir scheint eine unausgesprochene Übereinkunft zu bestehen, nicht zu reden, bis wir wieder an der U-Bahn sind.

»Das war ganz schön heftig«, sagt er schließlich.

»Ja. Und sinnlos«, erkläre ich. »Alles, was ich erreicht habe, ist, den armen Kerl traurig zu machen. Und wofür? Ich weiß kaum mehr als vorher. Noch nicht mal, auf welcher Schule Triti war.« Ich laufe voran, ich will weg von Lewis und allem, was mich daran erinnert, was ich gerade getan habe.

Er hält mich am Arm fest. »Hör mal, ich weiß ja nicht, was du überhaupt erreichen willst, aber eins merke sogar ich. Und zwar, dass dir das hier wirklich wichtig ist. Du trauerst, Alice, was dazu führt, dass ich dir viel mehr nachsehe als anderen Leuten, wenn es um Fehler geht.«

»Auch, wenn ich damit anderen Leuten wehtue, die auch trauern?«

Er hat meinen Arm immer noch nicht losgelassen. »Vielleicht nicht. Aber trotz deiner gelegentlichen Anfälle von Griesgrämigkeit glaube ich nicht, dass du jemand bist, der so was tut, ohne zumindest zu glauben, einen guten Grund dafür zu haben. Ich durchblicke das alles sowieso nicht, aber falls du es tust, dann mach, was nötig ist.«

Ich ziehe meinen Arm weg, aber nach seinen Worten geht es mir schon ein winziges bisschen besser. Auch wenn ich im Moment überhaupt nichts mehr durchblicke, weder was den Strand betrifft noch das normale Leben.

50

Ich brauche jetzt etwas Schönes. Ruhe. Einen klaren Horizont, der mir hilft, die Dinge im richtigen Verhältnis zu sehen.

Doch als ich am Strand ankomme, geht es dort zu wie beim Glastonbury Festival. Ein Dutzend unterschiedliche Melodien dudeln mir aus verschiedenen Richtungen entgegen: Blues, Rock, klassische Musik. Vor lauter tanzenden Körpern kann ich nicht mal mehr den Sand sehen. Die Bikinis und Surfshorts sind engen Glitzerkleidchen und frisch gebügelten Leinenhemden gewichen und mir wird schon vom Hinsehen ganz heiß. Der rauchige, blutige Geruch von Grillfleisch zieht meinen Blick auf die glühenden Kohlefeuer, die in regelmäßigen Abständen am Strand verteilt sind.

Mir ist sofort klar, dass sie die Gäste abzulenken versuchen. Wer immer *sie* auch sein mögen.

Ich schlängele mich durch die Menge zur Bar. Sam, die Dreadlocks feucht vor Schweiß, schnippelt drinnen hektisch Zitronen und Limetten für die auf der Theke aufgereihten Gläser mit Mojito und Sangria. Immer wieder kommen Gäste herein und bedienen sich.

»Na, viel zu tun?«

Sie sieht auf und zieht eine Grimasse. »Hi, du. Jepp, es reißt einfach nicht ab. Und ich habe erst in dem Moment davon erfahren, als ich die Kids hab tanzen sehen, als gäbe es kein Morgen.«

Ich frage mich, wo sie zwischen ihren Schichten eigentlich hingeht. Ich würde sie ja fragen, aber erst mal gibt es andere, wichtigere Dinge, die ich wissen muss. »Das ist alles wegen Triti, stimmt's?«

Sam wirft eine große Handvoll Limettenscheiben in eine Schüssel mit Zucker und fängt an, darauf einzustampfen, und verarbeitet die Früchte so aufgebracht zu Mus, dass mir ein bisschen Saft ins Gesicht spritzt. »Wie kommst du darauf?«, herrscht sie mich an.

»Das Ganze hier ist doch ein einziges großes Ablenkungsmanöver. Erst haben sie's mit gutem Wetter versucht und jetzt das hier. Sie wollen die Leute müde machen, passiv.«

Noch während ich es ausspreche, wird mir klar, dass ich diesen Gedanken von Danny haben muss; er hat etwas davon gesagt, dass sie hier die Gäste manipulieren, indem sie deren Umwelt manipulieren. Und wenn er damit recht hatte, womit wohl noch?

Sam nimmt eine Riesenflasche weißen Rum und dreht sie auf den Kopf, sodass ein klarer Strom Alkohol in die Schüssel gluckert. In ihrem dürren Arm zuckt ein Muskel.

»Wie immer habe ich davon genauso wenig Ahnung wie du. Aber vielleicht hast du recht. Das Problem ist nur, dass es verdammt schwer ist, die Gäste müde zu kriegen. Ich bin vor Erschöpfung wahrscheinlich längst tot umgefallen, wenn die noch lustig tanzen.« Endlich sieht sie mal auf. »Entschuldige. Das war nicht witzig.«

Ich zucke mit den Schultern. »Bei deinem Job hätte ich wahrscheinlich auch einen ziemlich schwarzen Humor. Hast du sie gesehen?«

»Meggie?«

»Nein, Triti.«

»Den Gerüchten nach ist sie untergetaucht. Nicht, dass es hier am Strand besonders viele Schlupflöcher gibt, aber ein paar von den … na ja, sagen wir mal skrupelloseren Gemütern geht ihr Verhalten langsam auf den Wecker und wer weiß, was dann passiert.«

»Skrupellos?«

»Nicht jeder, der nach dem Tod hierhergekommen ist, war in seinem früheren Leben ein Engel, verstehst du? Alles, was die Leute übereinander wissen, beruht sowieso nur auf den Versionen, die die Gäste selbst erzählen.« Sie fügt der Mischung noch etwas Minze hinzu und schon bald riecht die ganze Bar wie ein Garten im Hochsommer. Dann füllt sie die Hälfte in einen übergroßen Cocktailshaker um, gibt Eis dazu und schüttelt ihn zwanzig, dreißig, vierzig Mal.

»Aber die können Triti doch nicht wirklich etwas tun, oder doch?«

»Körperlich nicht, nein«, antwortet Sam und gießt die Flüssigkeit in einen Krug mit noch mehr Eis. »Aber um es mal so zu formulieren: Ich fände es furchtbar, hier einsam zu sein. Wenn ich ein Gast wäre, wäre das Einzige, was mir noch mehr Angst machen würde, als für immer hier zu sein, die Vorstellung, diese Ewigkeit allein durchleben zu müssen.«

Mir war noch gar nicht in den Sinn gekommen, dass es hier genauso wie auf der Erde Mobbing geben könnte. »Stimmt.«

Der Druck, Triti irgendwie zu retten, ist größer denn je. »Ich gehe sie mal suchen«, sage ich zu Sam.

»Nett von dir. Sie braucht jemanden, der sich um sie kümmert. Alle anderen verlieren langsam die Geduld.«

Draußen will ich mich gerade auf den Weg nach rechts in Richtung des ruhigeren Strandabschnitts machen, wo Triti sich wahrscheinlich versteckt, als mein Blick auf Danny fällt.

Er ist von einer Menschentraube umgeben. Zwei Mädchen halten ein Seil straff zwischen sich gespannt und Danny … ja, Danny, unser ach so sensibler Einzelgänger, tanzt Limbo darunter hindurch, während ein paar Jungs mit Bongos einen schnellen Rhythmus dazu trommeln.

Er wirkt ziemlich betrunken, so wie er die Augen verdreht, als er sich zurücklehnt und seinen Körper zu einem unnatürlichen rechten Winkel verbiegt.

Sein Hemd ist aufgeknöpft und hat dunkle Schweißflecken, und als er seinen Körper verdreht, entdecke ich Muskeln, die mir zuvor noch nie aufgefallen sind. Keinen Sixpack – ich hasse diese eitlen Typen, die jeden einzelnen Muskel in ihren übertrieben durchtrainierten Bäuchen benennen können –, aber wohldefiniert und genau an den richtigen Stellen. Ein dunkler Flaum verläuft von seinem Bauchnabel runter zum Hosenbund.

Ich sehe die Gesichter der Mädchen und bin ganz offensichtlich nicht die Einzige, die bemerkt hat, dass an Danny mehr dran ist als seine Schlagfertigkeit und sein gutes Herz. Oh ja. Was ich jetzt spüre, ist definitiv Eifersucht. Wenn die Sonne untergeht, könnte er schon einer von ihnen gehören.

Während ich noch nicht mal mit ihm Händchen halten kann.

Jede Spur von Zynismus und Sehnsucht ist aus seinem Gesicht gewichen und er sieht jetzt viel mehr so aus wie in dem Video, das ich gefunden habe. Ein liebenswerter, lebensfroher Teenager, der zufällig auch noch Millionenerbe ist und ein Mädchen für die Kamera küsst, nur um dessen Gefühle nicht zu verletzen. Ein junger

Mann, dem eine strahlende Zukunft bevorstand und dem mit einem letzten tiefen Sturz zu Boden alles genommen wurde.

Der Trommelrhythmus wird schneller, Danny hält die Augen halb geschlossen und zuckt im Takt. Plötzlich fällt mir auf, dass ich die Bongos gar nicht mehr höre, sondern nur noch eine Art Surren, und als ich hinschaue, ist sein Körper verdreht und windet sich krampfhaft, als versuchte Danny verzweifelt, sein Gleichgewicht wiederzufinden, während er fällt … und fällt … und fällt …

Im letzten Moment zwinkert das rechte Mädchen dem linken zu und die beiden senken das Seil ein Stückchen, bis es seine Haut berührt. Er schreckt zusammen, als hätten sie ihm ein Messer in den Bauch gestoßen, und kippt dann rückwärts mit einem eigentümlichen, tiefen Stöhnen und einem Klatschen in den Sand, sodass die Körnchen aufstieben wie Rauchschwaden.

Rings um ihn wird gelacht und applaudiert, doch keiner der anderen Gästen hilft ihm auf, während schon der nächste Limbotänzer ins Rampenlicht tritt.

Er versucht sich aufzurichten und sieht sich um, als wüsste er nicht so recht, wo er ist.

»Danny?«, rufe ich und eile auf ihn zu. »Alles okay?«

Die anderen können mich natürlich nicht hören, doch als Danny mich sieht, überzieht ein unglaublich breites Lächeln sein Gesicht. »Alice! Wie cool!«

»Ich würde dir ja hochhelfen, aber, na ja …« Ich hebe die Hände und komme mir absolut nutzlos vor.

»Kein Problem. Das krieg ich gleich schon allein hin. Kann ja nicht so schwer sein.« Er versucht es und scheitert wieder. »Puh, ist mir schwindelig. Liegt sicher am Limbo.«

»Und nicht etwa an Sams Mojitos?«

»Okay, vielleicht auch ein bisschen an denen. Sie macht die immer viel zu stark.« Beim dritten Mal gelingt es ihm, stehen zu bleiben, und er wischt sich den Sand von der goldbraunen Haut. »Aber ich hätte trotzdem gern noch einen. Kommst du mit?«

»Eigentlich bin ich auf der Suche nach meiner Schwester. Und nach Triti.«

Jetzt verdüstert sich seine Miene. »Klar doch. Ich weiß, wo die beiden sind. Weißt du schon, ob du Triti helfen kannst?«

»Ich arbeite dran.«

»Du schaffst das ganz bestimmt. Wie sagt man so schön? An dir ist mehr dran als nur ein hübsches Gesicht.« Und er sieht mich so eindringlich an, dass ich wegsehen muss, bevor ich rot werde oder irgendwas sage, das ich hinterher bereue.

»Du bist ja betrunken.«

Er starrt mich immer noch an. »Weißt du, da könntest du recht haben.«

»Ich sollte jetzt wirklich Triti suchen gehen.«

Danny macht ein unglückliches Gesicht. »Noch nicht«, sagt er und in seiner Stimme schwingt Panik mit. »Ich meine«, fügt er dann hinzu und lächelt wieder, »holen wir uns doch erst mal was zu trinken, ja, Alice? Das wirst du auf jeden Fall brauchen, wenn du mit ihr redest.«

»Aber ich kann doch gar nicht …« Ich beende den Satz nicht. Danny scheint den Unterschied zwischen uns vergessen zu haben: Er ist ein Gast hier und ich bin nur zu Besuch. Und als ich neben ihm durch den Sand stapfe und sich unsere Schritte aneinander anpassen, wünschte ich, ich könnte ihn auch vergessen.

51

Wir sitzen auf den Stufen vor der Strandbar. Abgesehen von vereinzelten Gästen, die nach drinnen flitzen und sich Getränkenachschub holen, ist sie völlig leer.

»Schätze mal, das ist der ruhigste Ort, den man heute Abend hier findet«, sagt Danny.

Ich sehe nach rechts, in Richtung des etwas wilderen Küstenstrichs, wo sich wahrscheinlich Triti versteckt.

Er schüttelt den Kopf. »Vergiss sie doch mal einen Moment. Bitte. Ich will über mich reden, mich, mich, mich!«

Ich öffne den Mund, um zu protestieren, als mir plötzlich auffällt, dass seine Augen trotz des Hundeblicks, den er aufgesetzt hat, so scharfsinnig wirken wie eh und je. Ergreift die Verzweiflung langsam auch von ihm Besitz? Wird Danny vielleicht der Nächste, dessen Tod ich aufklären muss, wie eine Art paranormale Miss Marple?

Ob er wohl weiß, dass ich so ziemlich alles für ihn tun würde, wenn er nur lieb fragt?

»Okay, ich bleib ja hier. Leg los, ich höre zu.«

»Du hältst mich wahrscheinlich für verrückt, aber ich sag es dir jetzt einfach trotzdem. Morgen kann ich's dann wenigstens auf den Alkohol schieben.«

Die Geräuschkulisse verändert sich, die Partymusik wird leiser, übertönt vom Rauschen der Wellen und einer Art Knistern, als wäre die Luft um uns elektrisch aufgeladen.

»Lass es lieber. Das klingt nach einem ernsthaften Gespräch und das führt man besser nicht, wenn man betrunken ist.«

Danny lächelt. »Sehe ich ganz anders. Ein viel größerer Fehler ist es, wenn man die Dinge nicht ausspricht, die gesagt werden müssen, obwohl der Zeitpunkt genau richtig ist. Zumindest das hat mich das Totsein gelehrt, Alice.«

Dagegen kann ich wohl kaum etwas einwenden.

»Bevor du hergekommen bist …« Er hält inne. »Nein, ich fange besser von vorn an. Als ich gerade hier gelandet war, war ich so wütend, das kannst du dir gar nicht vorstellen. Auf das Leben, auf mich selbst. Auf alle. Aber ziemlich bald ist mir klar geworden, dass meine Wut nichts half. Die brachte mich auch nicht weiter.«

»Ich wünschte, du könntest das Triti klarmachen.«

»Hab ich ja versucht. Aber nicht bei allem, was ich sage, geht es um Triti.« Er streckt die Hand nach mir aus und schlägt sich kurz darauf damit gegen die Stirn. »Wenn das hier das normale Leben wäre, würde ich jetzt deine Hand nehmen, Alice. Die Tatsache, dass ich das nicht kann, macht es nur noch schwerer.«

»Weil du die Lampen anhast?«

»Was? Was denn für … Ach so, weil ich was getrunken hab. Ja. Aber das sollte es eigentlich leichter machen.« Er schließt die Augen und reißt sie dann wieder weit auf. »Mann, du denkst sicher schon, wann kommt der denn endlich auf den Punkt? Also, jedenfalls hab ich irgendwann beschlossen, der Welt einen ganz neuen Danny zu präsentieren. Damals, im echten Leben, hab ich allen nur gezeigt, was sie sehen sollten: Ich war der lässige, nette Kerl, der für jeden einen Witz und ein Lächeln auf den Lippen hatte.«

Ich weiß, denke ich, ich habe dich in dem Video gesehen. Zwar nur ein paar kostbare Sekunden lang, aber das hat schon gereicht, um dich zu verstehen.

Um mich in dich zu verlieben.

»Hier am Strand wollte ich anders sein. Ich wollte mir meine Energie aufsparen. Mich zurückhalten. Und so bin ich vom Partylöwen zum Mauerblümchen mutiert. Zum Beobachter. Na ja, zumindest fürs Erste. Ich meine, wenn wir wollen, können wir hier tausend verschiedene Versionen unserer Selbst nacheinander ausprobieren, und trotzdem kratzt das noch nicht mal an der Oberfläche der Zeit, die vor uns liegt.«

Ich sehe zum Horizont, wo gerade die Sonne untergeht. Genau das ist der Kern des Ganzen, wenn man hier ist. Die Ewigkeit. Ich erschaudere.

»Ich habe hier ein paar Kumpels gefunden, mich bewusst um Leute bemüht, die anders als die Holzköpfe und Cheerleader sind, mit denen ich auf der Erde immer um die Häuser gezogen bin: Javier, Triti, deine Schwester. Das sind gute Leute. Loyal. Sie kapieren, dass das hier keine endlose Party ist.«

Ich nicke, auch wenn ich meine Schwester eigentlich eher für ein Partygirl gehalten habe. Zumindest war die alte Meggie so. Aber vielleicht hat sie sich hier auch verändern müssen.

Er fährt fort. »Deshalb ist es zwar nicht immer nur ein Riesenspaß, mit ihnen zusammen zu sein, aber es tut gut, den Leuten nicht die ganze Zeit etwas vormachen zu müssen. Manchmal auch seine verletzliche Seite zeigen zu können. Und dann bist du gekommen.«

Oh Gott, ich brauche was zu trinken.

»Du warst anders.«

»Lebendig«, entgegne ich und wünsche mir sofort, ich hätte den Mund gehalten, weil es einfach nur patzig und sarkastisch klingt.

Aber Danny lächelt nur. »Das auch. Aber du warst auch deswegen anders als alle anderen um mich herum, weil du immer noch Hoffnung hattest.«

»Kommt mir aber nicht unbedingt so vor.«

»Glaub mir, wenn man an den Strand gewöhnt ist, dann erscheint einem selbst das winzigste Fünkchen Hoffnung strahlend hell, wie ein Leuchtturm, der vor einem schiffbrüchigen Seemann auftaucht.«

»Du bist wirklich ganz schön betrunken, was?«

»Tu mir einen Gefallen, Alice, und lass mich einfach sagen, was ich sagen will, okay?« Er wartet, bis ich genickt und pantomimisch einen Reißverschluss über meinem Mund zugezogen habe.

»Also, wo war ich? Hoffnung. Die kommt dir ganz selbstverständlich vor, wenn du lebendig bist, aber, oh Mann, wenn man tot ist, vermisst man sie ganz schön. Na ja, da warst du also plötzlich, und natürlich sahst du wunderschön aus, aber das ist hier schon so normal, dass es eigentlich langweilig ist. Du warst mehr als das. Es war, als hätte mir jemand einen Spiegel vorgehalten, und alles, was ich sehen konnte, waren Hoffnungslosigkeit und Sehnsucht.«

Ich nicke. »Schon als ich dich zum ersten Mal gesehen habe, wusste ich, du sehnst dich nach irgendetwas, was du nicht haben kannst.«

»Nach irgendetwas? Oder irgend*jemandem*?«

Ich werde rot. Das hier wird mir langsam echt zu schräg.

»Mein Gott, wieso krieg ich es denn einfach nicht raus? Da bin ich an einem Strand mit Hunderten von Nymphomaninnen, die

die nächsten paar Tausend Jahre nichts Besseres zu tun haben, als mir zu erzählen, wie toll ich bin, mir das Ego zu massieren und ihre Oralsextechnik an mir zu perfektionieren, und ich verliebe mich ausgerechnet in das einzige Mädchen, das ich noch nicht mal berühren kann … Liebe?« Er trinkt seinen Cocktail aus. »Na ja, sagen wir vielleicht nicht gleich Liebe. Sagen wir lieber mögen. Kann man sich vermögen?« Er lacht.

Aber er hat nicht mögen gesagt. Sondern ver*lieben*.

Und da bin ich mir plötzlich sicher.

Als er mich wieder ansieht, ist die Sehnsucht in seinen Augen größer denn je. »Welcher tote Idiot verknallt sich denn schon in jemanden, mit dem er sowieso nie richtig zusammen sein kann? Ich muss echt der größte Trottel der Welt sein.«

»Zwei Trottel«, flüstere ich.

»Hm?«

»Wenn du ein Trottel bist, dann bin ich auch einer.«

Ich sehe ihm wieder in die Augen und frage mich, ob dieser Spiegel, von dem er gesprochen hat, auch meine Sehnsucht reflektiert. »Das soll heißen, vielleicht fühle ich dasselbe wie du, Danny. Lieben. Mögen. Nenn es, wie du willst. Aber ich glaube … es *könnte* Liebe sein.«

Mein Bildschirm friert ein. Was habe ich getan? Verstößt das gegen die Gesetze des Strandes? Habe ich eine der Regeln aus dem Buch gebrochen, das ich nie lesen durfte?

Ich höre mich atmen, hastig und flach, und mein Zimmer scheint sich um mich zu drehen.

Dann kehrt das Bild zurück, Pixel für Pixel. Dannys erschrockenes Gesicht blickt mich an.

»Was ist da gerade passiert?«, frage ich.

»Ich dachte, das wäre nur bei mir so gewesen.«

»Was? Das, was gerade passiert ist, oder … das andere?«, vergewissere ich mich und füge dann hinzu: »Das, na ja, das mit der Liebe.«

»Beides.« Er runzelt die Stirn, teils amüsiert, teils verwirrt.

»So was habe ich noch nie zu irgendjemandem gesagt, Danny.«

»Ich auch nicht.«

In meinem Kopf taucht das Bild aus dem Nachrichtenbeitrag auf, wie er das Mädchen küsst. »Das glaube ich nicht.« Ich lache. »Ein begehrter Junggeselle wie du?«

»Ist aber wahr«, sagt er schlicht. »Nie gesagt und nie gefühlt.«

»Warum dann ich?«

Danny schüttelt den Kopf. »Warum überhaupt irgendjemand? Meine Mum hat, obwohl sie Katholikin war, an Horoskope geglaubt. Mein Dad an die Vernunft, daran, dass man erst mal rauskriegen muss, was man sich wirklich wünscht, und dann seine Möglichkeiten voll ausschöpft, um es zu bekommen. Oh Mann, was habe ich mir an diesem Strand nicht alles schon gewünscht. Ein paar Computerspiele. Eine Ausgangstür. Aber mich in eine Besucherin zu verlieben … wie soll das Ganze dadurch für mich erträglicher werden?«

»Nein.« Plötzlich wird mir die Distanz zwischen uns bewusst. Wenn ich mir früher vorgestellt habe, wie meine erste große Liebe mir ihre Gefühle gesteht, dann dachte ich immer an Küsse und himmlische Chöre und ein wundervolles Kribbeln, das meine ganze Welt auf den Kopf stellt.

Und nun sitzen wir hier, so dicht nebeneinander, dass, wenn wir uns auf derselben Ebene befänden, schon die winzigste Bewegung unausweichlich in einem Kuss enden würde.

Was würde ich dafür geben, mich mit ihm auf derselben Ebene zu befinden …

»Tut mir leid, Alice.«

»Das muss dir doch nicht leidtun. Im Gegenteil. Mir tut's kein bisschen leid.«

Schweigen, nichts außer dem Rauschen der Wellen. Die Sonne muss während unseres Gesprächs komplett untergegangen sein, der Himmel hat ein tiefes Violett angenommen und der Mond hängt riesig wie ein Heißluftballon direkt über uns.

»Es ist so wunderschön, nicht wahr? Manchmal wünschte ich, ich könnte richtig hier sein.«

»Nein!« Er weicht vor mir zurück.

»Warum nicht? Wenn ich dir von meinem Leben in der sogenannten echten Welt erzähle, dann würdest du vielleicht kapieren, dass das nicht die größte Tragödie aller Zeiten wäre.«

Danny steht auf und schüttelt heftig den Kopf. »Nein! Auf keinen Fall. Wenn ich nur eine Sekunde lang gedacht hätte, dass du dein Leben aufgeben würdest für … für ein Nichts wie mich, dann hätte ich nie den Mund aufgemacht. Scheiße. Gibt's hier irgendwo eine Löschtaste?« Seine Stimme ist immer lauter geworden und er schüttelt die Faust in Richtung des virtuellen Himmels.

»Beruhige dich wieder, Danny, ich hab doch nicht gemeint –«

Er dreht sich zu mir um, sein gebräuntes Gesicht wirkt schwarzweiß im Mondschein. »So was darfst du niemals, niemals denken. Eins verspreche ich dir, solltest du irgendwas – egal was – unternehmen, um für immer hierher zu mir zu kommen, dann rede ich nicht mit dir und berühre dich nicht, dann existierst du nicht mehr für mich. Ist das klar? Es ist nun mal so, wie es ist. Dieses Risiko kann ich nicht eingehen. Ich habe dich nicht verdient.«

Mein Hirn kann langsam nicht mehr folgen. Im einen Moment sind wir noch Seelenverwandte und im nächsten schnauzt er mich so an.

Dann aber begreife ich, dass das, was Danny gesagt hat, nur ein umso größerer Beweis dafür ist, wie viel ich ihm bedeute – er würde alles für mich aufgeben, selbst seine einzige Chance, glücklich zu sein.

»Verstanden«, sage ich.

»Wirklich?«

Ich nicke.

Wir stehen jetzt beide und blicken uns an. Mein Körper kribbelt von Kopf bis Fuß und ich werde kein Detail dieses Augenblicks jemals vergessen. Den Duft nach Minze, Limetten und Gegrilltem. Das Rauschen des Meeres und, darunter gerade noch hörbar, ein Saxofon, das eine Bluesmelodie spielt: Amazing Grace …

Ich werde mich an diese Augen erinnern, die nicht länger gequält blicken, sondern nun leidenschaftlich funkeln. Diese Lippen, die so viel versprechen, aber mir nie mehr als Worte werden geben können.

Irgendwo, weit weg, vibriert mein Handy, als es eine neue SMS empfängt.

»Was war das?«, fragt Danny. Er spürt, dass mich etwas ablenkt.

»Nichts Wichtiges. Nichts, das so wichtig wäre wie das hier.« Dann aber höre ich noch ein anderes Geräusch: ein leises Wimmern, wie von einem verletzten Tier.

Danny sieht nach links, in Richtung des verschwommenen, unfertigen Teils des Strandes. »Triti«, sagt er und in seinen Augen formt sich eine Frage.

»Sollen wir sie suchen gehen?«, schlage ich zögerlich vor.

Ich spüre, dass wir beide dasselbe denken, aber das hier ist doch *unser* Moment.

»In deiner Welt kannst du ihr besser helfen als hier in ihrer«, meint Danny.

Ich nicke. »Ich arbeite dran.«

Er lächelt, als wüsste er genau, wie schwer das alles für mich ist. »Dann sollte ich dich wohl besser gehen und weitermachen lassen.«

»Nein«, protestiere ich, aber er bewegt sich schon rückwärts.

Wie verabschiedet man sich von dem Jungen, den man liebt, aber niemals berühren kann? Ihm einen Luftkuss zuzuwerfen, wie ich es immer mit Meggie mache, scheint mir zu trivial.

Danny beantwortet meine Frage. Er formt mit den Lippen lautlos »Gute Nacht, träum süß« und legt dann die Hand aufs Herz, wie ein Versprechen.

Ich tue es ihm nach.

Als der Strand im Nebel verschwunden ist, starre ich noch über eine Minute lang einfach auf den Bildschirm. Dann fällt mir die SMS wieder ein und ich greife nach meinem Handy.

Gib Tim nicht auf, Alice, er will dir die Wahrheit sagen, da bin ich mir sicher. Ich werde ihn auf jeden Fall so lange bearbeiten, bis er es tut, glaub mir. Dein Freund, A.

Ich starre auf das Display. Irgendetwas am Tonfall dieser Nachricht kommt mir nicht ganz richtig vor, zu intim, zu aufdringlich. Aber ich kann es mir nicht leisten, Adrian vor den Kopf zu stoßen, nicht, solange ich Tim noch nicht erreicht und ein paar Antworten aus ihm herausbekommen habe.

Also schreibe ich *Danke* zurück und schalte dann das Handy aus, um mich auf das zu konzentrieren, was kurz zuvor passiert ist.

Ist das nun Liebe, oder zumindest etwas Ähnliches?

Seit meine Schwester ermordet wurde, ist mir Glück immer wie etwas vorgekommen, auf das nur noch andere Leute hoffen können. Ich selbst war nur wie eine Beobachterin, die vom Rand aus bei einem ausgelassenen Tanz zusah, ohne jemals mitmachen zu können.

Erst in diesen letzten Minuten hat mich endlich jemand zurück auf die Tanzfläche geholt.

Danny ist in mich verliebt und ich in ihn und nichts anderes scheint plötzlich mehr wichtig.

52

»Du bist irgendwie anders.« Cara fängt mich in der Pause vor dem Klo ab.

»Ach ja? Inwiefern?« Anders? Anders beschreibt es nicht mal annähernd. Meine ganze Welt steht kopf.

»Tja, also erstens habe ich dich im Unterricht tatsächlich mal lächeln sehen, was so ziemlich seit Jahren nicht mehr vorgekommen ist. Und außerdem summst du andauernd vor dich hin.«

»Tu ich das?« Alles kommt mir auf einmal so wunderschön vor, auch wenn Danny niemals hier bei mir sein kann. Trotz der Distanz zwischen uns dudeln in meinem Kopf Liebeslieder, weil es irgendwo einen Menschen gibt, der mich mehr braucht als alles andere, und ich ihn genauso. »Tut mir leid. Ich weiß, wie nervig das ist, Mum macht es auch immer.«

»Und da ich deine beste Freundin und Vertraute Nummer eins bin, hättest du es mir selbstverständlich erzählt, wenn du einen Typen kennengelernt hättest oder so was, richtig?«

Ich spüre, wie ich rot werde. »Ich? Wenn man dir glaubt, verbringe ich doch mein ganzes Leben damit, mich in meinem Zimmer zu verschanzen und Depri-Musik zu hören.« Ich lächle, um zu zeigen, dass ich es nicht so ernst meine.

»Ach ja, stimmt.« Cara grinst reuig. »Aber vielleicht hast du ja zufällig online den passenden Depri-Kerl gefunden?«

»Kann schon sein.«

»Na, sieh mal einer an, die kleine Miss Geheimnisvoll.« Sie mustert mich. »Soll das etwa heißen, du kommst zu uns zurück, Alice? Ich glaube nämlich, das würde ich nicht aushalten, mir erst Hoffnungen zu machen und dann zusehen zu müssen, wie dir wieder die Sicherungen durchknallen.«

Ich wünschte, ich könnte ihr sagen, was sie hören will: dass alles wieder genauso wird wie früher. Aber wie könnte ich das, nach allem, was ich gesehen und erfahren habe?

»Ein bisschen besser geht's mir wirklich, aber erwarte lieber nicht zu viel von mir, Cara. Das Ganze hat mich verändert. Ich wäre wahrscheinlich noch viel seltsamer, wenn nicht …« Ich wende den Blick ab.

»Ja.«

Sie umarmt mich und ich drücke sie an mich, sehne mich so sehr danach, ihr wieder nahe zu sein, aber ich weiß, dass meine beste Freundin um keinen Preis von meiner verrückten, verzweifelten neuen Welt erfahren darf.

Als wir einander loslassen, erfüllt mich Trauer; genau so war es früher immer zwischen uns. »Genug jetzt von mir, Cara. Wie läuft's mit Felipe?«

Schon legt sie los mit den neuesten Storys, in denen jede Menge Drama und Leidenschaft und Extensions eine Rolle spielen, doch ich kann die ganze Zeit nur daran denken, dass dies alles nicht so einseitig sein dürfte. Wir müssten das, was uns bewegt, miteinander teilen, wie es beste Freundinnen nun mal tun. Doch wie soll das gehen?

Als Cara zwischendurch mal Luft holt, hebe ich schnell die Hand. »Tut mir leid, ich will den Rest auf keinen Fall verpassen, aber ich muss wirklich mal dringend aufs Klo, bevor die nächste Stunde anfängt.«

»Ich komme mit«, sagt sie und rattert weiter alle Einzelheiten herunter, inklusive jeder SMS und jedes Gerüchts, das sie jemals über ihren neuen argentinischen Freund gehört hat. Und zwar mit voller Lautstärke, damit ich sie über die Toilettenspülungen und rauschenden Wasserhähne hinweg auf jeden Fall höre.

Als ich wieder rauskomme, betrachte ich mich im fleckigen Toilettenspiegel. Es ist das erste Mal seit Wochen, dass ich mich richtig ansehe.

Und in *das da* hat Danny sich verliebt? In diese ungezupften Augenbrauen und strubbeligen Locken und Haut, die so weiß ist, dass es scheint, als hätten die vielen Stunden vor dem Bildschirm sie förmlich ausgebleicht?

Aber er sieht ja nicht wirklich mich. Er sieht die geschönte Version von Alice, die es ohne die Hilfe von plastischer Chirurgie nie geben könnte. Unter den Augen habe ich immer noch dunkle Ringe und hier und da blühen ein paar Pickel, die sich, wenn ich nicht aufpasse, schnell wieder in eine handfeste Akne verwandeln könnten.

Einen Moment lang droht mein Liebes-Hoch ins Wanken zu geraten. Hätte der gut aussehende, stinkreiche Danny Cross sich auch dann in mich verliebt, wenn wir uns, auf welche Art auch immer, im realen Leben kennengelernt hätten? So wie das, wie meine Cousine Stacie behauptet, bei Seelenverwandten eben ist?

Meine Augen. Die sehen tatsächlich anders aus als früher. Sie leuchten. Wissend. Voller Sehnsucht.

Genau wie seine.

Ich verlasse die Toiletten. Die Schulklingel unterbricht Caras

Geschichte genau an der Stelle, an der sie mir anvertraut, er könne vielleicht *der Eine* sein, und ich lächele, denn zum ersten Mal überhaupt kann ich nachempfinden, wie es ihr geht. Und dieser Moment des Verstehens, auch wenn ich Cara nichts davon sagen kann, baut mich auf, wenn auch nur für ein, zwei Sekunden, und sorgt dafür, dass ich mich meiner Freundin wieder nahe fühle.

Doch es gibt nur einen einzigen Menschen, dem ich alles erzählen will. Nur einen einzigen Menschen, der genau weiß, wie das Leben – oder der Tod – einen völlig unvermittelt aus der Bahn werfen kann.

Meggie wird mich verstehen.

»Heute fühle ich mich so nah an einem Kater dran wie seit Monaten nicht«, stöhnt meine Schwester und hält sich in typischer Meggie-Melodramatik den Kopf, dann setzt sie sich eine riesige Sonnenbrille auf.

»Ich dachte, ihr könnt hier gar nicht verkatert sein.«

»Dachte ich auch. Ich hoffe nur, ich bin die Einzige, der es so mies geht, sonst kommen die Verschwörungstheoretiker noch richtig in Fahrt. Die behaupten dann nur wieder, dass die da oben das veranlasst haben, um uns einen Dämpfer zu verpassen oder so.«

Wir liegen Seite an Seite in einer Bambushütte auf einer rotweiß karierten Decke. Die Hütte hat drei Wände und ist zum Meer hin offen, sodass wir nur das Wasser und den Himmel sehen können. Das Ganze könnte auch als Poster in irgendeinem Wellnesstempel hängen, nur dass es dreidimensional und absolut atemberaubend ist.

Manchmal frage ich mich, wie ein Ort, der nur online existiert, mich so vollkommen in seinen Bann ziehen kann.

»Meggie?«

»Anwesend.«

»Ich glaube … ich glaube, ich habe jemanden kennengelernt.«

Sie schießt hoch und zieht dann eine Grimasse. »Autsch. Du *glaubst*? Wen? Robbie kann es nicht sein, nach all der Zeit. Ich meine, er ist ja ein lieber Junge und sieht auch supersüß aus, aber ein bisschen langweilig ist er schon … Also, kenne ich ihn?«

»Könnte man so sagen, ja.«

»Oh, sag's mir nicht, sag's mir nicht, lass mich raten …«

»Versuchst du hier gerade, eins der großartigsten Dinge, die mir je passiert sind, in ein Ratespiel zu verwandeln, Meggie?«

Sie wirft mir einen verunsicherten Blick zu. »Äh …«

Ich lache los, denn das ist im Moment alles, was ich will: kichern und tratschen und mich in meinem Glück sonnen, während mich jemand deswegen neckt und zum Erröten bringt. Ich will *normal* sein. »War nur ein Witz. Außerdem kommst du sowieso nicht drauf.«

Ihr ganzes Gesicht knautscht sich vor Konzentration zusammen. Ich weiß, dass sie gar nicht raten kann, weil sie sich außer Robbies und Caras nie die Namen meiner Freunde gemerkt hat. Es interessierte sie einfach nie besonders.

»Wer war denn noch mal dieser Junge, mit dem Cara in der Zehnten 'ne Weile zusammen war? Der für Middlesex Fußball gespielt hat? Ich hab immer gedacht, ihr zwei würdet gut zusammenpassen.« Sie legt sich wieder hin. Das Raten scheint ihr Spaß zu machen.

»Nein, der ist es nicht. Wie gesagt, du errätst es sowieso nicht.«

Mit einem Mal kann ich es gar nicht erwarten, es ihr zu sagen.

»Oder was ist mit dem Typen mit dem Afro, der aussah wie ein ganz junger Michael Jackson? Der war echt süß. Ach, wie schön, meine kleine Schwester ist verliebt. Ich dachte, das erlebe ich nicht mehr –«

»Es ist Danny.«

»Danny, Danny, an den kann ich mich gar nicht erinnern …« Dann aber stemmt Meggie sich hoch und versucht, meinen Arm zu packen, was natürlich nicht funktioniert. »Moment mal, etwa der Danny *hier*?«

Ich nicke. Wenn sie es erst mal ein bisschen verdaut hat, werde ich ihr erklären, was an ihm so wunderbar ist, warum ich nie wieder jemandem wie ihm begegnen werde. Dass wir wie die zwei Hälften einer Person sind. Dass ich mich wie etwas ganz Besonderes fühle, wenn ich bei ihm bin. Und sie wird mir erzählen, wie sie sich bei Tim gefühlt hat, und es wird sein wie früher: Meine große Schwester, die lacht, mit mir witzelt, mir erklärt, wie das Leben läuft.

Ich hätte nie gedacht, dass ich mich mal danach sehnen würde, dass sich jemand über mich lustig macht, aber im Augenblick wünsche ich mir nichts mehr, als dass sie mich ein bisschen aufzieht und dann irgendwann zugibt, wie absolut umwerfend Danny ist. Ich warte.

Meggie schüttelt den Kopf, was offenbar nicht besonders gut für ihren Kater ist, so gequält, wie sie kurz darauf die Augen zusammenkneift. »Hmm. Das ist keine so tolle Idee, Schwesterherz, ehrlich nicht.«

»Wir haben das ja nicht geplant«, meine ich und komme mir plötzlich dumm vor. »So was kann man schließlich nicht kontrollieren. Es ist einfach … passiert.«

Sie lächelt nachsichtig. »Also wirklich, Florrie, manchmal könnte ich mich über dich kaputtlachen.«

»Kaputtlachen?« Tja, schließlich wollte ich, dass sie kichert. Aber ihre Stimme klingt so eigenartig.

»Danny. Ich meine, mir ist klar, dass er unter anderen Umständen ein super Fang wäre, aber mal ehrlich, man kommt eben leider nicht an der unseligen Tatsache vorbei, dass er, na ja, ein winziges bisschen tot ist.«

»Glaubst du vielleicht, das hätte ich vergessen?«

»Sei nicht sauer, Florrie. Es ist nur ...« Meggie nimmt die Sonnenbrille ab und sieht mich aus blutunterlaufenen Augen an. »Oh Gott, du meinst das wirklich ernst, stimmt's?«

»*Tod*ernst«, sage ich.

»Wie alt bist du jetzt?«

»Sechzehn. Alt genug, um Sex zu haben. Alt genug, um von der Schule abzugehen und um Motorroller zu fahren.« Ich weiß, wie kindisch das alles klingt, aber ihr Ton gefällt mir nicht.

»Ganz offensichtlich aber nicht alt genug, um eine vernünftige Entscheidung zu treffen. War dir vorübergehend entfallen, dass er nicht mehr am Leben ist, oder was?«

»Natürlich nicht. Pass auf, Meggie, so was muss ich mir wirklich nicht anhören. Soll ich lieber gehen, bis du dich für mich freuen kannst?«

Ihr Gesicht erstarrt und ich bekomme sofort ein schlechtes Gewissen wegen dieser Drohung. Früher hatte ich nie irgendwelche Macht über meine Schwester, jetzt aber sehe ich regelrechte Panik in ihren Augen.

»Nein. Nein. Tut mir leid.« Sie seufzt. »Lass mich noch mal anders anfangen. Ich will ja nicht sagen, dass das alles total dumm ist ...«

»Was bedeutet, dass du genau das denkst.«

»Hast du dir das auch wirklich gut überlegt, Alice?«

Mir wird klar, dass sie es jetzt ernst meint, denn sie benutzt meinen richtigen Namen. »Ich denke kaum noch an was anderes.«

»Also findest du es in Ordnung, dass du ihn niemals berühren oder richtig mit ihm zusammen sein kannst?«

»Nicht in Ordnung, nein, aber es gibt Wichtigeres als das.«

»Das sagst du jetzt, aber … Liebe ist mehr als Bauchkribbeln und rosa Herzchen. Manchmal kann sie auch verdammt düster und schmerzhaft und brutal sein. Und manchmal sogar tödlich.«

Ich drehe mich zu ihr um. »Hast du dich an irgendwas erinnert? Oder willst du mir nur Angst einjagen?«

»Nein. Nein, natürlich nicht. Aber die Grenze zwischen Leidenschaft und Hass kann manchmal ziemlich leicht verschwimmen.«

»War es so mit Tim?«

Meggie sieht zur Seite. »Ich erinnere mich nicht, Alice. Ich schätze, ich will einfach nur sagen, dass die Entscheidungen, die wir treffen, nicht immer so einfach sind, wie sie anfangs scheinen. Die Vorstellung von so einer bedingungslosen Liebe zu Danny ist romantisch, klar, aber das war die Geschichte von Romeo und Julia auch, und die ist *nicht* gut ausgegangen.«

»Ich bin ja nicht blöd.« Aber ihre Worte zeigen Wirkung; schon fühle ich mich nicht mehr so euphorisch, sondern eher ein bisschen lächerlich.

»Das habe ich ja auch nicht behauptet.« Ihre Stimme klingt jetzt beschwichtigend. »Aber wenn ich darüber nachdenke, wie kostbar das Leben ist und wie viel Schönes du noch vor dir hast, ist dieser Gedanke schwer zu ertragen. Du kannst jeden Mann haben, den du willst. Da draußen gibt es eine ganze Welt voll davon, Florrie, verschwende deine Zukunft nicht an einen von uns.«

»Ich sehe aber in der realen Welt keine Zukunft für mich. Ich glaube schon lange nicht mehr, dass es dort noch irgendetwas für mich gibt. Nicht, seit du nicht mehr da bist.«

Meine Schwester sieht mich an. »Wir sind *Geister*, Florrie.«

»Du hast gesagt, ich soll euch nicht so nennen.«

»Weil es zu nah an der Wahrheit ist.« Sie macht eine Geste zum Strand hin, wo die Gäste reglos in der Sonne liegen, ihre Gliedmaßen scheinen mit dem Sand verschmolzen. Sie runzelt die Stirn. »Und was meint Danny überhaupt dazu?«

»Ihm geht es genauso wie mir.« Ich denke an den Abend, als er es mir gesagt hat, und trotz der Zweifel, die Meggie in mir geweckt hat, überläuft mich ein wohliger Schauer. »Wir wollen es langsam angehen. Ich meine, okay, wir haben sowieso keine andere Wahl, schließlich können wir uns ja nicht berühren. Aber glaub nicht, dass wir nicht verstehen, was das für uns beide bedeutet.«

Meggie seufzt. »Ach, Süße. Ich bin mir sicher, dass du denkst, es zu verstehen, aber wie solltest du denn? Überleg mal, er ist einsam und verzweifelt. Er würde dir alles erzählen, was du hören willst.«

»Du liegst total falsch. Als ich ihm erzählt habe, was ich fühle, da hat er mich sogar gewarnt. Er hat gesagt, wenn ich irgendwie dafür sorge, dass ich hier lande, würde er kein Wort mehr mit mir reden und so tun, als würde ich gar nicht existieren.«

Meine Schwester schließt die Augen. »Gott. Daran darf ich gar nicht denken. Das würdest du doch nicht tun, oder?«

»Natürlich nicht.« Ich wünschte, ich wäre mir so sicher, wie ich mich anhöre.

»Mir klingeln schon die Ohren«, meldet sich eine Stimme zu Wort.

Danny.

Er sieht meine Schwester überhaupt nicht an – nur mich. Er ist noch perfekter, als ich ihn in Erinnerung hatte. Zuvor haben mich immer seine Augen angezogen – diese tiefgrünen rätselhaften Augen –, aber jetzt bin ich geradezu hypnotisiert von seinen weichen Lippen.

»Hallo, meine Schöne«, formen sie.

»Selber hallo.«

»Ach, Mann, muss ich mich denn jetzt ernsthaft einer jungen Liebe in den Weg stellen?«, flucht meine Schwester.

Danny seufzt und schließt für einen Moment die Augen.

Irgendwann, vielleicht sogar schon heute Nacht, möchte ich einmal neben ihm liegen, wenn er schläft, möchte zusehen, wie seine Lider flattern, und seine Träume erraten.

Als er die Augen wieder öffnet, wendet er sich Meggie zu. »Ich weiß, was du jetzt denkst, aber ich werde nicht zulassen, dass sie zu uns kommt. Ich könnte es nicht ertragen, dafür verantwortlich zu sein.«

Meggie schüttelt den Kopf. »Es ist zu gefährlich. Begreift ihr das denn nicht? Besonders du, Danny. Du bist der Ältere. Hättest du dich nicht für irgendeine von den Gästen entscheiden können? Hier sind doch Hunderte von hübschen Mädchen …«

Er sieht wieder mich an. »Die sind aber alle nicht Alice.«

Meine Schwester tritt wütend in den Sand. »Verdammter Mist, für so was hab ich echt keinen Nerv. Ich bin doch nicht eure Mama.« Sie hebt den Kopf. »Passt auf, ich kann euch nicht aufhalten, aber ich hoffe für euch beide, dass das bloß eine harmlose Schwärmerei ist, die ganz schnell wieder verfliegt.«

Danny und ich blicken einander an und wir wissen ganz genau, dass es alles andere als das ist.

»Tja, jetzt wollt ihr zwei wahrscheinlich allein sein, aber bevor ich gehe, versprecht mir bitte wenigstens, dass ihr vorsichtig seid, ja?« Ihre Stimme klingt resigniert, als würde ihr langsam klar, dass sie nur ihre Zeit verschwendet.

»Natürlich, Meggie«, versichert Danny.

»Versprochen, Schwesterherz«, versichere ich.

Doch in der realen Welt halte ich die Finger über Kreuz.

53

Danny und ich gehen nebeneinanderher, so dicht, dass wir uns, wären wir beide lebendig – oder beide tot –, berühren würden.

Ohne uns auch nur abzusprechen, steuern wir automatisch auf die andere Seite des Strandes zu, so weit weg wie möglich von den Hütten und der Bar und dem verwilderten Strandabschnitt, wo Triti in ihrem selbst gewählten Exil lebt.

Es gibt nur wenige Orte, an denen wir wirklich allein sein können. Die hohen Felsen, von denen ich zuerst dachte, dass sie den Strand vor Eindringlingen schützen, sind unüberwindlich wie Gefängnismauern.

Vor uns erhebt sich, riesengroß, eine schwarze Klippe. Dahinter befindet sich eine Art glatter Sims mit Platz für zwei.

»Wie für uns gemacht«, sage ich.

Danny lächelt nicht, aber ich störe mich nicht daran. Ich könnte dieses Gesicht bis in alle Ewigkeit betrachten und darüber nachsinnen, wann er schöner ist: wenn er lächelt oder wenn er ernst ist.

Er setzt sich, ohne etwas zu sagen.

»Vielleicht hätte ich es Meggie nicht erzählen sollen«, überlege ich laut. »Aber nur, weil es ihr nicht passt, heißt das noch lange nicht, dass sie recht hat.«

»Hat sie aber.«

Ich will gerade widersprechen, als mir ein Gedanke durch den Kopf schießt: Was, wenn er Zweifel bekommen hat, nicht wegen Meggie, sondern weil er sich plötzlich, auf den zweiten Blick, nicht mehr von mir angezogen fühlt?

»Wir müssen das hier nicht machen, Danny. Nicht, wenn du es nicht willst«, erkläre ich.

Er sieht mich nicht an; das muss ein schlechtes Zeichen sein. Verdammt. Irgendwie trifft mich das viel härter als die Trennung von Robbie.

»Warum? Willst du nicht mehr?«

»Genau«, antworte ich sarkastisch. »Darum habe ich auch alles riskiert und es meiner Schwester erzählt. Nicht, weil ich mich so freue, sondern weil ich es mir anders überlegt habe.«

Endlich dreht sich Danny zu mir um, und als ich sein Lächeln sehe, ist es, als würde ich innerlich dahinschmelzen. »Na, dann ist doch alles in Butter, Schätzchen. Aber in Anbetracht der Umstände warten wir wohl lieber noch ein bisschen, bevor du mich deinen Eltern vorstellst, was?«

Ich muss kichern. »Wäre vielleicht besser.«

Wieso ist er mir nicht gleich aufgefallen, als ich ihn zum ersten Mal gesehen habe? Es ist, als würde ich ihn schon ewig kennen. Seine Augen, die hohen Wangenknochen. Seine Lippen …

»Ich wünschte, ich könnte dich küssen, Alice. Nur ein einziges Mal.«

»Einmal würde aber nicht reichen«, entgegne ich und erröte dann wegen meines Wagemuts. »Ich würde dich ewig weiterküssen und nie mehr was anderes machen wollen.«

Danny schmunzelt. Mir fällt auf, dass die Fältchen, die dabei in seinen Augenwinkeln erscheinen, sich nach oben krümmen, wie viele kleine Bündel winziger Lächeln. »Aber vielleicht küsse ich ja total mies und sabbere nur rum.«

Ich kichere wieder. »Du kannst gar kein schlechter Küsser sein, Danny. Das weiß ich einfach.«

»Blödsinn. Ich könnte dich mit meiner Zunge fast ersticken. Oder so fest saugen wie ein Oktopus.« Er lutscht an seinem Handrücken und macht dabei ein schlabberig-feuchtes Geräusch.

Jetzt kann ich mich nicht mehr halten vor Lachen. »So haben wir das immer geübt, Cara und ich. In meinem Zimmer, die Musik voll aufgedreht, damit meine Eltern unsere hysterischen Lachanfälle nicht hörten.«

»Bist du da jetzt auch, Alice? In deinem Zimmer?«

»Nein, ich …« Ich reiße mich von seinem Gesicht los und sehe mich um. Erschrocken wird mir klar, dass ich mich selbstverständlich in meinem Zimmer befinde, mit der geblümten Pop-Art-Tagesdecke auf dem Bett und dem rosa Bürostuhl und der silbern angesprühten Heizung. »Ja.«

Danny seufzt. »Aber deine Schwester hat trotzdem recht.«

»Sag so was nicht. Du musst in eurer Familie das älteste Kind gewesen sein, sonst wüsstest du, dass die Wortfolge ›Deine Schwester hat recht‹ die grässlichste Kombination in der gesamten englischen Sprache ist.«

»Sei doch mal ernst.«

»Mein Gott, der reinste große Bruder. Lach doch mal, Danny Boy.«

»Worüber soll ich denn lachen, Alice? Darüber, dass ich niemals deine Hand halten werde, oder darüber, dass das alles nur ein schlimmes Ende nehmen kann? Oder vielleicht darüber, dass ich dich mit meiner Liebe nur zu mir runterziehe?«

Ich spüre, wie mir die Tränen in die Augen steigen. »Nicht! Mach es nicht kaputt …«

Danny setzt an, um noch mehr, noch vernünftigere Einwände zu bringen, als er mein Gesicht sieht. »Oh, Alice, es tut mir leid.«

»Schon okay.«

»Ich wünschte, ich könnte irgendwas tun, aber du weißt ja …« Er streckt die Hände zu einer hilflosen Geste aus, die mich nur noch heftiger weinen lässt.

»Ja, ich weiß.«

Dann lächelt er wieder und es ist, als ginge die Sonne auf. »War das jetzt unser erster Streit?«

Ich nicke und lache unter Tränen.

»So gefällst du mir schon besser.«

»Das schreibe ich heute Abend in mein Tagebuch. Mit Danny gestritten. Mit Danny vertragen.«

Wir blicken aufs Meer hinaus. Es ist, als wären wir die beiden letzten Menschen auf der Welt.

»Das hier könnte doch unser Platz sein, Alice. Ich komme jeden Tag hier raus und warte auf dich.«

»Vielleicht kann ich auch einfach hierbleiben, bis einer von uns einschläft –«

Irgendwo klingelt ein Telefon. *Mein* Telefon.

Ich krame in meiner Schultasche nach dem Handy. »Warte, Danny, ich drücke nur mal kurz diesen Anruf weg –«

Adrian steht auf dem Display.

Adrian … oder Tim?

Ich kann den Strand jetzt nicht verlassen.

Aber was ist wichtiger? Dieser Traumtyp, der immer nur das

sein wird – ein Traum? Oder meine Schwester, die mich mehr braucht denn je? Ich muss mich auf meine Prioritäten besinnen.

»Tut mir leid«, sage ich zu Danny. »Ich würde nicht gehen, wenn es nicht um Leben und Tod ginge, aber … tja, das könnte es wirklich. Träum süß.« Ich lege mir die Hand aufs Herz, so wie er es beim letzten Mal getan hat.

Er öffnet den Mund, doch er kommt nur bis »Träum«, bevor sein Gesicht sich verzerrt und sein Körper zu fallen scheint, bis der Bildschirm dunkel ist.

Zitternd gehe ich ans Telefon.

54

»Tim? Bist du das?«

Am anderen Ende zieht jemand scharf die Luft ein. Dann: »Nein. Hier ist Adrian. Ist ja schließlich mein Handy.« Ich kann eine Spur von Ärger in seiner Stimme hören.

»Entschuldige.«

»Aber Tim steht neben mir.«

»Oh.« Mein Zittern verwandelt sich in heftiges Schlottern. Jetzt komm aber, Alice. Du redest jeden Tag mit toten Leuten, da ist ein lebendiger Typ am Telefon wohl kaum eine große Sache. Auch wenn er womöglich ein leibhaftiger Mörder ist …

»Alice? Bist du sicher, dass du das willst?«

Adrians Stimme beruhigt mich ein wenig, aber das Grauen, diese tiefe Panik, bleibt. Es ist beinahe, als spürte mein Körper eine Bedrohung, selbst durch das Telefon. »Ja. Ich würde jetzt gern mit Tim reden, bitte.«

Ein Rascheln, dann höre ich jemand anderen atmen. »Tim?«

»Alice.« Es klingt mehr wie ein Seufzer und nicht wie ein Name. »Oh, Alice. Mein Gott, es tut mir so leid. Was für ein Schlamassel.«

Ist das etwa ein Geständnis? Erwartet er, dass ich jetzt sage: Schon okay, Tim. So was kann doch mal vorkommen. »Schlamassel ist leicht untertrieben, würde ich sagen.«

»Ich kann nicht lange reden, ich werde verfolgt.« Seine Stimme klingt schrill, nahe an der Hysterie. Früher war sie eher ein sanftes Brummen wie von einem intelligenten Braunbären.

»Wo bist du gerade?«

»In der Bibliothek. Wir ... wir haben uns einschließen lassen, also, mit Absicht. Sie postieren immer einen Typen in unauffälliger Kleidung vor dem Eingang, wenn ich hier arbeite. Nach Feierabend, als ihnen klar wurde, dass sie mich nicht haben rauskommen sehen, dachten sie wahrscheinlich, ich hätte sie ausnahmsweise mal abgehängt. Aber die können ja Handys orten. Wenn sie auf die Idee kommen, dass ich das von Adrian benutze, wissen sie auf jeden Fall, dass ich noch hier bin.«

Mein Herz klopft ohrenbetäubend laut; es ist, als wäre ich plötzlich in *Die Bourne Identität* oder so katapultiert worden. »Aber was ist, wenn ihr den Alarm auslöst?«

»Wir sind in einem Lagerraum. Wir haben Taschenlampen, etwas zu essen und Wasser und für später auch noch was Stärkeres zu trinken. Morgen um neun macht die Bibliothek wieder auf und dann gehen wir einfach direkt in einen der Lesesäle. Niemand wird was merken.«

Ich sehe ihn vor mir. Tim, den guten Menschen. Den liebenswürdigen Kerl. Seine leuchtenden ehrlichen Augen mit den dunklen Ringen darunter, weil er ständig zu lange aufblieb, um zu lesen oder zu plaudern, und sein zaghaftes Lächeln, wenn er einen Witz machte.

»Und das alles nur, um mit mir zu reden?«

»Natürlich. Hör mal, Alice, ich weiß, für dich ist das Ganze noch schwerer als für mich. Es bedeutet mir wirklich viel, dass du überhaupt mit mir sprichst.«

»Es bedeutet gar nichts, weder in die eine noch in die andere

Richtung«, unterbreche ich ihn, obwohl ich weiß, dass das nicht stimmt. »Ich will einfach nur wissen, was an dem Abend damals wirklich passiert ist.«

»Oh.« Pause. »Ich habe sie nicht getötet. Es ist mir egal, was mit mir passiert, solange du mir glaubst, Alice.« Zum ersten Mal klingt er wieder wie der alte Tim, nicht wie ein überdrehter Möchtegern-Spezialagent.

»Versprichst du mir das?«

»Ich könnte nichts und niemanden töten, Alice. Was in aller Welt würde mir das Recht geben, jemandem das Leben zu nehmen?«

Diese Antwort ist so präzise, so typisch Tim, dass ich ihm unendlich gern glauben will. Aber was ist mit der Polizei und meiner Mum, von den Klatschblättern ganz zu schweigen? Ach, und Mr Bryants Statistiken, laut denen die meisten Frauen von ihren Partnern ermordet werden?

Und dann ist da noch Meggies eigene Aussage, dass Leidenschaft und Hass dicht beieinanderliegen. Ich bemühe mich, nicht mehr wie jemand zu denken, der ihn kennt, sondern wie der Rest der Welt. Vermutlich ist das hier meine einzige Chance überhaupt, ihn zu befragen.

»Aber warum ist die Polizei dann so überzeugt davon, dass du es getan hast?«

»Sie wollen die Sache schnell zu Ende bringen. Oder vielleicht ist es auch ein abgekartetes Spiel.«

»Ach, Tim, wer sollte sich denn die Mühe machen, dir so eine Falle zu stellen?«

»Der wahre Mörder. Alice, es ist doch ganz logisch, mir alles in die Schuhe zu schieben, weil die Polizei immer zuerst die Leute unter die Lupe nimmt, die dem Opfer am nächsten gestanden haben.«

»Und die, die es als Letzte lebendig gesehen haben!«, rufe ich.

»Ich war der Zweitletzte. Ich schwöre es.«

»Aber die Leute in der Bar haben gesehen, wie ihr euch gestritten habt.«

»Sich mit seiner Freundin zu streiten, heißt noch lange nicht, dass man sie auch gleich umbringt!« Der Zorn in Tims Stimme überrascht mich. So habe ich ihn noch nie reden hören.

»Du klingst wütend.«

»Natürlich bin ich wütend. Wie würdest du dich denn fühlen, wenn du den Menschen verloren hättest, der dir auf der ganzen Welt am meisten bedeutet, und dann auch noch jeder glaubt, du wärst der Mörder? Hm? Wie fändest du es, wenn jedes Mal, sobald du über die Straße gehst oder einen Hörsaal betrittst, alle anfangen würden zu flüstern und dich anzustarren, ohne dass dir jemand offen sagt, was er denkt? Wenn dir, wann immer du dich umsiehst, die Polizei auf den Fersen wäre und darauf lauert, dass du einen Fehler machst?«

Mittlerweile schreit er regelrecht und ich halte das Telefon ein Stück von meinem Ohr weg. Ich blinzele und muss mir in Erinnerung rufen, dass er eingeschlossen in Greenwich hockt und ich in meinem sicheren Zimmer. Der sanfte Tim, der sogar Spinnen das Leben rettet, hat also auch eine furchterregende Seite. Aber bedeutet das auch …

Nachdem wir eine Weile geschwiegen haben, sagt er: »Tut mir echt leid. Du bist die Letzte, die ich anschreien sollte. Jetzt stehe ich in deinen Augen wahrscheinlich nicht unbedingt besser da, oder?« Er versucht es mit einem Lachen, aber es klingt gekünstelt.

»Nein.« Wenn er auf mich so wütend werden kann, warum dann nicht auch meiner Schwester gegenüber? Sahara hat gesagt, dass er zum Jähzorn neigt, und Meggie kann … Sie konnte kokett und eigensinnig und mit geradezu bösartigem Vergnügen grausam sein: Hat ihn das vielleicht ausrasten lassen? Eifersucht ist ein machtvolles Gefühl. Bis ich das Video mit Danny und diesem Mädchen gesehen habe, war mir gar nicht klar, wie machtvoll. »Wirst du oft so wütend?«, frage ich, immer noch fest entschlossen, die Wahrheit herauszufinden.

»Bevor Meggie gestorben ist, nicht. Ich verstehe, warum du das fragst, aber ich war eigentlich nie ein launenhafter Mensch. Daran musst du dich doch erinnern.«

»Es fällt mir schwer, mich daran zu erinnern, wie irgendetwas vorher war.«

Ich höre einen Seufzer. »Ich weiß, Alice. Gott, und wie ich das weiß. Ich habe mein Glück als selbstverständlich hingenommen. Wie dumm kann man eigentlich sein?«

Es ist so schwer, ihm nicht einfach zuzustimmen.

Los, stell ihm mehr Fragen, ermahne ich mich. Ich hätte mir vorher welche aufschreiben sollen. »Warum sollte ich glauben, was du mir erzählst?«

»Weil mir deine Schwester einfach alles bedeutet hat, Alice. Sie … sie hat meine ganze Welt zum Leuchten gebracht. Und nicht nur meine. Meggie war wie eine strahlend helle Flamme, und jetzt, ohne sie, ist alles nur noch dunkel. Ergibt das irgendeinen Sinn?«

»Mmh.«

»Du glaubst mir doch, dass ich sie geliebt habe, oder?«

Dannys Gesicht taucht vor meinem geistigen Auge auf. Liebe.

Bin ich wirklich in ihn verliebt oder ist es nur eine harmlose Schwärmerei, wie meine Schwester hofft? Ich weiß, dass ich Danny vor allem beschützen würde, wenn ich könnte. Dass ich ihm niemals wehtun würde.

Ich vermeide es, Tim eine Antwort zu geben. »Aber wenn du es nicht warst, wer dann?«, frage ich stattdessen.

»Jemand, der sie nicht wirklich gekannt hat, denn niemand, der sie kannte, hätte so etwas gewollt. Jemand, der dachte, dass sie ihm gehört. Du weißt doch, dass der Mörder nachher noch bei ihr geblieben ist? Und ihr die Haare gebürstet hat?«

Ich halte die Luft an. Ja, das weiß ich. Aber die meisten anderen Leute nicht. Zoe hat zwar der Presse von Meggies Heiligenschein aus Haaren erzählt, aber eigentlich wissen nur die Polizei und ihre Familie, dass dieser nicht zufällig entstanden war.

Ich muss mich korrigieren. Die Polizei, wir. *Und* der Mörder. Oder haben sie es Tim erzählt, als sie versuchten, ihn zum Reden zu bringen?

»Und was jetzt, Tim?«

Lange höre ich nichts außer seinem Atem. Dann: »Keine Ahnung. Ohne sie scheint alles so hoffnungslos, und selbst wenn die Polizei denjenigen findet, der es getan hat, wird das Glotzen und Fingerzeigen trotzdem nicht aufhören. Für mich wird es nie vorbei sein.«

Ich weiß, er hat recht. Keiner von uns wird je wieder derselbe sein. Auch wenn es natürlich meine Schwester ist, die von uns allen am meisten verloren hat.

Dieses Telefonat war ein schrecklicher Fehler. Ich fühle mich nicht besser, sondern schlechter und noch dazu verwirrter denn je. Was Tim sagt, klingt so glaubhaft, und doch war nichts darunter, was ihn entlastet, und ich weiß nicht mehr, was ich denken soll.

»Wir könnten uns treffen, Alice, wenn du das willst.«

Vor diesem Telefonat hätte ich sofort eingewilligt, jetzt aber jagt mir die Vorstellung einen Schauder über den Rücken. »Warum sollten wir das tun?«

»Es gibt da … na ja, ein paar Dinge, die ich dir am Telefon nicht sagen kann. Aber jetzt sollte ich besser auflegen, falls sie deine Anrufe auch zurückverfolgen. Das ist gut möglich.«

»Daran habe ich gar nicht gedacht.«

»Ich melde mich bald wieder, versprochen. Und ich überlege mir, wie wir uns sehen können, ohne dass uns jemand hinterherschnüffelt. Aber egal, ob wir das schaffen oder nicht, bitte verzeih mir, dass ich sie nicht beschützen konnte.«

Genau das sagt mein Vater auch immer. Aber was soll ich darauf antworten? Tim ist nicht der, für den ich ihn einmal gehalten habe, aber macht ihn das gleich zu Meggies Mörder?

»Ruf einfach wieder an. Bitte.«

Doch meine Worte erreichen niemanden mehr.

Ein typischer Mörder bleibt am liebsten für sich.

Das könnte man zumindest meinen, wenn man den hirnverbrannten Fernsehnachrichten Glauben schenkt. Da wird irgendwann immer ein Nachbar oder ein Kollege des frisch verhafteten Mörders interviewt und die beten dann stets dieselben Mantras runter.

»Wir haben ihn kaum gesehen«, sagt der Erste. »Aber sein Vorgarten war immer schön gepflegt.«

Der Nächste fügt hinzu: »Er hat immer höflich gelächelt, aber richtig dazugehört hat er nie, stimmt's, Ethel?«

»Nein, nein. Er blieb am liebsten für sich.«

Als würde man gleich zum Mörder, nur weil man das Bedürfnis nach Privatsphäre hat.

Ich bin nicht sicher, ob ich auch schon vor Meggie ein Einzelgänger gewesen bin; jetzt bin ich notwendigerweise zu einem geworden. Es gibt Momente, in denen der Drang, mich jemandem anzuvertrauen, alles zu gestehen, meine Seele zu öffnen, beinahe genauso überwältigend ist wie der Instinkt, der die Tat selbst herbeigeführt hat, die ich jetzt verborgen halten muss. Aber mein *wahres* Ich muss für sich bleiben. Und dabei muss ich stets so tun, als wäre ich ganz normal.

Um einen Mord zu begehen, bedarf es nur eines kurzen Moments der Schwäche.

Um deine Freiheit zu behalten, bedarf es lebenslanger Konzentration.

55

»Plätzchen oder Nachos? Oder beides? Nehmt ruhig beides, wenn ihr wollt!«

Mum ist so was von peinlich. Alles, was ich will, ist Lewis' Neuigkeiten hören – welche Snacks dazu gereicht werden, könnte mir nicht gleichgültiger sein. Aber sie leert schon eine Tüte Maischips in eine Schüssel, füllt ein Schälchen mit Hummus aus dem Supermarkt und arrangiert beides zusammen mit zwei Gläsern O-Saft und einem Teller Plätzchen auf einem Tablett.

»Wow, dich komme ich öfter mal besuchen«, sagt Lewis, als wir endlich oben sind.

»Sie denkt, du errettest mich aus meinem Elend«, erkläre ich.

»Normalerweise errette ich Leute für fünfundneunzig Pfund die Stunde plus Mehrwertsteuer«, erwidert er, »aber fürs Hacken mache ich eine Ausnahme, das ist mehr so was wie ein Hobby.«

»Erzähl schon!«

»Ach komm, lass mich wenigstens noch meine Fanfare zu Ende bringen. Ein bisschen Eigenlob schadet nie. Du weißt schon, der Held, der gegen das System kämpft, und so weiter.« Dann sieht er meinen Gesichtsausdruck. »Okay. Angesichts der Umstände, wie auch immer die sein mögen, und obwohl du mir nicht die ganze Geschichte verrätst, sag ich's dir ohne große Umschweife. Ich habe

Tritis E-Mail-Konto gehackt, ihre Passwörter rausgefunden und mich in ihren Facebook-Account eingeloggt. Und dann … Na ja, guck es dir am besten selbst an.« Er holt einen winzigen, beinahe mädchenhaften Laptop aus seiner affigen Messenger Bag.

»Ich habe alles gecacht, damit wir ein komplettes Protokoll haben. Na ja, Triti hatte natürlich an einigem rumgedoktert, Sachen gelöscht oder sonst wie geändert, aber es war zum Glück alles in ihrem E-Mail-Account gespeichert, also konnte ich die Liste offline wiederherstellen, sodass du alles in chronologischer Reihenfolge sehen kannst.«

Okay, ich gebe zu, ich bin beeindruckt, aber ich werde seinem Ego bestimmt nicht schmeicheln, indem ich zum bewundernd aufseufzenden Groupie mutiere. »Danke«, sage ich nur und beuge mich vor, um zu lesen, was auf dem Bildschirm steht.

Laut ihrer Homepage hatte Triti zweihundertelf Facebook-Freunde, ziemlich normal für jemanden in unserem Alter. Obwohl die Triti, die ich vom Strand her kenne, so schüchtern ist, dass es mich wundert, dass sie überhaupt einen Account hatte.

Ihr Profilbild zeigt ein Mädchen, das fotogen sein könnte, wenn es nicht halb verhungert aussähe. Sie trägt übertriebenen Schmuck, der ihre spitz hervorstechenden Schlüsselbeine nur noch mehr betont. Große dunkle Augen blicken argwöhnisch unter schweren Lidern hervor. Ihre Nase und Lippen scheinen zu groß für ihr eingefallenes Gesicht, so als würde ich sie durch einen Türspion betrachten. Ihre Haut ist blasser, als gesund ist.

Ich klicke auf ihr Fotoalbum, und die Bilder dort, die mehr denjenigen an der Wand bei ihr zu Hause ähneln, brechen mir schier das Herz. Sie sah fantastisch aus, als sie noch nicht so dünn war. Zarte Haut und Bambi-Augen, ohne überproportional riesig zu wirken. Sie lächelt auf allen Fotos außer dem Profilbild. Bis jetzt dachte ich, Soul Beach würde einen schöner machen, als man es im realen Leben war, aber die echte Triti war viel hübscher und vor allem natürlicher. Und auch um ihre Figur kann man sie nur beneiden, sie ist kurvig an genau den richtigen Stellen und nicht im Geringsten dick.

Trotzdem hat sie das Skelettbild ausgewählt, um sich der Welt zu präsentieren. Weil sie in ihrer verzerrten Wahrnehmung vermutlich meinte, darauf am besten auszusehen.

»Fang bei der Pinnwand an, von unten«, fordert Lewis mich auf. »Die wichtigen Sachen habe ich markiert.«

Ich klicke zurück zu ihrem Profil und scrolle nach unten. Weiter und weiter und weiter. Lewis hat es so eingerichtet, dass alle Einträge aus dem Jahr, bevor sie starb, auf derselben Seite stehen. Zuerst sehe ich nur die üblichen Nachrichten über Partys und Ergebnisse von Persönlichkeitstests und darüber, wer welchen Filmstar süß findet. Dann leuchtet der erste Post, den Lewis markiert hat, in giftigem Gelb auf:

TRITI IST SO FETT, SIE BRAUCHT IHRE EIGENE POSTLEITZAHL!

Er stammt von einem Mädchen namens Salli Patterson und darunter folgen Kommentare von einem halben Dutzend weiterer Mädchen, die sich alle einig zu sein scheinen, dass das der lustigste Witz ist, den sie je gehört haben.

Drei Tage später schlägt Salli wieder zu.

TRITI IST SO FETT, SIE BEKOMMT IM KINO GRUPPENRABATT!

Wieder erhält der dämliche Post jede Menge Likes und so geht es immer weiter: Lewis' gelbe Markierungen dominieren langsam, aber sicher die Seite. Triti wird mit einem Wal, einem Berg, einem Bus verglichen. Nichts davon ist sonderlich lustig oder clever und wenn man hier sitzt und diese Möchtegern-Witze liest, fällt es leicht, sie als ziemlich erbärmlich abzutun.

Aber einen nach dem anderen an sich selbst adressiert zu sehen, jedes Mal, wenn man sich einloggt?

»Die sind echt gemein, aber glaubst du, das ist wirklich der Grund, warum sie gestorben ist?«, frage ich Lewis.

»Guck dir erst mal die privaten Nachrichten an«, erwidert er und beugt sich vor, um eine andere Seite aufzurufen.

Oh Mann, Salli hat wirklich nichts dem Zufall überlassen. Der gesamte Posteingang ist voll von Nachrichten, die mit einzelnen Wörtern überschrieben sind: *Sau, Schlampe, Dummbrot.*

»Jeden Tag eine. Manchmal sogar mehr«, sagt Lewis. »Die sind alle so.« Er öffnet eine davon.

Hey, Triti,

warum bleibst du nicht einfach zu Hause?

Ich hab dich heute in der Schule gesehen mit deinem blöden Zopf. So 'n Schleifchen machen sie den Schweinen auch an die Schwänze, wenn sie zum Schlachter gebracht werden. Das lenkt auch nicht davon ab, wie potthässlich du bist. Das Einzige, was dagegen helfen würde, wäre ein großer Sack über dem Kopf, und dann bleibt da immer noch dein Gestank!

Wir wollen dich nicht an unserer Schule. Wahrscheinlich bist du so doof, dass du das noch nicht kapiert hast. Aber das hier hört nicht auf, bis du's endlich tust, klar?

Wir sehen uns, du Bratze.
Salli!

»Was für eine fiese Kuh.« Sallis Profilbild zeigt nur einen rosa Teddy, sodass ich nicht sehen kann, ob sie selbst dick oder dünn ist.

Wahllos klicke ich ein paar der anderen Nachrichten an. Einige davon sind nicht ganz so offensichtlich grausam und enthalten *gute* Tipps, wie zum Beispiel, dass Triti ja Wattebäusche essen könne, um ihren Hunger zu stillen, oder zeigen das Bild eines magersüchtigen Mädchens aus dem Internet, mit dem Untertitel: Ist sie nicht wunderschön?

Außerdem gibt es noch ein paar Mails, die von einer echten Freundin stammen könnten. Wie die arme Triti sich nach einer solchen Freundin gesehnt haben muss. Aber die hätte sie nicht in so jemandem wie Salli gefunden, die schreibt:

Bald hast du's geschafft, Triti. Du wirst diesen Sommer am Strand super aussehen in deinem Bikini. Und dann hast du es den ganzen Schlampen gezeigt, die behaupten, du wärst fett. Dann kannst du ihnen ins Gesicht sehen und stolz auf das sein, was du erreicht hast.

Diese letzte Nachricht wurde in den Sommerferien gesendet, weniger als einen Monat bevor Triti starb.

»Diese Salli ist wirklich ein Monster.«

Lewis nickt.

»Und sie muss das Ganze mehr oder weniger Vollzeit betrieben haben. Ich meine, wir haben ja online alle schon mal den einen oder anderen biestigen Spruch abgekriegt, aber so was? Jemanden … na ja, wirklich in den Tod zu treiben.«

»Das ist eine der extremsten Hetzkampagnen, die ich je erlebt habe.«

»Also, dann sollten wir Salli wohl mal einen Besuch abstatten, was?« Vielleicht findet Triti ja nun Frieden, denke ich. Vielleicht findet sie sogar einen Weg, Soul Beach zu verlassen. Was mir wiederum mehr Anhaltspunkte verschafft, wie ich meiner Schwester helfen kann.

Ich schlucke, als ich daran denke, dass ich Meggie, wenn sie den Strand verlässt, nie wiedersehen werde. Zu wissen, wie sehr sie es sich wünscht, sollte eigentlich ausreichen, aber bin ich wirklich so selbstlos?

»Ich fürchte, so ganz einfach wird es leider nicht werden.«

»Ach komm, Lewis. Wenn du ihren Facebook-Account knacken kannst, dann kannst du ja wohl auch rausfinden, wo diese Schule ist. Die müssen doch immer noch da sein, oder? In der Oberstufe. Wir werden Salli und ihre verdammte Gang damit konfrontieren und ihnen klarmachen, was sie angerichtet haben.«

»Wo die Schule ist, weiß ich«, erwidert Lewis leicht genervt. »An der Südküste und ich fahre auch gern mit dir da hin. Die Sache hat nur einen Haken.«

»Und zwar?«, entgegne ich, mittlerweile selbst genervt und ungeduldig.

»Salli Patterson existiert überhaupt nicht.«

Nachdem Lewis weg ist, lege ich noch einen winzigen Zwischenstopp am Strand ein. Mum hat mich zu einem Kinobesuch zwangsrekrutiert, sie will sich irgendeine romantische Mutter-Tochter-Komödie ansehen, die schmalziger zu sein scheint als ein Swimmingpool voll Fritteusenfett.

Ich will keine Fantasiewelten sehen oder geliftete Schauspielerinnen, die weniger Falten haben als der Teenie, der ihre Tochter spielt. Ich will zurück zum Strand, zu meiner Schwester und zu Danny, und mich daran erinnern, dass manche Dinge tatsächlich einen Sinn haben, obwohl Tritis Geschichte immer seltsamere Züge annimmt.

Doch während ich mich freue, meine Schwester zu sehen, heißt sie mich nicht gerade begeistert willkommen. Meggie scheint sich zu meinem neuen Bodyguard ernannt zu haben. Wann immer ich mich einlogge, ist sie gleich zur Stelle, selbst wenn ich meine Besuchszeiten variiere und doppelt so oft hereinschaue wie sonst, in der Hoffnung, Danny wenigstens ein Mal allein zu erwischen.

»Das ist doch albern, Meggie.«

Sie lächelt mich an. »Jedes brave Mädchen braucht eine Anstandsdame.«

»Ja, klar, weil Danny und ich ja so viel Gelegenheit haben, uns unanständig zu benehmen, obwohl wir noch nicht mal Händchen halten können.« Ich gehe zum Felsen. *Unserem* Felsen.

Sie folgt mir. »Ohne mich wärst du überhaupt nicht hier. Ich fühle mich verantwortlich für alles, was passiert. Alles, was du tust.«

»Bist du sicher, dass du nicht eifersüchtig bist?«

Sie bleibt stehen. Ich ebenfalls.

»Spinnst du?«

»Nein. Als ich dir das von Danny und mir erzählt habe, hast du ein Gesicht gemacht, als hättest du in eine Zitrone gebissen. Vielleicht kannst du mir einfach nur nicht gönnen, was du selbst nicht hast?«

Mit bestürztem Gesicht lässt sie sich in den Sand sinken. »Ach, Florrie, wie kannst du so was sagen? Ich will dich doch nur beschützen!«

»Du kannst mich aber nicht davor beschützen, meine eigenen Fehler zu machen, Meggie«, erkläre ich ihr sanft. »Das passiert einfach, es sei denn, ich schließe mich für immer in meinem Zimmer ein. Und selbst dann … So habe ich Danny schließlich überhaupt erst kennengelernt.«

Schon seinen Namen auszusprechen fühlt sich an, als würde ich mir selbst einen herrlichen kleinen Elektroschock verpassen.

»Liebe ist beschissen, Florrie. Sie zerstört dich nur. Sieh mich an. Wäre ich hier, wenn ich mich nicht auf die Liebe eingelassen hätte?«

Ich trete auf sie zu. »Erinnerst du dich wieder an den Abend?«

»Es ist weniger so, dass ich mich an etwas erinnere, sondern mehr wie … ein Gefühl.«

»Die Sache mit dem Lebendig-begraben-Sein?«

Sie verzieht das Gesicht. »Ja, aber … das Seltsame daran ist, dass ich, während ich versuche, aus der Erde rauszukommen, genau weiß, dass derjenige, wer immer es auch ist, mir das nur antut, weil er mich liebt. Oder zumindest glaubt er das.«

»Tim?« Ich denke daran, wie wütend er am Telefon geklungen hat. Vielleicht hat er mir die Geschichte mit der Verleumdung ja nur aufgetischt, um mich auf die falsche Fährte zu locken.

Sie sieht zur Seite. »Niemand hat mich je so geliebt wie er.«

Ich spüre, wie mich glühender Zorn erfüllt. »Na, wenn das seine Art ist, es zu zeigen, dann soll er dafür in der Hölle schmoren!«

Meggie lächelt. »Irgendwie komisch. Ich werde gar nicht mehr wütend über die Dinge, die ich sowieso nicht ändern kann. Aber du und Danny … Sei einfach vorsichtig, ja? Ich könnte es nicht ertragen, wenn meiner kleinen Schwester das Herz gebrochen würde.«

»Ich …« Ich öffne den Mund, um ihr zu sagen, dass es mein Herz ist und ich es mir brechen lassen kann, wann immer ich will. Aber ich möchte ihr nicht wehtun, also wechsle ich das Thema. »Ich glaube, was Triti angeht, mache ich langsam Fortschritte.«

Und erst, als ich ihr das erzähle, kommt mir der Gedanke, dass Triti vielleicht sogar schon heute Nacht verschwinden könnte. Lewis und ich wissen jetzt, warum sie gestorben ist – das muss doch als eine Art Aufklärung gelten, oder nicht?

Meggie sieht mich an. »Im Ernst? Das ist auch bitter nötig. Sie ist immer noch da drüben«, meine Schwester deutet ans Ende des Strandes, »und versteckt sich. Wir waren noch mal bei ihr und … ich habe noch nie jemanden so verzweifelt gesehen.«

»Meggie, glaubst du, sie kommt frei? Wenn ich rausfinde, was wirklich passiert ist?«

Sie versucht zu lächeln. »Das hoffe ich wirklich, Florrie. Denn wenn sie es kann, gibt es Hoffnung für uns alle.«

»Hoffnung?« Danny hat auch gesagt, ich hätte ihm neue Hoffnung gegeben.

Meggie blickt hinaus aufs Meer. »Nicht, dass ich überhaupt noch irgendwohin wollen würde. Jetzt, wo ich meine kleine Schwester wiederhabe.«

Ich möchte so schrecklich gern zu Danny, aber wie kann ich jetzt gehen, nachdem Meggie so etwas gesagt hat? Ich drehe seinen Namen in meinen Gedanken hin und her wie einen kostbaren Edelstein. Er ist nur zwei-, dreihundert Schritte entfernt. Und wartet auf mich.

»Alice!« Meine Mutter steht vor der Tür. »Wir müssen langsam los.«

»Okay, ich bin in zwei Minuten unten.«

»Florrie?«

Hat meine Schwester Mums Stimme gehört?

»Ich muss los, Meggie. Aber zuerst …« Ich sehe den Strand hinunter. Auch wenn er dort wartet, ich darf nicht riskieren, dass Mum reinkommt. Ich lege die Hände um den Mund – und stelle mir einen Augenblick vor, es wären seine Lippen –, dann beuge ich mich direkt über das Mikrofon und rufe hinein: »Danny Cross!«

Meine Stimme hallt über den Strand. Es ist ein komisches Gefühl zu wissen, dass nur vier Menschen mich hören können: meine Schwester, Triti, Javier … und Danny. Keiner von den anderen Gästen weiß auch nur, dass es mich gibt.

»Alice Forster!«

Seine Stimme tönt von unserem Felsen zu mir herüber. Sie klingt anders, wenn er schreit, aber es ist immer noch mein Danny.

»Ich muss jetzt gehen, aber morgen komme ich wieder, das verspreche ich! Und am Tag danach und am Tag danach.«

»Hmm. Weißt du, es schadet nicht, wenn man sich ein bisschen rarmacht, Schwesterherz. Auch wenn dein Freund tot ist«, merkt Meggie an.

»Ich warte hier, Alice. Immer. Der Strand ist nichts ohne dich!«, ruft Danny zurück.

Ich muss so breit grinsen, dass mir das Gesicht wehtut.

Meine Schwester stößt einen Seufzer aus. »Schätze mal, mich der jungen Liebe in den Weg zu stellen wird schwieriger, als ich dachte.«

56

Lewis fährt ein ziemlich dickes Auto – irgend so ein Angeber-Cabrio in Silber –, und nachdem Dad ihn endlich genug mit Fragen über Turbolader und was weiß ich noch alles gelöchert hat, fährt er im ersten Gang aus der Sackgasse. Dann drückt er ordentlich aufs Gas und wirft einen flüchtigen Blick nach links, um meine Reaktion zu sehen.

»Damit kannst du vielleicht deine Nerd-Freunde beeindrucken, aber mich nicht.«

Er lacht. »Siehst du mich immer noch so, als Nerd? Nach allem, was ich für dich getan habe?«

Im Kreisverkehr nehmen Sie die dritte Ausfahrt. Dann fahren Sie auf die Autobahn.

Das Navi hat eine tiefe strenge Frauenstimme – so müssen Dominas klingen.

Während sich Lewis den Anweisungen der Dame fügt, beobachte ich ihn und frage mich, warum er eigentlich hier ist. Auf der Autobahnauffahrt beschleunigt er, sanft und nicht allzu prahlerisch, trotz der bewundernden Blicke, die die wenigen anderen Fahrer, die so früh unterwegs sind, seinem Wagen schenken.

Er ist wirklich ein anständiger Typ. Ich weiß gar nicht, wieso er meine Geheimnistuerei und meine zickigen Bemerkungen einfach so hinnimmt. »Warum tust du das eigentlich alles für mich?«

»Ich steh nun mal auf Rätsel.«

»So sehr, dass du dafür mit einem launischen Mädchen rumhängst, das dir noch nicht mal sagt, was überhaupt Sache ist? Das glaub ich nicht.«

Lewis wirft mir einen Blick zu. »Du bist ein Rätsel, eingepackt in ein Geheimnis, so viel ist mal klar. Und ganz anders als deine Schwester.«

Er wechselt die Spur und überholt einen Lastwagen. Es ist so still hier drin. Wenn man die Welt nicht vor dem Fenster vorbeirauschen sähe, käme man nie auf die Idee, dass wir fast hundertachtzig fahren.

Nach fünfhundert Metern halten Sie sich rechts.

»Wie gut kanntest du meine Schwester?«

»Habe ich dir doch schon gesagt, wir waren in derselben Stufe, wenn auch auf unterschiedlichen Schulen. Dieselben Partys also, und dann ist sie in der Zehnten mal mit 'nem Jungen aus meiner Klasse zusammen gewesen.«

»Ach ja?«

»Ungefähr zwei Wochen lang. Ich wette, heute würde sie sich noch nicht mal mehr an seinen Namen erinnern, aber der Typ war danach natürlich der King. Deine Schwester war ein ziemlich begehrter Fang.«

Es ist so seltsam, ihn in der Vergangenheitsform von Meggie sprechen zu hören, obwohl sie doch gestern Abend noch real genug war, um mich von der Liebe meines Lebens fernzuhalten.

»Und du hast nie gehofft, du könntest bei ihr Chancen haben?«

Er legt einen anderen Gang ein. »Nicht mein Typ.«

»Ich dachte, Meggie wäre jedermanns Typ.«

Lewis fährt schweigend weiter.

Ein paar Meilen später sagt er: »Weißt du, ich fand immer, eins der schlimmsten Dinge, wenn jemand stirbt, ist, dass man danach nicht mehr die Wahrheit über ihn sagen darf. Meine Grandma ist gestorben, die Mutter meines Vaters. Sie war eine fiese alte Ziege, die andauernd nur an allem rumgemeckert hat, was meine Mum tat. Fand wohl, ihr lieber Sohn wäre zu gut für sie. Noch nicht mal zur Hochzeit ist sie gekommen. Geizig war sie auch und für mich und meinen Bruder hat sie sich nicht die Bohne interessiert. Aber so wie jetzt alle über sie reden, könnte man meinen, sie wäre eine Mischung aus Mutter Teresa und einem lieben alten Großmütterchen aus dem Märchen gewesen.«

Ich muss lachen. »Mein Gott, Lewis. So viel am Stück habe ich dich ja noch nie reden hören.«

Er blickt stirnrunzelnd in die Sonne und schiebt sich seine Sonnenbrille über die Augen.

Ich denke darüber nach, wie Meggie war: schön, arrogant, lustig, gehässig, leidenschaftlich, grausam, offen, eifersüchtig, großzügig, herrisch, intelligent, hochnäsig, faszinierend, nervtötend, eigennützig, egoistisch …

Stopp, befehle ich mir.

Lewis sieht zu mir rüber. »Ich kannte deine Schwester nicht, Alice, aber ich weiß, dass das, was über sie in den Zeitungen stand, mit Sicherheit nicht die ganze Wahrheit ist. Sie kann nicht bloß diese ekelhaft süße Nachtigall gewesen sein, die niemals irgendwas falsch machte. Immerhin …« Er hält inne.

»Immerhin was?« Ich starre ihn an. »Du wolltest sagen: ›Immerhin hat jemand sie umgebracht‹, stimmt's?«

Er schüttelt den Kopf. »Nein. Das nicht. Aber ich frage mich, ob deine Besessenheit von diesem magersüchtigen Mädchen nicht irgendwie ein Versuch ist, dich von dem abzulenken, was mit deiner Schwester passiert ist.«

»Bist du ausgebildeter Psychologe, Lewis?«

»Nein, aber –«

»Tja, dann hör auf, mich zu analysieren. Natürlich will ich wissen, wer Meggie getötet hat, ich bin ja kein seelenloser Roboter. Aber was den Rest angeht: Wie ich dir von Anfang an gesagt habe, will ich deine Hilfe nur, wenn du nicht versuchst, mich zu heilen oder so was.«

»Schon gut.«

In dreihundert Metern nehmen Sie die Ausfahrt.

Lewis ignoriert die Navi-Frau.

Nehmen Sie die Ausfahrt, wiederholt sie beharrlich. Sie klingt beinahe verärgert.

Diesmal tut er, was sie sagt. Gegen mich und die Elektro-Domina ist er machtlos.

Tritis Schule liegt in einem kleinen, ach so malerischen Städtchen ungefähr zwanzig Meilen außerhalb von Brighton. Es ist ein Ort, wie Eltern ihn lieben und Teenager ihn hassen: drei Pubs und drei winzige Supermärkte, sodass die Chancen, als Minderjähriger irgendwo was zu trinken zu bekommen, gleich null stehen.

Die Keyes-Mädchenschule ist ein alter Steinbau hinter einer neuen roten Backsteinmauer mit brutal aussehenden schmiedeeisernen Spitzen darauf. Lewis parkt an der Hauptstraße und wir steigen aus und werfen einen Blick durch die Gitterstäbe.

Er schnieft. »Bisschen *Reich und Schön*-mäßig hier, oder?«

Damit hat er haargenau ins Schwarze getroffen. Üppig grüner Rasen, auf dem noch niemals jemand Hockey gespielt hat. Ein

Parkplatz voller solide gebauter, aber protziger SUVs. Ein Pavillon mit Glasdach, von dem ich genau weiß, dass sich darin ein überheiztes Schwimmbecken befindet.

»Ah, Schulschluss. Perfektes Timing.« Lewis nickt zufrieden, während die ersten Grüppchen aus Haupt- und Seitenausgang getröpfelt kommen. »Oh Mann, so viele Hormone auf einem Haufen«, sagt er und es klingt nicht gerade so, als betrachtete er diese Mädchen als potenzielle Begleiterinnen für Dates.

»Die haben hier auch samstags Schule?«

»Ja. ›In ihrer Freizeit und am Wochenende bieten wir unseren Mädchen vielfältige praktisch orientierte und soziale Aktivitäten für ein erfülltes Leben auch außerhalb der akademischen Welt.‹ So steht's zumindest auf der Website.«

»Erfüllt?« Ich denke an die Nachrichten, die Triti erhalten hat, und erschaudere. Welches von diesen Mädchen war es?

Als das Tröpfeln zu einem stetigen Strom anschwillt, gehen wir zurück zum Auto. Ich sehe hübsche Mädchen, unscheinbare Mädchen, dicke und dünne Mädchen. Wobei, Dicke sind nicht viele darunter, wie mir auf den zweiten Blick auffällt. Ob Salli wieder am Werk ist und ihr Gift verspritzt? Nicht, dass Triti jemals dick gewesen wäre …

»Jetzt warten wir erst mal ab«, meint Lewis. »Mal sehen, wo die Älteren nach der Schule so abhängen. Ich hab definitiv keine Lust, verhaftet zu werden, weil ich versuche, hier auf dem Gelände Schulmädchen anzuquatschen.«

Die Oberstufenschülerinnen sind leicht zu erkennen, weil sie statt der purpurroten Schuluniformen Privatkleidung tragen. Sie teilen sich in zwei Cliquen auf – die einen machen sich auf den Weg

Richtung Starbucks und die anderen zu einem kleineren originelleren Café in der Kunstgalerie der Stadt.

»Nimm du die Galerie«, sage ich zu Lewis, »da gehen die alternativ angehauchten Mädels hin und die reden vielleicht eher mit einem Typen wie dir. Vielleicht.«

»Hmm. Einem Typen wie mir. Soll heißen?«

»Gar nichts. Nur, dass du nervös wirkst. Ich meine, du kannst dir auch gern die anderen vornehmen, wenn dir das lieber ist. Das ist mit Sicherheit die In-Clique. Könnten nur ein bisschen Furcht einflößender sein …«

Ohne dass ich noch weitere Überzeugungsarbeit leisten muss, zieht er los zu der Galerie.

Ich bleibe einen Moment vor Starbucks stehen. Kriege ich das wirklich hin? Ich schließe die Augen und zwinge mich, an Triti zu denken und daran, wie sie sich jedes Mal gefühlt haben muss, wenn sie wieder eine von diesen fiesen Nachrichten bekommen hatte. Und daran, wie sie sich momentan fühlen muss: vollkommen allein. Dann drücke ich die Tür auf. Jetzt ist nicht der richtige Zeitpunkt, um ein Feigling zu sein.

Der Laden ist rappelvoll, nicht nur mit Schülerinnen, sondern auch mit Pärchen und Familien. Während ich für meinen Chai Latte anstehe, versuche ich mich zu entscheiden, welcher der von den Keyes-Mädels besetzten Tischen wohl der richtige ist. Jede der Gruppen hat ihre eigene Anführerin: Könnte die Platinblonde Salli sein oder ist es vielleicht doch eher das Mädchen mit den kurzen dunkelroten Haaren, dessen Finger zucken wie die einer Kettenraucherin?

Als eins der Mädchen aufsteht und sich mit jeder Menge affiger Luftküsschen von den anderen verabschiedet, fälle ich blitzschnell eine Entscheidung. Hastig flitze ich zu dem nun wahrscheinlich einzigen freien Platz im ganzen Café.

»Ist es okay, wenn ich mich hier hinsetze?«

Die beiden Mädchen, die an dem Tisch noch übrig sind, mustern mich skeptisch. Ich würde sagen, sie sind in der Dreizehnten. Sie tragen beide teure Designer-T-Shirts – wahrscheinlich bei einem super-exklusiven Shoppingwochenende in New York gekauft –, aber eine hat Akne und die andere eine Zahnspange, sodass ich mir nicht vorstellen kann, dass eine von ihnen Triti zu Tode gequält hat.

Aber ich wette, sie wissen, wer es war.

Ich trinke meinen Chai und nehme mein Notizbuch aus der Tasche. Lewis meinte, niemand kann einem kurzen Blick widerstehen, wenn er jemanden in ein Notizbuch schreiben sieht. Offenbar hat er recht, denn als ich den Stift aus der Spiralbindung ziehe, merke ich, wie das Mädchen mit der Zahnspange mich beobachtet. Ich tue so, als würde ich etwas schreiben, und kaue dann an meinem Stift, als wartete ich auf die richtige Inspiration. Schließlich sehe ich sie an, als wäre mir gerade etwas in den Sinn gekommen.

»Von euch beiden kann mir nicht zufällig eine was über die Keyes-Schule erzählen, oder?«

Die Picklige lächelt. »Und ob. Wir gehen beide seit sechs Jahren dahin.«

»Wow!«, sage ich und lasse den Stift sinken. »Das ist ja cool. Wie ist es denn da so?«

»Nett«, antwortet sie. »Obwohl ich schon sagen würde, man muss einfach reinpassen. Stylish sollte man sein. Und clever.« Sie zieht die Stirn kraus. »Du hoffst also, angenommen zu werden?«

»Woher weißt du das?«

Sie zuckt mit den Schultern. »Ach, war nur so eine Vermutung. In welche Klasse gehst du?«

»In die elfte. Meine Eltern meinen, es wäre ganz gut, jetzt in der Oberstufe aufs Internat zu wechseln.«

Zahnspange runzelt die Stirn. »Gut für dich oder gut für sie?«

Ich lache. »Beides, nehme ich mal an. Ich bin … Einzelkind und ich glaube, sie freuen sich drauf, das Haus wieder für sich allein zu haben.«

»Das kenne ich«, sagt Zahnspange. »Ich bin übrigens Jade.«

»Alice.«

»Maria«, stellt sich das Akne-Mädchen vor. »Also, was willst du noch wissen?«

»Darf man seine eigenen Klamotten tragen? Darf man abends weggehen? Und kriegt man sein eigenes Zimmer?«

»Ja zu den Klamotten, ja zum Weggehen – obwohl hier in der Gegend sowieso nichts los ist – und ja zum eigenen Zimmer. Nur die Neuen müssen sich manchmal eins teilen, bis ein anderes frei wird«, erklärt Jade.

»Ja, bis jemand *geht*«, sagt Maria. Die beiden Mädchen werfen sich einen Blick zu.

Mir läuft ein Schauder über den Rücken. »Wieso, gehen denn viele wieder?«

Maria scheint plötzlich etwas sehr Interessantes in ihrem Kaffee zu entdecken.

Jade mit der Zahnspange kneift die Augen zusammen. »Wie Maria schon sagte, die Keyes ist nicht jedermanns Sache. Die Leute, denen es dort nicht gefällt, bleiben nicht immer bis zum Schluss.«

»Gibt es viel Mobbing?«

Sie starrt mich an. Einen Augenblick lang fürchte ich, zu weit gegangen zu sein. »Es ist eine ganz normale Schule. Man muss sich anpassen. Das hat nichts mit Mobbing zu tun. Mehr mit … natürlicher Auslese.« Sie lächelt mit geschlossenem Mund, damit man ihre Zahnspange nicht sieht.

»Achte nicht auf Jade. Bio ist ihr Lieblingsfach«, wirft Maria ein.

Wenn ich wirklich in Erwägung ziehen würde, auf diese Schule zu gehen, dann hätte der Kommentar mit der natürlichen Auslese schon ausgereicht, um es mir anders zu überlegen. Aber vor dem Hintergrund dessen, was ich über Triti weiß, wirken Jades Worte noch unheilvoller.

»Ein Mädchen aus meiner Nachbarschaft war hier auf der Schule«, fange ich an, denn mir wird klar, wenn ich nicht bald zum Angriff übergehe, wird es ihnen zu langweilig mit mir und sie fangen an, mich zu ignorieren. »Sie hieß –«

Plötzlich rauscht ein Luftzug durch das Café, als die Tür aufgerissen wird. Lewis steht im Eingang. Alles starrt ihn an. Besonders die Mädchen von der Keyes-Schule. Vielleicht habe ich ihn ja tatsächlich falsch eingeschätzt und er ist doch attraktiver als der durchschnittliche Computer-Guru. Möglicherweise liegt es aber auch an seinem wutentbrannten Gesichtsausdruck, dass ihn alle ansehen. Ich bin überrascht, wie zornig er wegen eines Mädchens zu sein scheint, das er noch nicht einmal kannte. Vielleicht ist es sein Sinn für Gerechtigkeit, weswegen er so viel für mich tut.

Es ist ein absolut seltsamer Moment: als hätte jemand die Zeit angehalten und die kleinstädtische Starbucks-Filiale sich in einen Saloon aus einem Spaghettiwestern verwandelt.

»Ich bin auf der Suche nach Demi«, verkündet Lewis. »Man hat mir gesagt, ich könnte sie hier finden.«

57

Dann passieren verschiedene Dinge nacheinander. Ein Baby fängt an zu weinen und bricht den Bann dieses High-Noon-Moments. Dampf schießt aus der Kaffeemaschine. Und etwa ein Dutzend Schülerinnen dreht sich zum Fenster um, wo ein Mädchen in einem schwarzen, zu eng sitzenden Pulli sitzt und Lewis anstarrt.

Es können nur ein, zwei Sekunden gewesen sein, aber mir kommt es vor wie Jahre, bis sie aufsteht.

»Ich bin Demi.«

Sie hat eine raue Stimme, wie Cara, wenn sie mal wieder die Nacht durchgemacht hat. Ihre Jeans spannt an den Oberschenkeln und ihre abgekauten Nägel sind korallenrosa lackiert. Mir war sie überhaupt nicht aufgefallen, als ich ins Café kam. Für die bösartige, aber kluge Salli ist sie doch sicher viel zu gewöhnlich, oder?

Lewis deutet auf die Tür und tritt dann selbst hinaus auf die Straße. Demi zögert, aber ich sehe die Neugier in ihrem rundlichen Gesicht und weiß, dass sie ihm folgen wird. Als sie es tut, gehen drei ihrer Freundinnen hinterher. Ihre Gang.

Ich stehe ebenfalls auf und lasse meinen Becher auf dem Tisch stehen. »Mein Bruder«, erkläre ich Jade und Maria, die sichtlich verwirrt sind über den Zusammenhang zwischen diesem Racheengel und der etwas beschränkten potenziellen neuen Mitschülerin, für die sie mich gehalten haben.

Auf der Straße stehen Lewis und Demi einander gegenüber, Demis Gefolge hinter ihr wie die Backgroundsängerinnen in einem Teenie-Musical. Er wartet, bis ich nahe genug bin, um mitzuhören.

»Ich würde mich gern mit dir über Triti Pillai unterhalten.«

Ich beobachte Demis Gesicht, sehe den Anflug von Panik, der jedoch sofort wieder verschwindet und einem derart gleichgültigen Ausdruck weicht, dass ich ihr am liebsten eine Ohrfeige verpassen würde. Ihre Kumpaninnen sind nicht so schnell – eine guckt verängstigt, eine griesgrämig, eine einfach nur beschränkt. Die drei Affen.

»Über wen?«, fragt Demi. »Der Name kommt mir irgendwie bekannt vor.«

»Das will ich wohl auch meinen«, sagt Lewis. »Immerhin hast du sie zu Tode gemobbt.«

Zwei der Mädchen keuchen auf, aber Demi verzieht bloß spöttisch das Gesicht. »Hä? Du hast sie doch nicht mehr alle.«

»Weißt du was, das ist in der Tat gut möglich«, erwidert er und schenkt ihr ein Lächeln, das wohl auf gefährliche Stimmungsschwankungen hinweisen soll. »Aber das heißt noch lange nicht, dass du *nicht* für den Tod eines anderen Mädchens verantwortlich bist.«

Demis Schmollmund beginnt zu zittern. »Kommt«, winkt sie den anderen und geht los Richtung Schule.

Lewis läuft neben ihr her. »Ist doch okay, wenn wir ein Stück mitkommen, oder? Mit deinen Lehrern würden wir nämlich auch ganz gern ein Wörtchen reden. Die wollen doch nach Tritis Tod sicher keine neuen Skandale, stimmt's?«

Demi bleibt stehen. »Wer seid ihr eigentlich, verdammt noch mal?«

»Freunde von Triti und ihrer Familie«, antwortet er.

»Was hat sie dir denn überhaupt getan?«, schalte ich mich ein.

Demi biegt scharf nach links in eine kleine Gasse ab und fängt an zu rennen. Lewis jagt ihr hinterher und hat sie schon in die Enge getrieben, bevor ich auch nur ein paar Meter zurücklegen kann.

Er muss sie gar nicht anrühren. Er steht bloß vor ihr, aber seine Botschaft ist deutlich zu verstehen. »Bitte, sie gehört dir«, sagt er zu mir.

»Und du irrst dich definitiv nicht?«, vergewissere ich mich.

»Nein. Ein Mädchen in dem anderen Café hat mir erzählt, sie alle hätten eine Vermutung gehabt, wer es war, aber es nicht beweisen können. Na ja, haben sie zumindest gedacht.« Er zieht sein iPhone aus der Tasche. »Ich habe gerade mal vier Sekunden gebraucht, um die IP-Adresse ihres Handys mit der der fiktiven Salli abzugleichen. Volltreffer.«

Als sie den Namen hört, zieht Demi ein finsteres Gesicht. Ich gehe auf sie zu und sie wendet sich von mir ab. Hinter mir kommen die anderen Mädchen näher, ich kann es spüren.

»Buh!«, ruft Lewis ihr von der anderen Seite ins Ohr. Demi zuckt zusammen und dreht sich wieder zu mir um. Alle Dreistigkeit ist jetzt aus ihrer Miene gewichen.

»Triti ist … war meine Freundin«, sage ich. »Sie war ein guter Mensch. Warum hast du das gemacht?«

»Ich weiß überhaupt nicht, wovon du redest«, erwidert sie, klingt aber längst nicht mehr so großspurig.

»Na schön«, meint Lewis. »Ich habe genug Beweise, um sie der Schule vorzulegen oder vielleicht auch der Polizei. Keine Ahnung, was für eine Strafe es gibt, wenn man jemanden zu Tode mobbt.

Was meinst du, Alice? Ein Jahr? Zwei? Na ja, als Internatsschülerin wird sich die Gute bestimmt prima in einem Jugendknast eingliedern. Da sind lauter Mädchen wie du, Demi. Ich wette, die können dir sogar noch einiges über Mobbing beibringen.«

Ich weiß nicht, ob das, was er sagt, stimmt, aber das geht Demi sicher auch so.

»Was wollt ihr?«, fragt sie und ihre Stimme klingt erstickt, nach unterdrückten Tränen.

»Sag uns, was du getan hast und warum«, verlange ich.

Hinter mir erklingt ein Geräusch. Zwei ihrer Freundinnen sind immer noch da: Grummel und Blödi. Die Verängstigte hat sich schon aus dem Staub gemacht. Ich warte darauf, dass sie sich auf mich stürzen oder Demi zumindest verteidigen, aber sie stehen bloß da und warten ab.

»Wissen die da Bescheid?«, frage ich Demi und deute auf ihre Freundinnen. »Wissen sie, was du getan hast? Haben sie mitgemacht?«

Sie starren mich einfach nur weiter an. Und mir kommt der Gedanke: Vielleicht quält sie die beiden ja auch …

»Ich bin nicht gerade für meine Geduld bekannt«, droht Lewis und lässt die Fingerknöchel knacken. Für meinen Geschmack gefällt er sich ein bisschen zu gut in seiner neuen Rolle als wortgewandter Psychopath, obwohl ich persönlich ihn etwa so Furcht einflößend finde wie Kermit den Frosch.

Lewis schaltet sein iPhone ein und liest vor: »›Du wirst diesen Sommer am Strand super aussehen in deinem Bikini. Und dann hast du es den ganzen Schlampen gezeigt, die behaupten, du wärst fett.‹ Na, kommt dir das bekannt vor?«

Demi starrt stur vor sich hin.

Blödi tritt einen Schritt vor. »Darf ich mal sehen?«

Lewis wirkt etwas nervös bei der Vorstellung, ihr sein Handy zu geben, aber ich nicke. Das Mädchen liest. Nach einer Weile reicht sie das Telefon ihrer Freundin, die ebenfalls liest, was dort steht – sehr langsam, den Zeigefinger auf dem Display.

»Du hast nie erzählt, dass du ihr auch private Nachrichten geschickt hast«, sagt Blödi zu Demi. »Du meintest doch, das wäre alles bloß ein Scherz. Ein paar Witze, damit sie sich nicht mehr so aufspielt.«

»Das ist doch alles gelogen!«, ruft Demi. »Die haben das selber geschrieben.«

Grummel schüttelt den Kopf. »Nein. *Du* warst Salli. Das wusste jeder. Und wir fanden alle, dass du mit den Sprüchen auf der Pinnwand schon zu weit gegangen bist. Aber das hier …«

»Warum sie, Demi?«, will ich wissen. »Warum hast du ausgerechnet auf Triti rumgehackt?«

Demi sagt nichts. Vielleicht war sie mal hübsch, bevor der Hass ihre Augen getrübt und ihren Mund so verkniffen gemacht hat.

Grummel gibt Lewis das Handy zurück und reibt dann ihre Hände aneinander, als wollte sie irgendwelchen unsichtbaren Schmutz loswerden. »Das warst *du.*« Sie blickt Demi ins Gesicht und ich glaube, ich kann genau sehen, in welchem Moment ihr klar wird, dass sie die Macht hat zu entscheiden, was als Nächstes geschieht. Etwas wie Triumph breitet sich auf ihrem Gesicht aus. Zum ersten Mal in ihrem erbärmlichen kleinen Leben hat sie nun die Oberhand.

Sie tritt dicht vor Demi und speit ihr die Worte förmlich ins Gesicht. »Du hast Triti umgebracht.« Dann dreht sie sich um, ohne Demis Antwort abzuwarten, und marschiert die Gasse zurück.

Blödi zögert, als Demi ihr in die Augen sieht. Steht sie immer noch unter ihrem Bann?

Blödi wendet sich ab.

»Bitte!«, ruft Demi ihnen hinterher. Und in diesem Moment ist jedem von uns klar, dass sie alles verloren hat.

Lewis wartet, bis die beiden Mädchen wieder auf der Hauptstraße und ihre Schritte verklungen sind. »Also, Demi, wo waren wir?«

Sie wimmert. Anscheinend fürchtet sie wirklich, er könnte ihr wehtun, obwohl er sie bisher noch nicht mal angerührt hat. »Ich dachte doch nicht …« Demi stockt. Schüttelt den Kopf.

»Ja?«, ermutige ich sie.

»Es war nur ein Scherz. Sie war eine blöde verwöhnte Tussi. Dachte wohl, sie könnte alles haben – und jeden. Ich wollte ihr doch bloß eine kleine Lektion erteilen. Ich wusste doch nicht, dass sie es so ernst nimmt.«

»Also warst du es wirklich?«

Sie nickt.

»Sprich es aus, Demi. Sag, dass du Triti dazu getrieben hast, sich zu Tode zu hungern.«

Sie schluckt mehrere Male. Wir stehen so dicht voreinander, dass ich den Kaffee in ihrem Atem rieche und das Kratzen in ihrer Kehle höre, als sie sich zu räuspern versucht.

»Ich habe Triti Pillai dazu getrieben, sich zu Tode zu hungern.«

58

In der Ferne höre ich ein Krachen.

Donner.

Der Himmel hat sich verdunkelt, sodass nun auch das wenige Licht in der Gasse verschwunden ist. Riesige Regentropfen klatschen laut und dicht nacheinander auf das Kopfsteinpflaster und unsere Köpfe.

Innerhalb von fünfzehn Sekunden sind wir triefnass. Aber Lewis lässt nicht von Demi ab, auch als das Wasser ihr und ihm über das Gesicht strömt. Ihr sorgfältig gestyltes Haar neigt sich wie ein untergehendes Schiff und verklumpt dann zu dicken klebrigen Strähnen. Wimperntusche rinnt ihre leicht fleckigen Wangen hinunter wie Tränen der Reue, obwohl ich mir relativ sicher bin, dass die Einzige, für die sie Mitleid empfindet, sie selbst ist.

»Warum hast du das gemacht?«, frage ich wieder. »Was hat Triti dir denn getan?«

»Sie … sie fand sich ganz schön toll, verdammt.«

»Nein, als du mit ihr fertig warst, bestimmt nicht mehr. Da, würde ich sagen, hat sie sich eher gehasst.«

»Ich wollte sie doch nur ein bisschen ärgern. Das habe ich auch bei ein paar anderen Mädchen gemacht, die sich wer weiß was eingebildet haben, aber von denen hat es keine so ernst genommen.«

»Ähm, wenn du tatsächlich glaubst, dass das irgendwie rechtfertigt, was du getan hast, Demi, dann bist du sogar noch durchgeknallter, als ich dachte«, meint Lewis.

»Sie ist immer durch die Schule geschwebt, als wäre sie was Besseres. Ihr Dad hat ihr sogar ein eigenes Zimmer gekauft, an den Leuten auf der Warteliste vorbei. Tja, hat man ja dann gesehen, dass sie nichts Besseres war – sie war ein Schwächling.«

Ich blicke in ihr verzerrtes Gesicht und denke an das von Triti auf den Familienbildern, wie sie die Kamera – das Leben – anstrahlte.

»Aber wieso tut man dann so was? Wieso hast du dir solche Mühe gemacht? Nur weil jemand anderes glücklich war? Oder wegen eines *Zimmers*?« Demi starrt mich an, als verstünde sie noch nicht mal die Frage. Aber ich muss weiterbohren. Ich weiß nicht genau, was als Auflösung zählt oder ob ich Triti so tatsächlich einen Ausweg eröffne, aber ich muss versuchen, Antworten auf Fragen zu bekommen, an die ich bis jetzt noch nicht mal gedacht habe. Ich versuche mir vorzustellen, wie Danny es anstellen würde. Er würde mit Sicherheit die Wahrheit herausfinden.

»Warst du neidisch auf sie?«

Ich sehe Verachtung in ihren Augen. »Quatsch.«

»Ging es um einen Jungen?«

Demi sieht zur Seite.

»Erzähl's mir«, fordere ich sie auf.

»Die Jungs waren verrückt nach Triti. Aber sie durfte keinen Freund haben. Weswegen sie nur noch mehr hinter ihr her waren.«

Ich denke kurz darüber nach. »Vielleicht auch ein Junge, den du mochtest, Demi?«

Sie zuckt mit den Schultern. »Kann mich nicht mehr erinnern.«

Lewis sieht mich an und schüttelt kaum merklich den Kopf. »Weißt du was, Alice? Ich glaube, Demi ist einfach zu blöd, um drauf zu kommen, warum sie es getan hat. Sie hat ein Mädchen zu Tode gequält und *erinnert sich nicht*, warum. Leute wie sie machen mich echt krank.«

Demi zieht ein finsteres Gesicht. »Hallo, ich stehe direkt neben dir.«

»Keine Sorge, Schätzchen, wir haben dich nicht vergessen«, entgegnet Lewis und beugt sich dichter zu ihr vor. »Was sollen wir jetzt mit ihr machen, Alice?«

»Wollt ihr die Schule informieren?«, fragt Demi nervös.

Er lacht. »Ach, guck an, jetzt bist du nicht mehr so mutig, was? Anonym Leute fertigmachen kannst du, aber jetzt hast du Schiss, die Suppe auszulöffeln? Hat die kleine Demi-Mausi Angst vor dem bösen Schuldirektor?«

Ich ignoriere ihn. Wann sind wir eigentlich in diese seltsame Guter-Bulle-Böser-Bulle-Masche verfallen? »Ist dir denn nicht irgendwann klar geworden, dass du zu weit gegangen bist? Hast du nicht gesehen, wie sie gelitten hat, und kapiert, dass das, was du da machst, falsch ist? Ich meine, sie ist *vor deinen Augen gestorben*. Das ging monatelang und trotzdem hast du weitergemacht, bis sie ganz am Ende war.«

»Sie war verrückt. Da kann ich doch nichts dafür.« Demis Augen blicken trotzig, ansonsten aber sind sie gruselig ausdruckslos. Es ist, als wäre sie selbst tot, zumindest was ihr Gespür für die Wirkung angeht, die sie auf andere Menschen hat. Vielleicht ist sie nicht immer so gewesen. Vielleicht hat das, was sie Triti angetan hat, auch das letzte bisschen Menschlichkeit in ihr abgetötet.

Ich erschaudere und sehe an mir hinunter. Ich bin klitschnass. Das sind wir alle. »Ich glaube, wir haben genug gehört.« Obwohl ich mir da natürlich nicht sicher sein kann, bis ich wieder am Strand bin.

Lewis scheint Demi nicht einfach so gehen lassen zu wollen. »Im Ernst? Bist du sicher, dass du alles hast, was du brauchst?«

Hinter mir nähern sich hastige Schritte und noch während ich mich umdrehe, ruft eine Frauenstimme: »Was in Gottes Namen machen Sie da mit ihr? Sofort aufhören!«

»Miss Jacobs!«, kreischt Demi. »Miss Jacobs, die wollen mich ausrauben!«

Wir sehen eine Frau mittleren Alters in einem Regenmantel auf uns zukommen. Hinter ihr das dritte Mädchen, von dem wir dachten, wir hätten es verscheucht. Sie muss losgerannt sein, um eine Lehrerin zu Hilfe zu holen.

Wie viel hat die Lehrerin gehört? Genug?

Lewis tritt einen Schritt zurück und Demi lässt sich gegen die Mauer sinken. Er packt mich beim Ärmel. »Gehen wir.«

Ich tue, was er sagt, doch als wir an der Lehrerin vorbeigehen, die zu verblüfft wirkt, um uns aufzuhalten, drückt er ihr sein iPhone in die Hand. »Hier haben Sie alles, was Sie brauchen. Das hat Demi getan. Lesen Sie sich das durch und hören Sie sich die Aufnahme an, die ich gerade von ihrem Geständnis gemacht habe, und dann sorgen Sie dafür, dass so etwas niemals wieder passiert.«

Die Lehrerin starrt ihn einfach bloß an, dann spüre ich, wie er wieder an meinem Ärmel zieht, und wir gehen weiter, unsere Sneakers quietschen und verspritzen Wasser. Hinter mir höre ich jemanden schluchzen und vielleicht ist es nicht besonders nett von mir, aber es freut mich, dass Demi vielleicht endlich klar wird, was sie angerichtet hat.

Auch wenn ich den Verdacht habe, dass sie nicht um Triti weint.

Wir drücken uns fast eine Stunde lang in einem Park herum, bevor wir uns endlich zurück zur Schule trauen, um das Auto zu holen. Nasser konnten wir schließlich kaum noch werden. Als wir das Gebäude erreichen, steht ein Polizeiwagen in der Auffahrt.

»Was meinst du, ist der für uns oder für sie?«, frage ich Lewis, als wir auf dem Heimweg sind.

»Ich hoffe doch mal stark, für sie. Wenn die auch nur einen Blick auf die Beweise geworfen haben.«

»Ich glaub's nicht, dass du tatsächlich dein Handy geopfert hast. Das war deine gute Tat für heute.«

Er lächelt mich an. »Quatsch, das ist nicht mein Handy gewesen. Ich habe ein altes Smartphone mit den Mails und so weiter gefüttert und meine eigenen Daten gelöscht, damit ich es abgeben konnte, sobald ich ein Geständnis aufgenommen hatte.«

»Wow. Du hast ja wirklich an alles gedacht.«

»Wir konnten sie ja wohl kaum damit davonkommen lassen, oder? Nicht, nachdem wir uns so viel Mühe gemacht haben. Außerdem hätte ich nie im Leben mein geliebtes Baby mit auf so eine gefährliche Mission genommen. Für Demi würde ich doch nicht mein iPhone riskieren.«

Lewis überrascht mich doch immer wieder. »Du bist ein Genie. Ab jetzt nenne ich dich nur noch Mastermind.«

Er lächelt. Dann schweigen wir und ich lehne mich erleichtert zurück und tue nichts, als in die Welt vor dem Fenster hinauszustarren. Der Himmel klart während der Rückfahrt kein bisschen auf. Die Regenwolken werden nur noch dunkler, bis irgendwann die Dämmerung einsetzt und es Abend wird.

»Hat es dir denn geholfen, Alice? Was wir getan haben?«, fragt er mich, als wir wieder auf der Autobahn sind.

»Ich weiß noch nicht.« Ich lasse mich in meinem Sitz nach unten sinken. Das Wissen um das, was mit Triti geschehen ist – und um den kleinlichen Neid oder welcher winzige Disput es auch immer war, der Demis Hetzkampagne ausgelöst hat –, lastet auf mir. »Meinst du, wir sollten es Rafi sagen und dem Rest ihrer Familie?«

Lewis seufzt. »Wenn ich eine Schwester gehabt hätte, würde ich nicht wissen wollen, wie sehr sie gelitten hat, wenn ich es sowieso nicht ändern könnte.«

»Ja, wahrscheinlich hast du recht …« Nur, dass ich gerade vielleicht alles geändert habe. Ist Tritis Leid nun vorbei?

Rote Bremslichter verschwimmen vor unseren Augen, als das Auto beschleunigt und die Räder die tiefen Pfützen auf der Fahrbahn aufspritzen lassen.

»… aber in Zukunft kannst du es mir vielleicht sagen, weißt du. Falls dir das hilft.«

Plötzlich merke ich, dass Lewis immer noch mit mir redet. »Entschuldige, ich war gerade meilenweit weg.« Ich muss an Javiers Witz denken: *Du meinst wohl Lichtjahre.* Dort, wo meine Schwester ist. Und wo Danny auf mich wartet.

»Ich habe nur gesagt, dass ich hoffe, du weißt mittlerweile, dass ich mich in nichts einmische, was mich nichts angeht. Aber wenn du mir erzählen willst, was dich bedrückt, wann auch immer du dazu bereit bist, dann verspreche ich dir zuzuhören, ohne dich zu verurteilen.«

Ich wende das Gesicht ab. Es ist so dunkel, dass wir einander ohnehin nicht richtig sehen können, nur das Schwarz-Orange der vorbeiflackernden Autobahnbeleuchtung.

Nach allem, was er für mich getan hat, hat er es verdient, die Wahrheit zu erfahren, aber jetzt sitze ich in der Falle. *Ohne dich zu verurteilen.* Hmm. Ich wette, wenn ich ihm die Wahrheit erzähle, rennt er so schnell weg, wie ihn seine schmuddeligen Sneakers tragen.

»Danke. Vielleicht mache ich das eines Tages. Bald.« Aber wir wissen beide, dass das eine Abfuhr ist. Manchmal fühle ich mich schrecklich allein.

Als ich mich endlich traue, Lewis anzusehen, huschen die Lichter der Straße über sein Gesicht und ich sehe die Kälte darin.

Erst auf den zweiten Blick erkenne ich, dass es keine Kälte ist. Sondern Verletztheit.

»Es tut mir leid, Lewis. Ich weiß, ich muss auf dich wie eine blöde undankbare Kuh wirken, aber das bin ich nicht, wirklich nicht. Ich habe solches Glück, dass du mir geholfen hast. Du bist ein echt liebenswerter Mensch und vielleicht kann ich es dir eines Tages tatsächlich erzählen. Wenn ich es jemals irgendwem erzähle, dann bist das auf jeden Fall du. Ich … na ja, ich vertraue dir.«

»Danke. Glaube ich zumindest.«

»Gern.«

Während er sich weiter auf die Straße konzentriert, werfe ich noch ein paar flüchtige Blicke auf sein Gesicht und denke an die anderen Männer in meinem Leben, denen ich vertraue: meinen Dad, Danny.

Tim …

Kann Lewis mir vielleicht helfen, auch dieses Rätsel zu lösen? Ich ziehe mein Handy aus der Tasche und schalte es wieder ein. Eine neue Nachricht von Adrian erscheint auf dem Display; seit meinem Gespräch mit Tim schickt er mehrere am Tag.

Plane immer noch ein persönliches Treffen. Weiß sicher bald mehr. Dein Freund, A.

»Neuer Freund?«, fragt Lewis lächelnd.

Ich schnalze abfällig mit der Zunge. »Kein Interesse. Jungs sind so was von oberflächlich.«

Die Autobahn führt uns um London herum. Noch fünfundvierzig Minuten, bis ich wieder zum Soul Beach kann. Wo Danny auf mich wartet. Ich starre in die undurchdringliche Schwärze über uns und versuche, mir das wolkenlose Blau am Strand vorzustellen.

Ein leuchtend rosa Licht zuckt über den Himmel. Dann ein orangerotes. Dann ein grünes.

»Oh Gott, ein Feuerwerk«, flüstere ich und denke an Triti. Ist das eine Art übernatürliches Zeichen dafür, dass sie fort ist?

»Na klar«, erwidert Lewis. »Sag nicht, du hast vergessen, welcher Tag heute ist?«

Blinzelnd denke ich nach. Ist es Oktober? Oder November? Ist nach dem Datum zu fragen nicht einer dieser Tests für Unfallopfer und verwirrte alte Leute, wenn man rauskriegen will, ob sie noch alle Tassen im Schrank haben?

Nein, es hilft nichts. Manchmal weiß ich ja noch nicht mal, ob Sommer oder Winter ist.

»Heute ist der fünfte November. Bonfire Night«, erklärt Lewis.

Ein weiterer Feuerwerkskörper schießt in den Himmel und explodiert. Er hat die Form einer weißen Chrysantheme. Symbolisiert diese Blume nicht den Tod?

Die Erinnerungen verblassen, langsam, wie alte Fotos, und alles, was bleibt, ist Einsamkeit.

Mit jedem Tag, der vergeht, erscheint mir Meggie weniger real. Ihre letzten Augenblicke hatten etwas so Kostbares, weil sie nur ihr und mir gehörten. So viele Monate lang war sie öffentliches Eigentum gewesen. Millionen sogenannter Fans zerrten an ihr, scharwenzelten um sie herum und noch Schlimmeres.

Und mit einem Schlag waren wir ganz allein.

Doch einen perfekten Moment mit einem toten Mädchen zu teilen ist nicht so wunderbar, wie ich es mir vorgestellt hatte. Denn mit den Toten kann man nicht in Erinnerungen schwelgen und schon bald verschwimmen die Details. Ein-, zweimal habe ich Trost in dem gesucht, was die Dummen tun, und mir im Internet Videos von ihr angesehen. Es war abstoßend.

Ich will nicht mehr allein sein. Ich sehne mich nach Gesellschaft. Nach jemandem, der mich so versteht, wie sie es getan hat. Jemandem, der mich liebt.

Ich habe versucht, dagegen anzukämpfen, aber in meinen Träumen, ob bei Tag oder Nacht, taucht immer wieder derselbe Name, dasselbe Gesicht auf.

Alice.

Es müsste doch genügen, sie zu sehen, ihre Stimme zu hören.

Aber ich fürchte, es wird eine Zeit kommen, in der ich den Kampf gegen mich selbst verlieren werde.

59

Ich sitze vor dem Bildschirm und versuche, genug Mut zu sammeln, um zum Strand zu gehen.

Es fehlt nur ein halbes Dutzend Mausklicks.

»Meggie, ich habe Angst«, flüstere ich, obwohl sie mich noch gar nicht hören kann.

Angst, nichts verändert zu haben oder alles. In den letzten paar Monaten war der Strand für mich wie ein sicherer Hafen. Ein Ort, den ich nicht beeinflussen oder ändern konnte, weil ich dort nur zu Besuch war. Gut, vielleicht gelingt es mir hin und wieder, meine Schwester aufzuheitern, und vielleicht habe ich auch Danny einen Sinn für sein Leben im Tod aufgezeigt, aber es gab keine Verbindung zwischen meiner Welt und ihrer.

Bis jetzt.

Draußen hat das Knistern und Knattern des jämmerlichen Feuerwerks in unserem Stadtteil begonnen. Die Luft ist sicher voll von feuchtem Rauch und der Parkplatz vor dem Pub voller verängstigter Babys und enttäuschter Kinder und verzweifelter Eltern, die so tun müssen, als gäbe es nichts Tolleres als Wunderkerzen, die schon erlöschen, bevor man damit auch nur den ersten Buchstaben seines Namens in die Luft geschrieben hat.

Meggie mochte keine Feuerwerke. Dad hat immer gewitzelt, dass sie es nun mal nicht ertragen könne, wenn irgendetwas die

Aufmerksamkeit von ihr ablenke, selbst wenn es nur ein Knallfrosch sei.

Tja, heute ist das nicht mehr so witzig.

Na los, Alice, ermahne ich mich. Ich stehe auf, tigere in meinem Zimmer auf und ab und erhasche dabei einen Blick auf mich in der Spiegeltür des Schranks. Nach all den Dramen des heutigen Tages sehe ich ziemlich fertig aus. Okay, am Strand ist sowieso jeder wunderschön, aber es kann wohl kaum schaden, wenn ich meiner Webcam ein bisschen unter die Arme greife.

Als ich meine Haarbürste und den Schminkspiegel zur Hand nehme, ist mir klar, dass ich damit nur versuche, den Moment, in dem ich es erfahre, hinauszuzögern, aber wenn es wenigstens meinem Selbstbewusstsein einen kleinen Schubs gibt, kann ich das wohl vertreten.

Am Anfang muss die Bürste sich durch einige Knoten kämpfen, aber ich mache weiter und halte die Strähnen fest, damit es nicht an den Haarwurzeln ziept, genau wie Meggie das immer gemacht hat, wenn sie mich frisierte, als wir noch klein waren. Langsam, aber sicher kehrt der Glanz zurück. Okay, vielleicht nicht direkt Glanz, aber zumindest sehen meine Haare nicht mehr so aus, als hätte ich den letzten Monat unter einer Brücke gehaust.

Verglichen damit wirken meine Augen jetzt furchtbar müde. In der Nachttischschublade finde ich mein halbvergessenes Schminktäschchen und tusche mir die Wimpern. Wahnsinn, jetzt sehe ich ja fast wieder wach aus. Ich kippe die Lippen- und Kajalstifte auf dem Schreibtisch aus und erinnere mich, wie meine Schwester mir beigebracht hat, was ich damit alles anstellen kann. *Du hast so wunderhübsche Lippen, Florrie. Wenn du dieses rosa Gloss benutzt, werden dich alle Jungs küssen wollen!*

Ich lächele vor mich hin. Ich will gar nicht alle Jungs. Der Einzige, den ich will, wird mich niemals küssen können. Aber heute wird er vielleicht immerhin stolz auf mich sein.

Genug Zeit verschwendet. Bringen wir's hinter uns. Ich greife unters Bett und ziehe die Schachtel mit Meggies Zimmerschlüssel hervor. Ich weiß nicht, was ich erwartet hatte – dass er mir ein Lied vorsingt oder im Dunkeln leuchtet? –, aber es ist einfach nur ein Schlüssel.

Klick, klick.

Nicht mal ein halbes Dutzend Mausklicks. Sondern nur zwei. Die Grenze zwischen dem realen Leben und dem Strand ist immer schmaler und schmaler geworden, bis sie nun kaum noch existiert.

Nebel. Eine frische Brise. Der Duft von Kokosnüssen. Ich glaube, nach dem Tag, der hinter mir liegt, kommt mir das alles noch intensiver vor als sonst. Vielleicht liegt es auch an dem Kontrast zu der Nachtluft draußen, wo es nach durchweichtem Feuerholz und glitschigem, fauligem Laub riecht.

Ich blinzele, einmal, zweimal, denn der Bildschirm wird einfach nicht klar. Es hat sich definitiv etwas verändert, aber ich weiß noch nicht, was. Die Seite reagiert langsamer, aber die Gerüche und das Rauschen der Wellen scheinen sich verstärkt zu haben.

»Alice!«

»Hier drüben, hier drüben!«

»Florrie …«

Danny, Javier und Meggie rufen mich zu sich, aber ich kann sie nicht sehen. Ihre Stimmen scheinen mich zu umkreisen.

Doch als der Nebel sich endlich lichtet, sitze ich in der Strandbar, am Tisch, der dem Meer am nächsten ist, und außer mir ist nur Sam hier. Sie sieht anders aus. Ich erkenne Fältchen und trockene Haut um ihre Augen und Nikotinflecken auf ihren Zähnen.

Sam lächelt. »Du hast es geschafft, Schätzchen.«

»Triti?«

»Weg.«

Ich fühle mich benommen. »War das wirklich ich? Mit dem, was ich gemacht habe?«

»Ich weiß ja nicht, was du gemacht hast, Alice, aber wer oder was hätte es sonst sein sollen?«

Rieche ich da Schweiß, wenn sie sich zu mir vorbeugt?

Alles wirkt so viel klarer. Es ist, als hätte ich den Soul Beach zuvor durch verschmierte Brillengläser betrachtet, die nun endlich jemand ordentlich geputzt hat. Und ich kann spüren, wie die aus Binsen geflochtene Sitzfläche meines Stuhls an meinen nackten Beinen kratzt, obwohl ich natürlich in Wirklichkeit in einer dicken novembertauglichen Jeans auf einem mit rosa Velours bezogenen Bürostuhl in meinem Zimmer sitze.

»Wann ist sie gegangen?«

»Es hat ein Gewitter gegeben. Zuerst konnten wir sie da draußen heulen hören wie am Spieß, aber irgendwann klang ihre Stimme plötzlich anders. Es war mehr, als riefe sie jemandem etwas zu, den sie kennt. Jemandem, den sie liebt. Um ehrlich zu sein, Alice, ich habe ihre Stimme beinahe nicht erkannt, weil sie so … na ja, so glücklich klang. Zum ersten Mal seit dem Feuerwerk. Und dann, nach dem Sturm, war nichts mehr da. Kein Heulen. Keine Rufe. Nur das Rauschen der Wellen.«

Ich schließe die Augen und sehe Tritis Gesicht vor mir: nicht die skelettartige Maske, sondern das hübsche Mädchen mit den vollen Wangen, das sie einmal war. Sie lächelt. Ich spüre, wie mir Tränen in die Augen steigen, doch sie formt mit den Lippen ein »Danke« und ist dann verschwunden.

Ich kann kaum glauben, dass *ich* das geschafft haben soll. Ich bin sechzehn, ich darf nicht Auto fahren, ich darf nicht wählen, ich darf keine Kreditkarte haben und doch verfüge ich über diese Macht.

Und es ist nicht nur die Macht, Triti zu helfen. Jetzt, da ich weiß, dass Danny recht hatte mit seiner Theorie, kann ich weiter versuchen, den Mord an Meggie aufzuklären. Auch wenn ihre Freiheit bedeutet, dass ich sie für immer verliere, und ich mir nicht sicher bin, ob ich dafür schon bereit bin.

Doch was immer dafür nötig ist, ich werde Meggies Bedürfnisse über meine stellen. Ich weiß, Triti zu helfen war nur der erste Schritt, ich habe gerade erst angefangen. Doch im Moment, fürs Erste, reicht es mir, eine solch lebenswichtige Veränderung herbeigeführt zu haben – oder vielleicht eher eine *todes*wichtige?

»Alice? Bist du noch da?«

»Entschuldige, ich bin nur … überrascht, dass es funktioniert hat.«

»Hör zu«, sagt Sam sanft, »ich habe dich erst mal hierhergeholt, um dich zu warnen, dass das vielleicht nicht alles ist, was sich verändert hat. Soweit ich weiß, hat zuvor noch nie ein Besucher derart hier eingegriffen, aber jetzt, nachdem du es getan hast, gibt es … eine Belohnung.«

»Was denn für eine Belohnung?« Dass ich Triti glücklich gemacht habe, reicht doch vollkommen aus.

»Ist wohl besser, wenn du das selber rausfindest. Ich wollte bloß nicht, dass du einen Schock kriegst.« Sam lächelt mich an. »Los, du willst bestimmt nicht länger hier mit mir rumhängen als nötig. Geh es dir angucken.«

Ich stehe auf. Hinter der Strandbar liegt das Meer. Und dort, im nassen Sand, die Füße von Wellen umspielt, steht meine Schwester.

Jeder Schritt, den ich jetzt mache, fühlt sich viel realer an als vorher. Es ist ein bisschen so wie damals, als Dad unseren alten Fernseher durch ein HD-Gerät ersetzt hat. Unter meinen Fußsohlen kribbeln tausend Sandkörnchen.

Meine Schwester winkt und strahlt mich an. »Du bist die Beste, Alice, ganz im Ernst! Alles ist jetzt anders hier. Nicht nur, weil wir wissen, dass Triti nicht mehr leiden muss, sondern … na ja, du wirst schon sehen, was sich noch verändert hat.«

Ich nicke.

»Aber das ist nicht die Hauptsache. Am schönsten ist, dass wir jetzt wissen, dass jeder von uns vielleicht eines Tages von hier wegkommt. Das macht das alles«, sie deutet auf den Strand ringsum, »tja, es macht das Paradies erträglicher. Vielleicht sogar zu einem Ort, den wir genießen können, solange wir hier sind.«

»Ich fasse es immer noch nicht.«

»Danke tausendmal, Florrie. Ich glaube, du hast uns alle vor einem Schicksal bewahrt, das schlimmer ist als der Tod.«

Ihr Haar weht hinter ihr im Wind und ihre Augen sind genau wie das Wasser: klar, blau, lebendig.

Ich bin außer mir vor Freude darüber, dass ich meine Schwester so glücklich gemacht habe. Für den Bruchteil einer Sekunde vergesse ich, dass wir uns am Strand befinden, und will sie umarmen. Aber ich halte noch rechtzeitig inne, bevor sie es merkt. Ich darf diesen Augenblick nicht verderben, indem ich uns beide daran erinnere, dass wir, so nahe wir uns auch stehen, in Wirklichkeit Lichtjahre voneinander entfernt sind.

»Ach, das war doch nichts«, winke ich ab.

»Wir beide wissen, dass das nicht wahr ist. Was du getan hast … das ist fast so was wie ein Wunder.«

Ich spüre, wie ich rot werde. Natürlich will ich gern hier bei ihr bleiben, aber ich will auch, dass jemand anderes erfährt, was ich geschafft habe. »Meggie?«

»Mmh?« Sie sieht auf und dann verändert sich ihr Gesichtsausdruck, als ihr klar wird, was als Nächstes kommt. »Deine Gefühle für ihn haben sich nicht geändert, stimmt's?«

»Nein, haben sie nicht. Ich bin mir nur noch sicherer geworden, dass er … na ja, dass er der Richtige ist.«

Sie starrt mich an. Mit dem Rücken zum Meer wirkt sie beinahe transparent, als schimmerten das Wasser und der Himmel durch sie hindurch und erfüllten sie mit ihrem Licht.

»Geh zu ihm, Florrie.«

»Was?«

»Na, geh schon. Wenn es jemals einen falschen Zeitpunkt gab, um dir eine Predigt darüber zu halten, wie dumm du dich benimmst, dann ja wohl jetzt.«

60

Ich renne zu unserem Felsen. Meine Füße klatschen schmerzhaft in den Sand, und obwohl ich weiß, dass das unmöglich ist, könnte ich schwören, dass sich ein paar Gäste nach mir umdrehen.

Können sie mich hören und vielleicht sogar sehen?

Sie lächeln mich an.

Aber sie sind mir alle egal. Mir ist nur der Junge wichtig, den ich nun in der Ferne sehe. Er hat mir den Rücken zugewandt und blickt aufs Meer hinaus. Sein Kopf wippt, als er einen Schwarm von Seevögeln am Himmel beobachtet.

Vögel? Aber am Soul Beach gibt es doch gar keine Tiere.

Ich will ihm etwas zurufen, beschließe aber dann, mich die letzten paar Meter anzuschleichen und ihn zu überraschen.

Doch dann, im allerletzten Moment, packt mich plötzlich Angst. Was, wenn er es sich beim Warten anders überlegt hat? Wenn ich in seinem Gesicht lese, dass er nicht dasselbe fühlt wie ich, bevor er mir etwas vorspielen kann? Wenn er sich mit mir lediglich ein wenig die Zeit in der Ewigkeit vertrieben hat?

Ich gehe weiter und kurz bevor ich ihn erreiche, dreht er sich um.

»Alice!«, ruft er, obwohl wir uns mittlerweile so nah sind, dass ein Flüstern genügt hätte.

»Danny.« Sein Name ist wie das kürzeste, wunderbarste Gedicht der Welt.

»Du hast es geschafft, stimmt's? Du hast Triti zur Flucht verholfen.«

Ich nicke. Er sieht so schön aus, mindestens tausend Mal besser als in meiner Erinnerung. Fast real.

»Du siehst anders aus«, murmelt er. »Genauso perfekt wie immer, aber, na ja, irgendwie fast real.«

»Du auch«, erwidere ich.

Wir stehen so dicht voreinander, dass in der echten Welt schon ein Seufzer oder ein Atemzug oder ein einziges Wort genügen würde, um uns ganz zusammenzubringen. Wenn es doch nur so wäre …

»Alice, ich –«

Ich zucke zurück, als hätte man mir einen elektrischen Schlag versetzt. Seine Augen weiten sich, so als hätte er es auch gespürt.

»War das …?«

»Das kann doch nicht sein«, sagt Danny und seine Stimme klingt ein bisschen schrill.

Wir heben die Hände im selben Moment – meine rechte, seine linke –, als blickten wir in einen Spiegel. Das ist nicht wahr. Es kann nicht sein.

Sams Worte hallen in meinem Kopf wider. *Es gibt eine Belohnung.*

Danny und ich starren auf unsere Hände, die sich bewegen, langsam und zögerlich. Wir wollen die wundervolle Hoffnung so lange wie möglich auskosten, die unausweichliche Enttäuschung so weit wie möglich hinauszögern. Seine Handfläche ist glatt, weiß, sie gehört einem Jungen, der kurz davor stand, zum Mann zu werden. Eine lange, sanft gekrümmte Lebenslinie verläuft von seinem kräftigen Handgelenk bis zu der breiten Lücke zwischen Daumen und Zeigefinger.

Er dürfte noch gar nicht tot sein. Aber wenn er noch leben würde, hätten wir einander nie kennengelernt.

Irgendwo, in einem anderen Universum, klingelt mein Handy. Aber von mir aus könnten es die Queen und der Präsident der Vereinigten Staaten höchstpersönlich sein, ich würde trotzdem nicht rangehen.

»Bereit?«, fragt Danny.

»Bereit.«

Der Abstand zwischen unseren Händen verringert sich, Millimeter um Millimeter. Im letzten Moment schließe ich die Augen, damit ich nicht mit ansehen muss, wie unsere Körper, Lichtjahre voneinander entfernt, sich verfehlen.

Jetzt ... nein, jetzt ... nein ...

Ich spüre Wärme. Eine *Berührung*.

Ich reiße die Augen auf. Sein Mund ist zu einem überraschten, vollkommenen Kreis geöffnet. Wir pressen die Hände aneinander, Daumen an Daumen, Finger an Finger.

Wie kann es sich wie ein Wunder anfühlen, die Hand eines anderen Menschen an meiner zu spüren? Seine Wärme durchströmt meinen Körper und es ist, als wäre ich seit dem Tod meiner Schwester zu Eis gefroren gewesen und würde erst jetzt auftauen.

Unsere Hände schmiegen sich aneinander, während wir uns über unsere Fingerspitzen hinweg anstarren.

»Bedeutet das ...?«, fange ich an, wage es jedoch nicht, die Frage zu beenden.

»Ich denke schon«, antwortet Danny.

Er beugt sich vor, ich kann seinen Atem schmecken – frisch, grün, lebendig –, und noch bevor unsere Lippen sich berühren, weiß ich: Das wird der Kuss meines Lebens.

Ursprünglich arbeitete *Kate Harrison* beim britischen Fernsehen. Nachdem sie bereits sehr erfolgreich Romane für Erwachsene veröffentlichte, erscheint nun mit *Soul Beach – Frostiges Paradies* ihr erstes Jugendbuch. Abgesehen vom Bücherschreiben liest sie sehr gerne, liebt Backen, Singen, die Küste, Live-Comedy und Bastelkram. Wenn sie nicht gerade in Spanien am Strand liegt, lebt sie in Brighton.